AMOR(ES) VERDADEIRO(S)

TAYLOR JENKINS REID

AMOR(ES)
VERDADEIRO(S)

Tradução
ALEXANDRE BOIDE

parela

Copyright © 2016 by Taylor Jenkins Reid

Traduzido mediante acordo com Taryn Fagerness Agency e Sandra Bruna Agencia Literaria, SL
Todos os direitos reservados.

A Editora Paralela é uma divisão da Editora Schwarcz S.A.

Grafia atualizada segundo o Acordo Ortográfico da Língua Portuguesa de 1990,
que entrou em vigor no Brasil em 2009.

TÍTULO ORIGINAL One True Loves

CAPA Joana Figueiredo

COMPOSIÇÃO FOTOGRÁFICA DE CAPA Getty Images e Shutterstock

PREPARAÇÃO Antonio Castro

REVISÃO Renato Potenza Rodrigues e Jasceline Honorato

Dados Internacionais de Catalogação na Publicação (CIP)
(Câmara Brasileira do Livro, SP, Brasil)

Reid, Taylor Jenkins
    Amor(es) verdadeiro(s) / Taylor Jenkins Reid ; tradução
Alexandre Boide. — 1ª ed. — São Paulo : Paralela, 2020.

    Título original: One True Loves.
    ISBN 978-85-8439-167-7

    1. Ficção norte-americana I. Título.

20-34224   CDD-813

Índice para catálogo sistemático:
1. Ficção : Literatura norte-americana   813

Cibele Maria Dias – Bibliotecária – CRB-8/9427

14ª reimpressão

Todos os direitos desta edição reservados à
EDITORA SCHWARCZ S.A.
Rua Bandeira Paulista, 702, cj. 32
04532-002 — São Paulo — SP
Telefone: (11) 3707-3500
editoraparalela.com.br
atendimentoaoleitor@editoraparalela.com.br
facebook.com/editoraparalela
instagram.com/editoraparalela
twitter.com/editoraparalela

Este é um livro sobre Acton, Massachusetts. Portanto, naturalmente, gostaria de dedicá-lo a Andy Bauch, de Boxborough. E a Rose, Warren, Sally, Bernie, Niko e Zach de Encino, Califórnia.

Eu estava terminando de jantar com a minha família e com o meu noivo quando meu marido de repente me liga.

É o aniversário de sessenta e quatro anos do meu pai. Ele está usando sua blusa favorita, um suéter verde-oliva de caxemira que eu e Marie, minha irmã mais velha, compramos dois anos atrás. Acho que é por isso que ele gosta tanto. Além do fato de ser caxemira, claro. Negar isso seria enganar a mim mesma.

Minha mãe está sentada ao lado dele com uma camisa branca de tecido fino e uma calça cáqui, tentando segurar o sorriso. Ela sabe que logo menos um bolinho com uma vela acesa chegará para cantarmos parabéns. Seu entusiasmo infantil com surpresas continua o mesmo.

Meus pais estão casados há trinta e cinco anos. Criaram duas filhas e administram juntos uma livraria bem-sucedida. Têm duas netas lindas. Uma das filhas está assumindo o negócio da família. Eles têm muito do que se orgulhar. É um aniversário feliz para o meu pai.

Marie está sentada ao lado da minha mãe e, nesses momentos, com as duas juntinhas, viradas para a mesma direção, é que percebo o quanto são parecidas. Cabelos castanho-claros, olhos azuis, silhuetas esguias.

Fui a filha que acabou ficando com a bunda grande.

Por sorte, aprendi a gostar disso. Obviamente, existe uma grande variedade de músicas dedicadas às glórias de um bumbum volumoso, e depois dos trinta me convenci de que deveria tentar ser quem sou sem nenhuma vergonha.

Meu nome é Emma Blair e tenho um bundão.

Tenho trinta e um anos, um metro e sessenta e oito, cabelos loiros com um corte pixie um pouco mais compridinho. Meus olhos amendoados ficam em meio a uma constelação de sardas que ocupa a parte superior da minha face. Meu pai já fez todas as piadas possíveis comparando com a Ursa Menor.

Na semana passada, Sam, meu noivo, me deu a aliança que demorou dois meses para escolher. É um diamante solitário em um anel de ouro rosé. Apesar de não ser a minha primeira aliança, é a primeira vez que uso uma pedra preciosa no dedo. Quando olho para mim mesma, não consigo ver nada além disso.

"Ai, não", meu pai comenta quando vê um trio de garçons vindo na nossa direção com uma fatia de bolo com uma vela acesa. "Vocês não fizeram isso..."

E não se trata de falsa modéstia. Meu pai fica todo vermelho quando cantam para ele.

Minha mãe olha para trás para se certificar do que ele está vendo. "Ah, Colin", ela diz. "Se anima. É seu aniversário..."

Os garçons fazem uma curva abrupta para a esquerda a caminho de outra mesa. Pelo jeito, meu pai não é o único aniversariante do dia. Minha mãe percebe o que está acontecendo e tenta disfarçar.

"... Foi justamente por isso que eu não pedi bolo nenhum", ela complementa.

"Esquece", meu pai responde. "Seu plano já foi descoberto."

Os garçons terminam de servir a outra mesa, e uma pessoa da gerência sai da cozinha com outra fatia de bolo. Agora é a nossa vez.

"Se quiser se esconder debaixo da mesa, eu digo que você já foi embora", Sam oferece.

Sam é bonito de um jeito não opressivo — o que considero a melhor forma de beleza —, com olhos castanhos calorosos que parecem se esforçar para ver tudo com ternura. E ele é divertido. Engraçado de verdade. Depois de começar a namorar Sam, percebi que as linhas de expressão ao redor do meu rosto ficaram mais profundas. Deve ser porque estou envelhecendo, mas não consigo deixar de pensar que é porque estou rindo mais do que nunca. O que mais se pode fazer ao lado de uma pessoa que é pura gentileza e senso de humor? Não sei dizer se existe algo mais importante que isso para mim.

O bolo chega, nós cantamos escandalosamente, e meu pai vira um pimentão. Logo em seguida os garçons se afastam e o que resta sobre a mesa é uma fatia superfaturada de bolo de chocolate com sorvete de baunilha.

Cinco colheres foram deixadas para nós, mas meu pai logo se apossa de todas. "Não sei por que deixaram tantas. Só preciso de uma", ele diz.

Minha mãe tenta arrancar uma de sua mão.

"Nem pensar, Ashley", ele avisa. "Suportei a humilhação, então mereço comer o bolo sozinho."

"Se é assim que as coisas são...", intervém Marie, "... no meu próximo aniversário podem fazer essa mesma palhaçada. Acho que vale a pena."

Marie dá um gole em sua coca zero e vê as horas no celular. Mike, seu marido, está em casa com minhas sobrinhas, Sophie e Ava. É raro Marie ficar muito tempo fora de casa sem eles.

"Preciso ir", ela avisa. "Desculpa sair mais cedo, mas..."

Ela nem precisa explicar. Minha mãe e meu pai se levantam para se despedir com um abraço.

Depois que Marie vai embora e meu pai enfim concorda em dividir o bolo, minha mãe comenta: "Pode parecer bobagem, mas sinto falta disso. Sinto falta de ir embora mais cedo dos lugares porque mal podia esperar para voltar para minhas meninas".

Já até sei o que vem a seguir.

Tenho trinta e um anos e estou prestes a me casar. Sei exatamente o que vem a seguir.

"Vocês já pensaram em quando vão começar a formar uma família?"

Preciso me segurar para não revirar os olhos. "Mãe..."

Sam cai na risada. Ele pode se dar a esse luxo. Minha mãe só é parente dele por extensão.

"Só estou mencionando isso porque existem cada vez mais estudos sobre os perigos de esperar demais para ter o primeiro bebê", minha mãe justifica.

Sempre vão existir estudos para provar que devo ter pressa, e outros para mostrar que posso pensar em ter um bebê só quando eu me sentir pronta, independentemente do que minha mãe leia no *Huffington Post*.

Por sorte, a expressão no meu rosto a fez recuar. "Esquece, deixa pra lá", ela diz, fazendo um aceno com a mão. "Estou parecendo a minha mãe. Esquece. Vou parar de fazer isso."

Meu pai ri e a abraça. "Certo", ele diz. "Estou em coma glicêmico, e com certeza Emma e Sam têm coisas melhores para fazer do que ficar aqui com a gente. Vamos pedir a conta."

Quinze minutos depois, nós quatro saímos do restaurante e caminhamos para os nossos carros.

Estou usando um vestido de lã azul-marinho com meia-calça grossa por baixo. Isso basta para me proteger do ar frio do início da noite. Uma das últimas em que vou poder sair para qualquer lugar sem um gorro.

É finzinho de outubro. O outono já começou e tomou conta da Nova Inglaterra. As folhas das árvores estão amarelas e vermelhas, prestes a se tornar marrons e quebradiças. Sam já foi à casa dos meus pais uma vez para recolher as folhas secas do gramado. Em dezembro, quando a temperatura despencar, ele e Mike vão precisar escavar a neve da entrada da casa dos sogros.

Mas, por enquanto, o ar não está tão gelado, então saboreio o clima o máximo possível. Quando eu morava em Los Angeles, nunca valorizava as noites quentes. Não dá para valorizar algo que nunca acaba. Esse é um dos motivos para eu ter voltado a Massachusetts.

Enquanto caminho para o carro, escuto o som distante do toque do meu celular. Percebo que vem da minha bolsa, e nesse momento ouço meu pai tentando convencer Sam a ensiná-lo a tocar guitarra. Meu pai tem esse hábito irritante de querer aprender todos os instrumentos que Sam toca, se aproveitando do fato de meu noivo ser professor de música para querer transformá-lo em *seu* instrutor particular.

Remexo na bolsa à procura do celular e pego a única coisa que está acesa e vibrando lá dentro. Não reconheço o número que aparece na tela. O código de área 808 também não me diz muita coisa.

Ultimamente, apenas pessoas dos códigos 978, 857, 508 ou 617 — os vários códigos de área de Boston e seus arredores — têm algum motivo para me ligar.

E 978, especificamente, sempre representou a minha casa, independente do código de área do lugar onde eu estava vivendo na ocasião. Já passei um ano em Sydney (61 2) e vários meses viajando de mochilão entre Lisboa (351 21) e Nápoles (39 081). Passei a lua de mel em Mumbai (91 22) e vivi anos felizes em Santa Mônica, na Califórnia (310). Mas, quando precisei voltar para "casa", isso significava o código de área 978. E é aqui que estou até agora.

A resposta me vem à mente.

808 é o código do Havaí.

"Alô?", digo ao atender.

Sam se vira para mim, e logo meus pais vão fazer o mesmo.

"Emma?"

Eu reconheceria a voz que ouço do outro lado da linha em qualquer hora e lugar — uma voz com quem conversei todos os dias durante muitos anos. Uma voz que pensei que jamais fosse escutar de novo, e que não consigo acreditar que estou ouvindo agora.

O homem que amei desde os dezessete anos de idade. O homem que me deixou viúva quando seu helicóptero caiu no meio do oceano Pacífico e desapareceu sem deixar vestígios.

Jesse.

"Emma", Jesse repete. "Sou eu. Estou vivo. Está me ouvindo? Estou voltando pra casa."

Talvez todo mundo tenha vivido um momento que serve como um divisor de águas na vida. Observando nossa linha do tempo, deve existir um marco no meio do caminho, algum evento que nos transformou, mudou nossa vida de forma mais perceptível que os demais.

Um momento que cria um "antes" e um "depois".

Pode ser quando conhecemos o amor da nossa vida ou quando descobrimos qual é a nossa paixão ou quando temos o primeiro filho. Talvez seja algo maravilhoso. Talvez seja um evento trágico.

Mas, quando acontece, fica gravado na memória e muda nossa percepção sobre a vida, fazendo com que todo o resto possa ser dividido como "pré" ou "pós".

Eu achava que esse momento para mim era a morte de Jesse.

Tudo na nossa história de amor pareceu conduzir a esse momento. E tudo desde então foi uma reação a isso.

Mas agora descubro que Jesse não morreu.

Então com certeza *este* é o meu momento.

Tudo o que aconteceu *antes* de hoje se torna diferente, e não tenho ideia do que vem pela frente *depois* de agora.

ANTES

Emma e Jesse:
ou como se apaixonar e então desmoronar

Nunca fui de acordar cedo. Mas minha raiva da luz radiante das manhãs se tornava mais aguda aos sábados na época de colégio, às oito e dez da manhã.

Como um relógio que nunca atrasava, meu pai batia na porta para me dizer: "O ônibus sai em meia hora", apesar de o tal "ônibus" ser seu Volvo, e de não ser um dia de aula. Era o dia de bater ponto no comércio da família.

A Livraria Blair foi fundada nos anos 60 do século passado pelo tio do meu pai, no mesmo lugar que ocupa até hoje — o lado norte da Great Road em Acton, estado de Massachusetts.

E, por algum motivo, isso significou que, assim que completei idade legal para trabalhar, fui obrigada a ficar no caixa da livraria algumas vezes por semana depois da aula e também aos sábados.

Eu precisava ir aos sábados porque Marie preferia os domingos. No último verão, ela comprou um Jeep Cherokee azul-marinho com o dinheiro que havia guardado na poupança.

A única vez em que entrei no carro de Marie foi na noite em que ela o comprou, quando, feliz da vida, me convidou para ir ao Kimball's Farm tomar sorvete. Pegamos um pote de sorvete de chocolate para minha mãe e meu pai e deixamos derreter sobre o capô enquanto tomávamos nossos sundaes com toda a tranquilidade naquele clima de verão.

Reclamamos da livraria e do hábito que minha mãe tinha de sempre acrescentar queijo parmesão às batatas que fazia em casa. Marie confessou que já tinha fumado maconha. Prometi não contar para os nossos pais. Ela me perguntou se eu já tinha beijado alguém, e virei a cara para o outro lado, para que minha reação não me denunciasse.

"Não tem problema", ela falou. "Tem um monte de gente que só vai beijar depois de começar o ensino médio." Marie estava usando um short verde-oliva e uma camisa azul-marinho, além de dois colares de ouro pendurados no pescoço, que desciam até o decote. Ela nunca abotoava a camisa inteira. Sempre havia um botão aberto além do esperado.

"É, eu sei", respondi. Mas percebi que ela não disse "*Eu* só fui beijar depois que comecei o ensino médio". O que, obviamente, era o que eu queria ouvir. Não estava com medo de não ser como as outras. Estava com medo de não ser como *ela*.

"As coisas vão melhorar agora que você terminou o fundamental", Marie falou enquanto descartava o resto do seu sorvete de menta com gotas de chocolate. "Confia em mim."

Naquele momento, eu teria acreditado em qualquer coisa que ela me dissesse.

Mas esta noite foi uma exceção no meu relacionamento com a minha irmã, um raro momento de parceria entre duas pessoas que apenas coexistiam.

Com o início do meu primeiro ano no ensino médio, começamos a estudar no mesmo prédio, e desenvolvemos o hábito de passarmos uma pela outra nos corredores de casa à noite e no colégio durante o dia como duas inimigas num momento de cessar-fogo.

Então, imagine a minha surpresa quando fui acordada às oito e dez em um sábado de manhã, logo depois de começarem as aulas depois do recesso de fim de ano e descobri que não precisaria cumprir meu turno na Livraria Blair.

"A Marie vai te levar pra comprar uma calça jeans nova", minha mãe anunciou.

"Hoje?", questionei, sentando-me na cama e esfregando os olhos, me perguntando se isso significaria alguns minutos a mais de sono.

"Sim, no shopping", minha mãe acrescentou. "Pode comprar qual quiser, eu pago. Deixei cinquenta dólares no balcão da cozinha. Se quiser gastar mais que isso, é por sua conta."

Eu precisava de um jeans novo porque tinha usado o antigo até rasgar. Era para eu ganhar um novo a cada Natal, mas eu era tão exigente, tão neurótica com a minha aparência, que minha mãe desistiu de me dar roupas de presente. Já tínhamos ido duas vezes juntas ao shopping e voltamos uma hora depois de mãos vazias, com a minha mãe se esforçando ao máximo para conter sua irritação.

Aquilo era uma experiência nova para mim. Minha mãe sempre gostou da minha companhia, e me manteve perto dela durante toda minha infância. Mas eu enfim havia me tornado tão irritante por um determinado momento que ela decidiu me empurrar para outra pessoa. Em um sábado, ainda por cima.

"Quem vai ficar no caixa hoje?", perguntei. Assim que essas palavras saíram da minha boca, me arrependi. Fiquei com medo de ter estragado o que era para ser uma coisa boa. Eu poderia apenas ter concordado e ter dado o fora, em vez de ficar procurando motivos para ela se arrepender.

"O rapaz novo que a gente contratou, o Sam", minha mãe contou.

"Tudo bem. Ele está precisando fazer umas horas extras mesmo."

Sam estava no segundo ano do ensino médio e um dia entrou na livraria e falou: "Posso preencher uma ficha de emprego?", apesar de tecnicamente não estarmos procurando funcionários e a maioria dos adolescentes preferir a loja de CD na mesma rua. Meus pais o contrataram na hora.

Ele era uma gracinha — alto e magro, com uma pele morena e olhos castanhos escuros — e estava sempre de bom humor, mas eu era incapaz de gostar dele, porque Marie tinha comentado que o achava "fofo". Eu me recusava a ver com bons olhos qualquer coisa que ela gostasse.

Sou obrigada a admitir que esse tipo de postura estava começando a limitar consideravelmente as minhas opções de amizade, e a situação estava ficando insustentável.

Marie gostava de todo mundo, e todo mundo gostava de Marie.

Ela era a menina de ouro, destinada a ser a favorita da família. Minha amiga Olive se referia a ela pelas costas como "a filha dos livreiros", porque era a cara dela ser uma garota cujos pais tinham uma livraria, como se existisse um estereótipo para isso e Marie preenchesse todos os requisitos com méritos.

Minha irmã lia livros para adultos, escrevia poesias e se apaixonava por personagens fictícios em vez de atores de cinema. Olive e eu sentíamos vontade de vomitar só de pensar nisso.

Quando Marie tinha minha idade, fez um curso de escrita criativa e decidiu que queria "virar escritora". As aspas são necessárias porque a única coisa que ela escreveu foi uma história policial de nove páginas em que a assassina no fim era a irmã mais nova da protagonista, Emily. Até eu sabia que aquilo era um lixo, mas ela mandou para o jornal da escola, e o pessoal gostou tanto que publicou a história em partes durante nove semanas no primeiro semestre daquele ano.

O fato de ela fazer tudo isso e ainda conseguir ser uma das meninas mais populares da escola só tornava a coisa ainda pior. Isso só comprova que, se a pessoa for bonita, vai ser admirada por qualquer motivo.

Já eu, mal conseguia ler os resumos dos livros obrigatórios para as aulas de inglês. Tinha uma pilha de romances que meus pais me davam de presente, mas a maioria dos livros nunca tinha sido aberta.

Eu gostava de videoclipes, dos seriados da NBC e de todas as mulheres que se apresentavam no festival Lilith Fair. Quando estava entediada, folheava as edições antigas da revista *Travel + Leisure* da minha mãe, recortava fotos que achava interessantes e colava na parede. O espaço acima da minha cama virou um caleidoscópio de imagens do Keanu Reeves, letras dos álbuns da Tori Amos e paisagens panorâmicas da Riviera Italiana e da zona rural francesa.

E ninguém — ninguém *mesmo* — seria capaz de dizer que eu era uma garota popular.

Meus pais brincavam que a enfermeira devia ter entregado a criança errada para eles no hospital, e eu sempre dava risada, mas não foram poucas as vezes em que fiquei observando fotos dos dois quando crianças e me olhando no espelho à procura de semelhanças, para me certificar de que aquela era de fato minha família.

"Certo, legal", disse para minha mãe, mais empolgada por não ter que trabalhar do que por passar algum tempo com a minha irmã. "A que horas a gente vai?"

"Não sei", ela respondeu. "Veja com a Marie. Estou indo trabalhar. A gente se vê na hora do jantar. Te amo, querida. Tenha um bom dia."

Quando ela fechou a porta, me joguei na cama com gosto, disposta a aproveitar cada minuto a mais de sono.

Pouco depois das onze, Marie entrou no meu quarto sem bater e disse: "Anda, a gente já vai".

Passamos por três lojas, e experimentei doze calças jeans. Algumas eram largas demais, outras muito apertadas e outras ainda tinham a cintura muito alta.

Depois que experimentei a décima segunda e saí do provador, Marie me encarou com uma expressão de tédio profundo.

"Ficou boa, leva essa", ela disse. Minha irmã estava vestida da cabeça aos pés com roupas da Abercrombie & Fitch. Isso foi na época da virada do milênio. A Nova Inglaterra inteira estava vestida da cabeça aos pés com roupas da Abercrombie & Fitch.

"Minha bunda ficou estranha", falei, ficando perfeitamente imóvel.

Marie me encarou como se estivesse esperando algo.

"Você vai virar de costas para eu ver se ficou mesmo estranha ou não?", ela perguntou por fim.

Eu me virei.

"Parece que você está de fralda", ela comentou.

"Eu sei."

Marie revirou os olhos. "Espere aí." Ela fez um sinal com o dedo, me mandando voltar para o provador. Eu obedeci.

Quando tirei a calça que tinha experimentado, ela jogou um jeans desbotado com pernas retas por cima da porta.

"Experimenta essa", ela disse. "A Joelle usa esse modelo e ela tem bunda grande que nem você."

"Valeu, hein?", retruquei, pegando a calça da porta.

"Só estou tentando ajudar", Marie respondeu e se afastou, como se a conversa estivesse encerrada apenas porque ela perdeu o interesse.

Abri o zíper e vesti a calça. Tive que fazer um pouco de força para passá-la pelos quadris, e prender um pouco a respiração para conseguir abotoar. Fiquei o mais ereta possível para me olhar no espelho, virando de um lado para o outro, entortando o pescoço para tentar ver como tinha ficado na parte de trás.

Minha bunda estava ficando cada dia maior, enquanto meus peitos pareciam estagnados. Li numa edição da revista *Glamour* da minha mãe que esse tipo de corpo era definido como "formato de pera". Minha barriga era reta, mas meus quadris estavam se alargando. Olive começava a acumular volume nos peitos e na barriga, e fiquei me perguntando se não seria melhor ter esse tipo de silhueta. Formato de maçã.

Mas, sendo bem sincera, o que eu queria mesmo era o tipo físico que Marie herdou da minha mãe. Bunda não muito grande, peitos de tamanho médio, cabelos castanhos, olhos verdes e cílios grossos.

Em vez disso, puxei ao meu pai — cabelos nem loiros nem escuros, olhos meio castanhos e meio esverdeados e um tipo físico bem peculiar. Uma vez perguntei à minha mãe de quem tinha herdado minhas pernas curtas e grossas, e ela respondeu: "Sabe que nem eu sei?", como se não fosse uma coisa terrível de se dizer para uma filha.

Só havia uma coisa na minha aparência de que eu realmente gostava. Minhas sardas, o aglomerado de pontinhos escuros sob o olho direito. Minha mãe costumava ligar os pontos com o dedo quando me punha na cama quando criança.

Eu adorava minhas sardas e odiava minha bunda.

Então, no provador daquela loja, eu só queria encontrar uma calça que fizesse minha bunda ter uma aparência melhor. E aquela parecia funcionar nesse sentido.

Saí do provador para pedir a opinião de Marie. Infelizmente, ela havia sumido.

Voltei lá para dentro com a sensação de que não podia contar com ninguém para me ajudar naquela decisão.

Me olhei no espelho mais uma vez.

Talvez eu tivesse gostado mesmo daquela.

Vi a etiqueta com o preço. Trinta e cinco dólares.

Ainda sobraria dinheiro para comer frango teriyaki na praça de alimentação.

Tirei a calça, passei no caixa e entreguei o dinheiro dos meus pais. Em troca, recebi uma sacola contendo um jeans que eu não detestava.

Marie ainda estava desaparecida.

Procurei dentro da loja. Fui até a loja de cosméticos para ver se ela estava lá comprando batom ou sabonete líquido. Meia hora depois, eu a encontrei comprando bijuterias.

"Procurei você pelo shopping inteiro", falei.

"Desculpa, estava vendo uns brincos." Marie pegou seu troco, pôs as notas na carteira com toda a delicadeza e apanhou a sacolinha branca que, sem dúvida, continha objetos falsamente folheados a ouro que com certeza deixariam manchas cinzentas e esverdeadas em suas orelhas.

Fui seguindo Marie enquanto ela saía cheia de confiança da loja em direção à entrada perto de onde tínhamos estacionado.

"Espere", falei, parando de andar. "Eu queria passar na praça de alimentação."

Marie se vira para mim, olhando no relógio. "Desculpa, não dá. A gente vai se atrasar."

"Para quê?"

"Para a competição de natação", ela respondeu.

"Que competição de natação?", questionei. "Ninguém me falou nada sobre competição nenhuma."

Marie não me respondeu, até porque não precisava. Eu já a estava seguindo de volta para o carro, disposta a ir aonde ela mandasse e a obedecer a todas as suas ordens.

Só depois que chegamos ao carro ela se dignou a me dar uma explicação. "Graham é o capitão da equipe de natação nesta temporada", ela contou.

Ah, sim.

Graham Hughes. O capitão de todas as equipes de que faz parte. Candidato a vencedor do título de "melhor sorriso" no anuário do colégio. Exatamente o tipo de pessoa que santa Marie de Acton namoraria.

"Legal", eu disse. Estava óbvio que meu destino, além de ter que assistir à prova de cinquenta metros nado livre, incluía esperar no carro até que Marie e Graham cansassem de se beijar.

"A gente pode pelo menos passar no drive-thru no caminho?", pedi, já me sentindo derrotada.

"Tá, tudo bem", ela falou.

E então, com toda a coragem de que era capaz, acrescentei: "Você paga".

Ela se virou para mim, aos risos. "Você já tem catorze anos. Não tem como pagar o próprio almoço?"

Marie demonstrava essa incrível capacidade de me jogar para baixo mesmo quando eu me sentia confiante.

Paramos no Burger King, e eu comi um Whopper Jr. no banco da frente do carro dela, sujando as mãos de ketchup e mostarda e precisando esperar até estacionarmos para ir atrás de um guardanapo.

Marie me dispensou assim que sentimos o cheiro de cloro no ar. Fui me sentar na arquibancada e fiz o melhor que pude para me distrair.

A piscina coberta estava repleta de garotos da minha idade quase sem roupa e em ótima forma física. Fiquei sem saber direito para onde olhar.

Quando Graham subiu no bloco de partida e o apito soou, observei como ele mergulhou com a mesma facilidade que um pássaro voa pelos ares. Assim que entrou na piscina, ficou claro que venceria a prova.

Olhei para Marie, lá do outro lado, pulando sem parar, torcendo por ele, acreditando com todas as forças. Quando Graham assumiu seu trono de campeão, levantei e fui dar uma volta, saindo da piscina e passando pelo ginásio à procura de uma máquina de doces e salgadinhos.

Quando voltei — cinquenta centavos mais pobre e um pacote de Doritos mais rica —, vi Olive sentada na plateia com a família.

Um dia, no verão passado, pouco antes do começo das aulas, Olive e eu estávamos no porão de sua casa quando ela me disse que achava que era gay.

Disse que não tinha certeza, mas que não se considerava totalmente hétero. Até gostava de garotos. Mas estava começando a pensar que podia gostar de meninas também.

Eu tinha quase certeza de que era a única a saber. E tinha quase certeza também de que a família dela não fazia a menor ideia. Mas aquilo não era problema meu. Minha única função era ser uma boa amiga.

Então fiz o que as amigas fazem. Fiquei assistindo videoclipes com ela durante horas, esperando a vez de "Torn", da Natalie Imbruglia, para Olive poder admirá-la à vontade. Também não foi uma atitude exatamente altruísta, porque aquela era minha música favorita, e eu sonhava em poder cortar meu cabelo para ficar parecida com a Natalie Imbruglia.

Minha disposição para assistir de novo *Titanic* com Olive de tempos em tempos para ela tentar decidir se gostava da cena de sexo de Jack e

Rose porque se sentia atraída por Leonardo DiCaprio ou por Kate Winslet também não era das mais altruístas.

"Oi!", ela falou quando apareci em seu campo de visão naquele dia na piscina.

"Oi", respondi. Olive usava uma regatinha branca por baixo de uma camisa social azul-clara desabotoada. Seus cabelos pretos, lisos e compridos estavam soltos sobre os ombros. Pelo seu nome, Olive Berman, ninguém imaginaria que ela era meio judia e meio coreana, mas minha amiga tinha orgulho das raízes da sua mãe na Coreia do Sul e mostrava o mesmo entusiasmo ao falar sobre seu bar mitzvá.

"O que você está fazendo aqui?", ela me perguntou.

"A Marie me arrastou para cá e me largou aqui."

"Ah", Olive respondeu, balançando a cabeça. "É a cara da filha dos livreiros fazer isso. Ela veio ver o Graham?" Olive fez uma careta ao dizer o nome dele, e fiquei contente por ela também considerar Graham risível.

"É", eu disse. "Mas... espere, o que você está fazendo aqui?"

O irmão de Olive tinha sido nadador até se formar, no ano anterior. Ela havia tentado entrar na equipe de natação feminina, mas não conseguiu.

"Meu primo Eli nada pela Sudbury."

A mãe de Olive desviou os olhos da piscina e se virou para mim. "Oi, Emma. Vem cá, senta aqui." Quando me acomodei ao lado de Olive, a sra. Berman voltou a prestar atenção na competição.

Eli chegou em terceiro e, por reflexo, a sra. Berman cerrou os punhos e sacudiu negativamente a cabeça, frustrada. Ela virou para Olive e para mim.

"Vou dar um abraço de consolação no Eli e já podemos ir para casa, Olive", ela falou.

Senti vontade de perguntar se podia ir junto. Olive morava a cinco minutos da minha casa, que ficava entre a deles e a saída para a via expressa. Mas eu tinha dificuldade em pedir favores às pessoas. Eu era melhor em comer pelas beiradas.

"Acho melhor eu procurar a Marie", falei. "Para ver quando a gente vai embora."

"Nós podemos levar você", Olive ofereceu. "Né, mãe?"

"Claro", a sra. Berman falou enquanto levantava e se esgueirava pela arquibancada lotada. "Querem se despedir do Eli? Ou encontro com vocês no carro?"

"No carro", Olive falou. "Mas manda um oi para o Eli por mim."

Olive enfiou a mão no meu pacote de Doritos e foi logo se servindo.

"Então", ela falou assim que sua mãe se afastou. "Você viu aquela garota do outro lado da piscina, falando com o carinha de sunga vermelha?"

"Quê?"

"Aquela garota de rabo de cavalo. Falando com alguém da equipe do Eli. Sinceramente, é a garota mais gata que eu já vi. Tipo, em todos os tempos. Tipo, que já existiu no mundo."

Virei para a piscina à procura de uma garota de rabo de cavalo. Não vi nenhuma. "Cadê ela?", perguntei.

"Ela está perto do trampolim agora", Olive contou, apontando. "Ali. Do lado do Jesse Lerner."

"Quem?", questionei enquanto seguia a direção apontada pelo dedo de Olive até o trampolim. E, de fato, lá estava uma menina bonita de rabo de cavalo. Mas eu nem reparei.

Porque também vi o garoto magro, alto e com musculatura bem definida ao lado dela.

Os olhos dele eram profundos, o rosto anguloso, os lábios carnudos. Os cabelos castanho-claros estavam de pé e bagunçados, porque ele tinha acabado de tirar a touca de natação. Pelo traje de banho eu o reconheci como um aluno do nosso colégio.

"Você viu?", Olive quis saber.

"Vi", falei. "É, ela é bonita. Mas o cara com quem ela está conversando... como é mesmo o nome dele?"

"Quem?", questionou Olive. "Jesse Lerner?"

"Isso. Quem é esse Jesse Lerner?"

"Como você não sabe quem é o Jesse Lerner?"

Eu me virei para Olive. "Sei lá. Só não sei. Quem é?"

"Ele mora perto da casa dos Hughes, na mesma rua."

Me voltei de novo para Jesse, observando enquanto ele pegava os óculos de natação no chão. "Ele é do nosso ano?"

"É."

Olive continuou falando, mas minha mente já tinha começado a se desligar. Em vez de prestar atenção nela, fiquei vendo Jesse voltar para o vestiário com o restante da equipe. Graham estava bem ao seu lado, pondo a mão no ombro dele por um momento, antes de se adiantar à pequena e lenta fila que se formava. Eu não podia deixar de notar a maneira como Jesse se movimentava, a confiança com que punha um pé na frente do outro. Ele era o mais novo entre aqueles nadadores — um calouro na equipe oficial do colégio —, mas parecia se sentir à vontade circulando na frente de todos com uma sunguinha minúscula.

"Emma", Olive chamou minha atenção. "Você está até babando."

Nesse momento, Jesse virou um pouco a cabeça, e seu olhar se voltou justamente para mim, por um breve instante de parar o coração. De forma instintiva, olhei para o outro lado.

"O que você disse?", perguntei para Olive, tentando fingir que estávamos conversando.

"Disse que você estava se babando toda pelo Jesse."

"Estava nada", rebati.

Logo em seguida a sra. Berman reapareceu no lado em que estávamos da arquibancada. "Pensei que a gente fosse se encontrar no carro", ela falou.

"Desculpa!", disse Olive, ficando de pé num pulo. "Já estamos indo."

"Desculpa, sra. Berman", falei, seguindo as duas pelas arquibancadas até a saída.

Parei um pouco antes da porta, para dar uma última olhada em Jesse. Vi o brilho de seu sorriso reluzente, sincero e cheio de dentes. Seu rosto inteiro estava iluminado.

Fiquei pensando em como seria ter aquele sorriso direcionado para mim ou como ser a causa de um gesto como esse — e, de repente, minha recém-descoberta atração por Jesse Lerner se transformou num balão imenso e inflado que parecia ser capaz de carregar nós dois pelos ares caso nos agarrássemos a ele.

Naquela semana no colégio, notei a presença de Jesse nos corredores quase todos os dias. Agora que sabia quem ele era, passei a vê-lo por toda parte.

"É o fenômeno Baader-Meinhof", Olive explicou quando falei a respeito durante o almoço. "Meu irmão me falou sobre isso pouco tempo atrás. Você sequer sabe que algo existe, mas então fica sabendo, e de repente está por toda parte." Olive ficou pensativa por um instante. "Uau. Com certeza estou experimentando um fenômeno Baader-Meinhof a respeito do *próprio* fenômeno Baader-Meinhof."

"Você também está vendo o Jesse em todo lugar?", perguntei, claramente sem entender o que ela havia explicado. Mais cedo naquele dia, dei de cara com ele saindo da aula de espanhol. Ele estava conversando com Carolyn Bean perto dos armários. Carolyn Bean era a capitã do time de futebol feminino do colégio. Usava os cabelos loiros presos em um coque e uma faixa esportiva na cabeça todos os dias. Nunca a vi nem com um batonzinho na boca. Se era desse tipo de garota que Jesse gostava, então eu não tinha a menor chance.

"Não mais do que o normal", Olive comentou. "Mas eu sempre vejo o Jesse por aí. Estamos na mesma turma de álgebra."

"Vocês são amigos?", pergunto.

"Na verdade, não", Olive contou. "Mas ele é um cara legal. Você devia se apresentar pra ele."

"Que loucura. Eu não posso simplesmente me apresentar pra ele."

"Claro que pode."

Faço que não com a cabeça e viro para o outro lado. "Você é maluca."

"Você que é. Ele é só um garoto da nossa escola. Não é o Keanu Reeves."

Se eu pudesse falar com Jesse Lerner, não daria a mínima para o Keanu Reeves, pensei comigo mesma.

"Eu não posso me apresentar pra ele, isso é loucura", repeti, pegando minha bandeja e tomando o caminho da lata do lixo. Olive me seguiu.

"Tudo bem", ela falou. "Mas ele é bem legal."

"Não fala isso!", pedi. "Assim eu só me sinto pior."

"Prefere que eu diga que ele é um babaca?"

"Sei lá!", respondi. "Não sei o que eu quero que você diga."

"Você está sendo meio irritante", Olive comentou, surpresa.

"Eu sei, né?", retruquei. "Argh, é que... vamos lá. Eu pago uns cookies pra você."

Na época, um pacotinho de cookies de setenta e cinco centavos era suficiente para compensar o fato de ser irritante. Então fomos até o balcão do refeitório, e enfiei a mão no bolso e contei minhas moedas.

"Tenho exatamente um e cinquenta", falei enquanto ia atrás de Olive até o fim da fila. "Vai dar um para cada uma." Quando levantei a cabeça, vi os olhos de Olive se arregalem.

"Que foi?"

Segui o olhar dela.

Jesse Lerner estava bem na nossa frente, com uma calça jeans escura, uma camiseta dos Smashing Pumpkins e um par de All Star preto nos pés.

E segurando a mão de Carolyn Bean.

Olive me olhou, tentando medir minha reação. Mas continuei simplesmente olhando para a frente, como se não me importasse.

E então vi Carolyn Bean soltar a mão de Jesse, enfiar a mão no bolso, pegar um batom e passar nos lábios.

Além de poder segurar a mão dele, ela ainda teve a audácia de soltá-la.

Fiquei com muita raiva da garota. Com ódio de seu futebol, de sua faixinha na cabeça, de seu batom com sabor artificial de morango.

Se ele pedisse para segurar minha mão, não soltaria nunca, jamais.

"Vamos embora daqui", falei para Olive.

"É", ela concordou. "A gente pode pegar alguma coisa na máquina."

Eu me afastei, deprimida e enciumada, indo em direção à máquina de doces e salgadinhos da sala de música.

Comprei dois Snickers e dei um para Olive. Devorei o meu como se o chocolate fosse a única coisa capaz de preencher o vazio no meu peito.

"Já desisti dele", falei. "Foi um crush totalmente idiota. Mas acabou. Já era. Sério mesmo."

"Tá bom", Olive falou, meio que rindo de mim.

"Não, é sério", insisti. "Acabou mesmo."

"Claro", Olive concordou, erguendo as sobrancelhas e contorcendo os lábios.

Foi quando ouvi uma voz atrás de mim.

"Emma?"

Quando me virei, vi Sam saindo da sala de música.

"Ah, oi", falei.

"Não sabia que agora era seu horário de almoço."

Balancei a cabeça positivamente. "Mas é."

Seus cabelos estavam meio bagunçados, e ele usava uma camiseta verde com uma frase em português: "Bom Dia!".

"Então acho que vamos fazer nosso primeiro turno juntos", ele comentou. "Quer dizer, amanhã na livraria."

"Ah", respondi. "É mesmo." Na terça-feira, Marie tinha pegado emprestado sem pedir meu CD da Fiona Apple, o que me fez chamá-la de "cuzona" na frente dos meus pais. Meu castigo foi um turno de sexta--feira na livraria. Na minha família, em vez de ficar de castigo ou sem poder fazer algo, as pessoas se redimiam trabalhando mais. Os turnos extras na livraria eram a forma de meus pais nos ensinar lições e ainda contar com mão de obra gratuita. Trabalhar naquela sexta-feira à noite me impediria de ficar com Olive, e meus pais estariam livres para ir ao cinema.

"Amanhã?", Olive falou. "Pensei que você fosse lá pra casa depois da escola."

"Desculpa", eu disse. "Esqueci de avisar. Vou ter que trabalhar."

O sinal tocou, indicando que estava na hora de ir para minha aula de geografia.

"Ah, preciso ir", Olive avisou. "Esqueci meu livro no armário."

Ela não me esperou, nem se ofereceu para me esperar. Nada era capaz de fazer Olive se atrasar para alguma coisa.

"Eu também preciso ir", falei para Sam, que não parecia estar com a menor pressa. "Tenho prova de geo."

"Ah, não quero que você se atrase", Sam falou. "Só vim perguntar se queria uma carona. Amanhã. Para a livraria, depois da aula."

Lancei um olhar confuso para ele. Não porque não entendi o que ele falou. Não é difícil compreender a mecânica de entrar em um carro que pode me levar da escola para o trabalho. Mas fiquei surpresa com a oferta, e com o fato de ele ter pensado nisso.

"Acabei de tirar minha carteira e herdei o Camry do meu irmão", ele explicou. No ensino médio, parecia que todo mundo tinha começado a herdar Camrys e Corollas. "Então fiquei pensando..." Ele me encarou por um instante, então se virou para o outro lado. "Assim você não precisa ir de ônibus."

Ele estava sendo muito atencioso. E mal me conhecia.

"Claro, seria ótimo", aceitei.

"A gente se encontra no estacionamento depois da aula?", ele perguntou.

"Beleza. Obrigada. Muito legal da sua parte."

"Não esquenta", ele respondeu. "A gente se vê amanhã."

Enquanto caminhava na direção da porta dupla no fim do corredor, indo para a aula, cheguei à conclusão de que estava na hora de fazer amizade com quem eu quisesse, e parar de me preocupar tanto em rejeitar as pessoas de quem Marie gostava.

Talvez estivesse na hora de simplesmente... ser eu mesma.

29

No dia seguinte fui para a escola usando uma blusa vermelha de tricô e calça social, porque meus pais não permitiam que eu trabalhasse de jeans na livraria. Dez minutos depois de o último sinal tocar, encontrei Sam encostado no capô do carro no estacionamento do colégio, esperando por mim.

"Oi", eu disse ao me aproximar.

"Oi." Ele foi até o lado do passageiro e abriu a porta. Ninguém nunca tinha feito isso para mim, a não ser o meu pai, que só fazia isso brincando.

"Ah, obrigada", falei, tirando a mochila das costas e colocando no assento.

Sam pareceu surpreso, como se não soubesse ao certo pelo que eu estava agradecendo. "Por causa da porta? De nada."

Me acomodei no assento do passageiro enquanto Sam contornava o carro. Ele abriu um sorriso nervoso quando entrou e virou a chave na ignição. Do nada, um jazz começou a tocar amplamente nos alto-falantes.

"Desculpa", ele falou. "Às vezes preciso de um incentivo para me animar de manhã."

Dei risada. "Sei como é."

Ele baixou o volume, mas não desligou a música, que aos poucos foi tomando conta do ambiente do carro. Sam engatou a ré e inclinou o corpo na minha direção, apoiando o braço nas costas do meu assento para sair da vaga em que estávamos estacionados.

Seu carro era uma bagunça. Papéis no chão, embalagens de chiclete e palhetas de guitarra espalhadas pelo painel. Dei uma espiada no banco traseiro e vi uma guitarra, uma gaita e dois estojos pretos de instrumentos.

Me virei de novo para a frente. "Quem é esse?", perguntei, apontando para o som.

Sam estava de olho no fluxo de veículos à sua esquerda, à espera de uma oportunidade de embicar para a rua.

"Mingus", ele respondeu sem me olhar.

Uma pequena abertura surgiu, uma chance de se juntar ao tráfego. Sam avançou e virou o volante depressa, entrando sem dificuldade no fluxo de carros. Depois disso, relaxou e se voltou para mim.

"Charles Mingus", ele explicou. "Você gosta de jazz?"

"Não costumo ouvir", respondi. "Então não sei."

"Certo", Sam disse, aumentando o volume. "Vamos ouvir, e aí você vai saber."

Assenti e dei um sorriso para mostrar que topava. O único problema é que três segundos depois eu já sabia que Charles Mingus não era muito para mim, e fiquei sem graça de pedir para ele desligar. Então não pedi.

Meu pai estava no caixa quando chegamos. O rosto dele se iluminou quando me viu.

"Oi, queridinha", ele falou, só prestando atenção em mim. Em seguida, se virou por um breve instante. "Oi, Sam!"

"Oi, pai", respondi. Não gostei muito da ideia de ser chamada de "queridinha" na frente de alguém do colégio. Mas, como reclamar só pioraria as coisas, resolvi deixar passar.

Sam foi direto para os fundos da loja. "Vou dar uma passada no banheiro e já volto para te liberar, sr. Blair."

Meu pai fez um sinal de positivo e se virou para mim. "Me conta do seu dia", ele falou enquanto eu guardava minha mochila embaixo do balcão. "Começando do começo."

Olhei ao redor e vi que o único cliente na livraria era um senhor de idade lendo uma biografia militar. Estava fingindo dar só uma espiada, mas dava para perceber que estava interessadíssimo. Parecia prestes a lamber o dedo para virar a página ou pular algumas para encontrar o capítulo que mais lhe interessava.

"Você não ia sair com a mamãe?", questionei.

"Você me acha um velho mesmo, né?", ele retrucou, olhando no relógio. "Não são nem quatro da tarde. Onde vamos jantar a essa hora, num asilo?"

"Sei lá", respondi, dando de ombros. "Foram vocês que me obrigaram a vir trabalhar hoje para poder sair juntos."

"Nós fizemos você trabalhar hoje por ofender sua irmã", ele esclareceu, com um tom bem sério, mas sem nenhum indício de reprimenda na voz. Meus pais não eram do tipo que guardavam ressentimentos. Seus castigos e suas demonstrações de decepção eram regimentais. Era como se agissem de acordo com regras inventadas por outras pessoas. *Você fez isso, então é nosso papel fazer aquilo. Vamos cada um fazer sua parte e encerrar logo o assunto.*

Isso mudou alguns anos depois, quando liguei para casa no meio da noite pedindo para eles me buscarem na delegacia. De repente, não era mais uma maneira divertida de ensinar lições. De repente, a decepção se tornou verdadeira. Mas, nessa época da minha adolescência, não havia muita coisa em jogo, e a disciplina era quase como uma brincadeira.

"Sei que você e a Marie não são muito amigas", meu pai falou, ajeitando a pilha de marcadores de páginas ao lado da registradora. Quando a livraria foi aberta, lá pelos anos 60 do século passado, meu tio-avô cismou que precisava encomendar uns marcadores supercafonas com um globo terrestre e um avião voando ao redor. Havia ainda a frase: "Viaje pelo mundo lendo um livro". Meu pai gostava tanto que se recusava a atualizar o layout. Mandava imprimir exatamente os mesmos todas as vezes.

Sempre que pegava um daqueles na mão, me impressionava com o quanto eles simbolizavam exatamente aquilo que me incomodava na ideia por trás daquela livraria.

Eu ia viajar o mundo *atravessando-o de fato.*

"Só que um dia, mais cedo do que você imagina, vocês vão se dar conta do quanto precisam uma da outra", meu pai continuou.

Os adultos adoram dizer para os adolescentes que "um dia" e "mais cedo ou mais tarde" um monte de coisas vai acontecer com eles. Sentem prazer em falar que as coisas vão acontecer "antes do que você espera" e fazem questão de enfatizar que "o tempo voa".

Mais tarde, acabei percebendo que quase tudo o que meus pais me disseram a esse respeito se mostrou verdadeiro. A época da faculdade "passou voando" mesmo. E, "mais cedo ou mais tarde", meu conceito sobre Keanu Reeves mudou. E, "antes do que eu esperava", estava quase nos trinta. E, assim como meu pai falou naquela tarde, "um dia" eu ia precisar muito da minha irmã.

Só que, na época, nem dei bola, assim como todos os adolescentes do país estavam fazendo com seus pais naquele exato momento.

"A Marie e eu nunca vamos ser amigas. Nunca mesmo. E seria bom se vocês desencanassem disso."

Meu pai só escutou, balançando a cabeça de leve e desviou os olhos, voltando a se concentrar nos marcadores de páginas. Mas em seguida se virou para mim. "Ouvi muito bem o que você disse", ele falou, como sempre acontecia quando decidia que não queria mais conversar sobre determinado assunto.

Sam reapareceu e se juntou a nós no caixa. O cliente que estava lendo o livro veio até o balcão e pediu para reservarmos o exemplar para ele. Sem dúvida voltaria para continuar lendo no dia seguinte, como se o livro fosse seu. Meu pai agiu como se tivesse o maior prazer em fazer isso. Ele sempre foi muito gentil com estranhos.

Logo depois que o sujeito saiu, minha mãe veio do escritório nos fundos da loja. Infelizmente, meu pai não a viu.

"Vou avisar sua mãe que está na hora de ir", ele avisou. Tentei impedi-lo, mas ele já estava inclinando a cabeça para gritar: "Ashley, a Emma e o Sam chegaram!".

"Deus do céu, Colin", minha mãe falou, levando a mão à orelha. "Já estou aqui."

"Ah, desculpa." Ele fez uma careta de desculpas, e em seguida fez um carinho na orelha dela. Eram gestos como esse, pequenas demonstrações de intimidade entre os dois, que me levavam a pensar que meus pais provavelmente ainda transavam. Era um pensamento que ao mesmo tempo me provocava repulsa e alívio.

Os pais de Olive pareciam sempre à beira do divórcio. Debbie, uma amiga de Marie, quase morou na nossa casa por dois meses enquanto seus pais resolviam a separação. Por isso eu era esperta o suficiente para reconhecer a minha sorte de ter pais que ainda se amavam.

"Muito bem, já que vocês estão aqui, estamos indo", minha mãe avisou, voltando para os fundos para pegar suas coisas.

"Pensei que o programa de vocês fosse só mais tarde", eu disse para o meu pai.

"Sim, mas por que precisamos ficar aqui se nossa filha dá conta do trabalho?", ele respondeu. "Se formos agora, podemos chegar em casa a tempo de tirar uma soneca-disco."

"O que é uma soneca-disco?", Sam perguntou.

"Cuidado, Sam. É uma cilada", avisei.

Sam deu risada. Eu nunca conseguia fazer ninguém rir. Não era engraçada como Olive. Mas, naquele momento, Sam fez parecer que sim.

"Uma soneca-disco, meu caro Samuel, é aquela dormidinha que a gente dá antes de cair na noite. Nos anos 70, sabe..."

Eu me afastei, fugindo do tédio, e comecei a reorganizar a bancada de best-sellers na vitrine. Marie gostava de infiltrar seus livros favoritos ali, para tentar levantar a venda dos autores de que gostava. Meu único interesse era manter as pilhas retinhas. Não gostava de fileiras tortas.

Só voltei a prestar atenção quando ouvi Sam responder à história do meu pai sobre ter vencido um concurso de dança em uma discoteca em Boston rindo e dizendo: "Sinto muito informar, mas não é uma história muito boa".

Levantei a cabeça e olhei para Sam, impressionada.

Meu pai deu risada e sacudiu a cabeça. "Quando eu tinha a sua idade e um adulto me contava uma história chata, sabe o que eu fazia?"

"Memorizava para passar adiante quando tivesse filhos?", interferi.

Sam riu de novo. Meu pai, apesar de se fingir de ofendido, também deu uma gargalhadinha. "Deixa para lá. Fiquem trabalhando aqui enquanto eu saio para me divertir."

Sam e eu trocamos um olhar.

"A-há. Quem é que está rindo agora?", meu pai questionou.

Minha mãe apareceu com suas coisas logo em seguida, e meus pais pegaram o carro para ir embora e tirar sua soneca-disco. Fiquei atordoada por um instante por eles terem me deixado sozinha na livraria com Sam. Dois adolescentes com menos de dezessete anos encarregados de uma loja até a hora de fechar? De repente me senti madura. Como se pudesse dar conta de responsabilidades adultas de verdade.

Foi quando Margaret, a subgerente, apareceu, e me dei conta de que meus pais tinham ligado para ela ir até lá ficar de olho em tudo.

"Vou ficar lá no escritório trabalhando na escala da semana que vem", Margaret avisou assim que chegou. "Se precisarem de alguma coisa, é só chamar."

Olhei para Sam, que estava de pé ao lado da registradora, com os cotovelos apoiados no balcão.

Fui até a seção de biografias e comecei a arrumar os livros por lá também. A livraria estava deserta. Parecia quase uma tolice colocar duas pessoas no balcão e mais uma nos fundos. Mas eu sabia que estava cumprindo um castigo, e que Sam só tinha sido convocado porque estava precisando de horas extras.

Resolvi me sentar no chão e folhear os guias de viagem Fodor's enquanto ninguém aparecesse.

"Então, o que achou do Charles Mingus?", Sam perguntou. Fiquei surpresa ao ver que ele não estava mais no balcão, e sim a algumas fileiras de mim, repondo os periódicos.

"Ah", falei. "É... bem legal."

Sam deu risada. "Mentirosa. Você detestou."

Me virei para ele, com vergonha de admitir a verdade. "Desculpa. É verdade. Detestei."

Sam sacudiu a cabeça. "Tudo bem. Agora você sabe."

"É, se alguém me pergunta se gosto de jazz, posso dizer que não."

"Bom, você ainda pode gostar de jazz", Sam argumentou. "Só porque não gostou do Mingus, não significa que..." Ele parou ao olhar para a minha cara. "Você já riscou a categoria inteira do jazz?"

"Talvez? Acho que jazz não é pra mim", confessei, envergonhada.

Ele levou a mão ao peito como se tivesse tomado uma facada.

"Ah, qual é", rebati. "Com certeza tem um monte de coisa que eu adoro e que você odeia."

"Por exemplo?"

"*Romeu e Julieta*", respondi, confiante. Era um motivo comprovado de divisão entre garotos e garotas na escola.

Sam estava voltado para a prateleira dos periódicos outra vez. "A peça?", ele perguntou.

"O filme!", falei.

Ele sacudiu a cabeça como se não soubesse do que eu estava falando.

"Você nunca viu *Romeu e Julieta* com o Leonardo DiCaprio?" Eu sabia que havia várias versões da história, mas, nessa época, não havia Romeu que não fosse Leo. Nem Julieta que não fosse Claire Danes.

"Eu não vejo muitos filmes novos", Sam respondeu.

Uma mãe e um filho entraram e foram direto para a seção infantil, no fundo da livraria. "Vocês têm *O coelho de veludo*?", a mãe perguntou.

Sam fez que sim com a cabeça e foi até ela, na direção das pilhas no canto mais distante da loja.

Fui para a caixa registradora. Quando eles voltaram, eu já estava pronta para registrar a compra, colocar o livro numa sacola plástica verde e um marcador com a frase "Viaje pelo mundo lendo um livro". Assim que os dois saíram, eu me voltei para Sam. Ele estava parado num canto, recostado em uma mesa, sem nada para fazer.

"Do que você gosta de fazer, então?", questionei. "Já que não curte cinema."

Sam pensou a respeito. "Bom, eu estudo bastante", ele começou. "Além disso, trabalho aqui, faço parte da fanfarra, da orquestra e da banda de jazz da escola... não me sobra muito tempo."

Fiquei olhando para ele. Estava levando cada vez menos em conta o fato de Marie considerá-lo fofo e cada vez mais o fato de eu pensar isso também.

"Posso perguntar uma coisa?", falei, indo em direção a ele.

"Acho que as conversas funcionam assim, então com certeza", ele respondeu com um sorriso.

Dei risada. "Por que você trabalha aqui?"

"Como assim?"

"Quer dizer, se você é assim tão ocupado, por que passar tanto tempo trabalhando numa livraria?"

"Ah", Sam disse, pensando a respeito. "Bom, preciso pagar o seguro do meu carro e quero ter um celular, mas meus pais disseram que só deixariam se eu mesmo comprasse o aparelho e bancasse a conta."

Essa parte eu conseguia entender. Quase todo mundo que eu conhecia precisava trabalhar depois da aula, a não ser o pessoal que conseguia empregos de salva-vidas no verão e de alguma forma se mantinham pelo resto do ano com a grana que vinha disso.

"Mas por que *aqui*? Você podia trabalhar na loja de CDs aqui do lado. Ou na de instrumentos musicais na rua principal."

Sam refletiu a respeito. "Sei lá. Pensei em me candidatar para esses lugares também. Mas é que... acho que queria trabalhar num lugar que não tivesse nada a ver com música", ele explicou.

"Como assim?"

"É que eu toco seis instrumentos. E preciso praticar o tempo todo. Toco piano no mínimo uma hora todo dia. Então é legal ter pelo menos uma coisa que não sejam acordes e tempos e..." Ele pareceu perdido no próprio mundo por um instante, mas logo voltou à tona. "Às vezes eu quero fazer uma coisa diferente."

Não consegui nem imaginar como era ser ele, ter uma coisa que me mobilizasse tanto que fosse necessário tirar uma folga de tempos em tempos. Eu não tinha nenhuma paixão em especial. Só sabia que não era a mesma da minha família. Não eram os livros.

"Que instrumentos?", perguntei.

"Hã?"

"Quais são os seis instrumentos que você toca?"

"Ah", ele disse.

Um trio de garotas da escola entrou. Não as conhecia de nome, mas já tinha cruzado com elas nos corredores. Eram veteranas, com certeza. Estavam rindo e fazendo piadinhas umas com as outras, sem dar atenção para mim e para Sam. A mais alta foi em direção aos lançamentos de ficção, enquanto as outras duas ficaram na bancada de promoções, pegando livros só para rir deles.

"Piano", Sam respondeu. "Esse foi o primeiro. Comecei no segundo ano. E depois, vejamos..." Ele estendeu o polegar para começar a contar, acrescentando um dedo para cada instrumento. "Guitarra — e também violão, mas conto como uma coisa só — e baixo também — elétrico e acústico, o que também conto como uma coisa só, apesar de serem bem diferentes."

"Então já foram cinco, apesar de você dizer que são só três."

Sam deu risada. "É. E bateria também, um pouquinho. É o meu

ponto fraco. A verdade é que meio que só engano, mas estou melhorando. E tem também o trompete e o trombone. E comprei uma gaita há pouco tempo, para ver se consigo aprender. Por enquanto estou me saindo bem."

"Então são sete", eu disse.

"É, mas a gaita também não conta, pelo menos não ainda."

Nesse momento, desejei que os meus pais tivessem me incentivado a escolher um instrumento quando eu estava no segundo ano. Àquela altura, parecia tarde demais. É sempre muito fácil dizer que é tarde demais para começar alguma coisa. Comecei a fazer isso aos catorze anos.

"É como aprender idiomas?", questionei. "A Olive foi criada falando inglês e coreano e diz que tem facilidade de aprender outras línguas por causa disso."

Sam pensou a respeito. "É, tem tudo a ver. Eu cresci falando um pouco de português. E na aula de espanhol consigo deduzir o que significam algumas palavras. Foi a mesma coisa com a guitarra e com o baixo. Uma coisa ajuda a outra, com certeza."

"Por que você falava português?", quis saber. "Seus pais são de Portugal?"

"A minha mãe é filha de brasileiros", ele explicou. "Mas eu nunca fui fluente nem nada do tipo. Só conheço algumas palavrinhas."

A menina mais alta foi para o caixa, então larguei o livro que tinha na mão e me dirigi para trás do balcão.

Ela ia levar um romance da Danielle Steel. Quando registrei a compra, ela falou: "É para a minha mãe. Para o aniversário dela", como se eu a estivesse julgando ou coisa do tipo. Mas eu não estava. Nunca fiz isso. Estava sempre preocupada demais pensando que os outros estavam me julgando.

"Aposto que ela vai gostar", respondi. Falei o preço, e ela estendeu o cartão de crédito para mim.

Lindsay Bean.

Imediatamente, a semelhança se tornou clara. Ela parecia uma versão mais velha e mais espigada de Carolyn. Coloquei o livro na sacola e entreguei para ela. Sam, que observava tudo, apontou para os marcadores para me lembrar. "Ah, espere", falei. "Leve um marcador de página também." Peguei um e coloquei na sacola.

"Obrigada", Lindsay disse. Fiquei me perguntando se ela se dava bem com Carolyn, como seria a relação das irmãs Bean. Talvez elas se amassem, gostassem de ficar juntas, da companhia uma da outra. Talvez Lindsay não largasse Carolyn sozinha na loja quando fosse comprar roupas com ela.

Eu sabia que era bobagem achar que a vida de Carolyn era melhor que a minha só porque a vi de mãos dadas com Jesse Lerner no dia anterior na fila da cantina da escola. Mas também sabia que, justamente por isso, sua vida já *era* melhor que a minha.

O sol estava começando a se pôr. Os carros já passavam com os faróis acesos. Muitas vezes, durante essas primeiras horas da noite, os faróis baixos dos suvs que estacionavam na frente da livraria se projetavam para dentro da loja.

Foi exatamente o que aconteceu quando Lindsay e suas amigas estavam saindo. Um suv enorme cor de champanhe parou em frente à livraria, com os faróis apontados para mim. Quando o motorista desligou o carro, deu para ver quem estava lá dentro.

Jesse Lerner estava no banco do passageiro, ao lado do homem ao volante, provavelmente seu pai.

A porta de trás do carro se abriu, e Carolyn Bean desceu.

Jesse saiu do carro também e deu um abraço de despedida em Carolyn, que entrou no carro da irmã junto com as amigas.

Em seguida Jesse voltou para o carro do pai, dando uma olhada para a livraria ao fazer isso. Não sei se ele me viu. Duvidei que estivesse de fato *observando* alguma coisa, como eu estava.

Mas não consegui tirar os olhos dele. Continuei olhando mesmo depois que o carro de Lindsay e Carolyn arrancou, mesmo depois de o pai de Jesse acender de novo os faróis e dar ré para sair do estacionamento.

Quando voltei para o que estava fazendo, foi com uma espécie de dor no coração. Era como se Jesse Lerner fosse destinado a ser meu, e eu estivesse sendo condenada a presenciar aquela injustiça.

Minha mão esbarrou nos marcadores, desmanchando a pilha. Juntei todos e comecei a arrumar tudo de novo.

"Então, fiquei pensando", Sam falou.

"Sim?"

"De repente, se você quiser, a gente podia sair para ver um filme juntos um dia desses."

Surpresa, eu me virei para ele.

Era coisa demais para eu processar naquele momento. Jesse com Carolyn, os faróis nos meus olhos, e o fato de provavelmente estar sendo convidada para um *encontro*.

Eu deveria ter dito "Claro". Ou "Com certeza". Mas, em vez disso, falei: "Ah. É...".

E nada mais.

"Sem problemas", Sam disse em seguida, claramente desesperado para pôr um fim àquela situação embaraçosa. "Eu entendo."

E, em um estalar de dedos, fiz Sam Kemper acreditar que não poderíamos ser nada além de amigos.

Dois anos e meio depois, Sam se formou.

Passei boa parte do meu segundo ano de ensino médio tentando fazer Sam me convidar para sair de novo. Fazia piadinhas sobre não ter nada para fazer nos sábados à noite e insinuava vagamente que a gente deveria se ver fora da livraria, mas ele não entendeu o recado, e eu era cagona demais para chamá-lo para fazer alguma coisa por iniciativa própria. Então deixei a chance passar.

E, desde então, Sam e eu viramos grandes amigos.

Por isso compareci à formatura com meus pais, para dar meu apoio moral enquanto ele ficava torrando sob o sol de beca e capelo.

Marie ainda estava no meio do semestre letivo na Universidade de New Hampshire. Ela ia se formar em letras e gastava todo o tempo disponível para atividades extracurriculares mandando contos para revistas literárias. Ainda não tinha conseguido emplacar nenhum, mas todo mundo tinha certeza de quem em breve ela seria publicada em algum lugar. Graham estudava na UNH também, mas Marie terminara com ele dois meses depois do início das aulas. Agora ela estava saindo com um cara chamado Mike, que era filho dos donos de uma cadeia de lojas de artigos esportivos. Marie vivia brincando que, se os dois se casassem, podiam promover uma fusão dos negócios. "Entenderam? A gente venderia livros e artigos esportivos no mesmo lugar", ela explicava.

Como eu dizia para Olive, não havia limites nas coisas que Marie dizia para arruinar meu apetite. Só que ninguém mais sentia vontade de vomitar perto dela e, sendo assim, meus pais a promoveram a subgerente naquelas férias de verão.

Margaret tinha pedido demissão havia pouco tempo, e Marie fez um lobby pesado para assumir a vaga. Fiquei surpresa por minha mãe ter ficado reticente. "Ela deveria estar curtindo as férias", foi o argumento usado. "E não voltando para cá e assumindo toda essa responsabilidade."

Mas meu pai ficou tão empolgado que até eu consegui assimilar melhor a ideia. Fez para ela um crachá de subgerente, apesar de ninguém na loja usar crachá. E disse para a minha mãe que não poderia estar mais feliz por poder passar o verão com as duas filhas na livraria.

O sorriso no seu rosto e o brilho nos seus olhos me levaram a prometer a mim mesma que tentaria ser mais legal com Marie. Mas antes mesmo de ela voltar para casa já estava em dúvida se conseguiria.

Eu não estava nem um pouco ansiosa por aquelas férias de verão. Sam tinha dado seu aviso prévio no mês anterior, mas continuou trabalhando normalmente até o último dia. Em vez de ficar na cidade, ia fazer um estágio de algumas semanas em uma clínica de terapia musical em Boston. E, no outono, começaria a faculdade de música na Berklee College of Music.

Era onde ele mais queria estudar e, quando foi aceito, eu o parabenizei com um abraço. Logo depois fiz uma brincadeirinha dizendo que ele não ia conseguir ficar longe de mim. Mas, como toda brincadeira tem um fundo de verdade, de fato eu não entendia por que sua primeira escolha era estudar em Boston, tão perto da cidade onde passou a vida toda. Eu mesma pretendia ir para a Universidade de Los Angeles. Tinha recebido um panfleto de lá pelo correio e gostei da ideia de estudar num lugar sempre ensolarado.

Quando o nome de Sam ia ser chamado no campo de futebol transformado em auditório naquela tarde, meus pais estavam discutindo sobre a possibilidade de mandar reenvernizar o deque de madeira do quintal de casa. Precisei cutucar meu pai com o cotovelo para chamar a atenção deles.

"Pessoal. É a vez do Sam", avisei.

"Samuel Marcos Kemper", o diretor anunciou.

Nós três levantamos e o aplaudimos de pé, junto com os pais dele, que estavam do outro lado da plateia.

Quando Sam voltou a sentar, nossos olhares se cruzaram por um momento, e vi um sorriso aparecer em seu rosto.

*

Quatro horas depois, Olive e eu estávamos na cozinha da casa de Billy Yen, enchendo nossos copos de plástico vermelho de cerveja genérica tirada de um barril num balde de gelo.

Com quase dezessete anos, eu já tinha ficado com dois caras e namorado Robby Timmer por quatro semanas, durante as quais permiti umas apalpadas mais ousadas, mas sempre controladas. Mas já podia dizer que estava disposta a deixar de ser virgem quando a oportunidade certa aparecesse, e estava torcendo para que acontecesse o quanto antes.

Olive, por sua vez, tinha se assumido bissexual para os pais, mas deixado os dois bem confusos quando começou a namorar Matt Jennings. Ela teve que explicar que ser bi não queria dizer gay, e sim *bissexual*. E, apesar de parecer entender, mais uma vez ficaram confusos quando Olive terminou com Matt e começou a sair com uma garota com quem trabalhava depois da escola em uma farmácia. Eles entendiam o que era ser gay e o que era ser hétero, mas não compreendiam Olive.

"Você viu quem está aqui?", Olive me perguntou. Ela deu um gole na cerveja e fez uma careta. "Tem gosto de água, basicamente."

"Quem?", perguntei. Dei um gole no meu copo e comprovei que Olive estava certa — a bebida estava bem aguada. Mas eu gostava de cerveja aguada. Tinha menos gosto de cerveja.

"J-E-S-S-E", Olive soletrou.

"Ele veio?"

Olive fez que sim com a cabeça. "Passei por ele lá na piscina."

Olive e eu não sabíamos que haveria uma piscina na festa, e gente andando de biquíni e calção de banho pela casa, se jogando na água e se desafiando a mergulhar. Mas, mesmo que soubéssemos, não teríamos levado trajes de banho.

Dei mais um gole na bebida e decidi virar tudo de uma vez. Em seguida reabasteci meu copo.

"Bom, então vamos dar uma volta e ver se a gente cruza com ele", falei.

Jesse e Carolyn tinham terminado durante o recesso de primavera daquele ano. Então não parecia tanta loucura imaginar que Jesse pudesse reparar em mim.

Mas era. Um absurdo completo.

Àquela altura ele já era capitão da equipe de natação, levando nosso colégio a três temporadas seguidas de vitórias. Saiu uma matéria sobre ele no jornal local com a manchete: "Prodígio da natação Jesse Lerner bate o recorde estadual dos quinhentos metros livres". Ele era areia demais para o meu caminhãozinho.

Olive e eu pegamos nossos copos cheios e nos infiltramos no caos que eram o quintal e a piscina. Havia garotas no deque de madeira fumando cigarros de cravo e rindo, com tops de alcinha e calça jeans de cintura baixa. Fiquei com vergonha de não estar vestida assim.

Eu estava com uma blusinha preta e um jeans que só chegava dois dedos abaixo do umbigo. Até havia um espaço entre a blusa e a calça, mostrando um pedaço da minha barriga. Olive estava usando uma calça de estampa militar e uma camiseta roxa com gola V, também mostrando a barriga. Hoje vejo as fotos dessa época e me pergunto como éramos capazes de sair de casa com o umbigo de fora.

"Você está linda, aliás", Olive falou. "Melhor do que nunca."

"Obrigada", respondi. Deduzi que ela estivesse falando dos meus cabelos castanhos alourados partidos ao meio, que chegavam até a metade das costas. Mas também desconfiava que tinha a ver com o modo como meu corpo estava se desenvolvendo. Estava mais confiante em relação à minha bunda, e com menos vergonha dos meus peitos. Minha postura estava mais ereta. Tinha começado a usar rímel e blush. E havia me transformado em uma escrava do brilho labial, como todas as outras garotas do colégio. Não me sentia de forma nenhuma um cisne deslumbrante, mas também não era um patinho feio. Era um meio-termo, e talvez minha confiança crescente tivesse começado a ser notada.

Olive acenou com a mão na frente do rosto quando a fumaça dos cigarros de cravo nos atingiu. "Por que essas garotas acham que esses cigarros são mais suportáveis que os normais só porque têm um cheirinho de noz-moscada?" Ela se afastou a caminho da piscina para nos distanciar da fumaça.

Foi só quando pisei nas pedras ao redor da piscina que vi quem estava prestes a mergulhar.

Com um calção de banho vermelho e branco e os dedos alinhados com perfeição na beirada do trampolim estava... Sam.

Seus cabelos escuros estavam grudados na cabeça. O peito estava totalmente exposto. E, logo abaixo dos pelos ralos do peitoral, uma barriga tanquinho.

Sam tinha barriga tanquinho.

Quê?

Olive e eu observamos enquanto ele tomava impulso no trampolim, prestes a saltar. Lá foi ele para o alto.

E aterrissou com o familiar baque seco de uma barrigada.

Alguém gritou: "Ahhhhh, cara. Isso deve ter doído". Em seguida a cabeça de Sam apontou fora da água, aos risos. Ele sacudiu a água das orelhas e me olhou.

Sam sorriu e começou e nadar em direção à beirada para dar lugar a outro cara que mergulhou logo em seguida.

De repente, fiquei apreensiva. Se Sam viesse na minha direção, todo molhado e quase sem roupa, o que eu gostaria que acontecesse?

"Mais uma cerveja?", Olive me perguntou, estendendo o copo para mostrar que estava vazio.

Assenti com a cabeça, presumindo que ela iria buscar.

Mas, em vez disso ela falou: "Então me faz o favor", e me entregou o copo.

Dei risada. "Como você é irritante."

Ela sorriu. "Eu sei."

Fui até o barril e bombeei o suficiente para um copo antes de a cerveja parar de sair.

"Ah, não!", ouvi alguém dizer atrás de mim.

Eu me virei.

Jesse Lerner estava um passo atrás de mim, de jeans, camiseta e sandálias de couro. Estava sorrindo de um jeito ao mesmo tempo confiante e tímido, como se soubesse quão bonito era e como se ficasse um pouco envergonhado por isso. "Você acabou com o barril", ele comentou.

Era a primeira vez que Jesse dizia uma frase inteira para mim, a primeira vez que um sujeito seguido de um predicado saía da sua boca tendo meus ouvidos como destino.

A única coisa esquisita na situação foi que não pareceu *nada* esquisita. Em um piscar de olhos, Jesse passou de alguém distante para uma pessoa com quem eu parecia ter uma proximidade de uma vida toda. Não me senti intimidada, como imaginei. Nem ao menos fiquei nervosa. Foi como se tivesse treinado a vida inteira para a corrida e finalmente fosse dada a largada.

"Bobeou, dançou", provoquei.

"A regra manda que, se você pega a última cerveja, precisa virar num gole só", ele falou.

E então, do meio dos presentes, veio o grito que nenhum adolescente com um copo de bebida na mão gostaria de ouvir.

"Polícia!"

Jesse se virou para ver se ameaça era real ou se era só uma piada de mau gosto.

No ponto mais distante do jardim, perto da entrada para os carros, dava para ver as luzes vermelhas e azuis piscando diante do gramado.

E então houve um toque de sirene.

Olhei ao redor à procura de Olive, mas ela já havia se mandado para o bosque atrás da casa, gesticulando para eu fazer o mesmo.

Larguei os copos no chão, derramando cerveja nos meus pés. E então senti uma mão segurar meu pulso. Jesse estava me puxando na direção oposta do restante das pessoas. Não estávamos indo na direção do bosque atrás do terreno, e sim das cercas vivas que separavam a casa da residência ao lado.

Todos ficaram agitados. O que antes era o caos controlado de uma festa de estudantes com cerveja à vontade se tornou uma desordem completa, com adolescentes correndo para todos os lados. Era o mais perto que eu chegava de testemunhar uma anarquia.

Quando Jesse e eu chegamos à cerca viva, ele me deixou ir primeiro. Os arbustos eram densos e espinhentos. Dava para sentir a pele dos meus braços e tornozelos sendo raspadas por pequenas lâminas afiadas de todas as direções.

Mas entre os arbustos havia espaço suficiente para Jesse engatinhar para o meu lado, o que proporcionava cobertura suficiente para me afastar dos olhares dos policiais. Estávamos tão afastados dos demais que tudo começou a parecer mais silencioso — se é que o ruído de uma batida policial com sirene e correria em massa pode ser chamado de silêncio.

Era possível sentir o corpo de Jesse junto ao meu, nossos braços colados um no outro.

"Ai!", ele disse num sussurro.

"Que foi?", murmurei de volta.

"Acho que cortei a boca num espinho."

Um leve facho de luz conseguia abrir caminho até nosso esconderijo. Fiquei totalmente imóvel.

Dava para ouvir minha própria respiração e sentir meu coração batendo forte no peito. Estava apavorada — quanto a isso não havia dúvida. E àquela altura estava meio bêbada. Havia um perigo palpável se fosse pega: não só de decepcionar meus pais, mas de acabar sendo detida.

Além disso, era impossível negar a pontinha de empolgação que se espalhava dentro de mim. Era uma emoção ser obrigada a prender a respiração ao ver a sombra de um policial se aproximando. Era emocionante sentir a adrenalina se espalhar pelo meu corpo.

Depois de um tempo, a barra começou a ficar limpa. Não havia mais barulhos de passos, fachos de lanternas. Ouvimos os carros se afastando, as conversas se encerrando. Meus tornozelos estavam coçando um bocado, e eu sabia que tinha sido mordida por um ou mais insetos. Afinal, era maio em Massachusetts — todos os insetos estavam à solta, em busca de sangue.

Não sabia ao certo quando voltar a falar, quando quebrar o silêncio.

Por um lado, parecia seguro sair dos arbustos. Por outro, a gente nunca quer estar enganado a esse respeito.

Ouvi Jesse sussurrar meu nome.

"Emma?", ele disse baixinho. "Você está bem?"

Eu não tinha ideia que ele sabia meu nome, e lá estava ele, dizendo-o como se fosse seu por direito.

"Sim", falei. "Talvez um pouco ralada, mas fora isso bem. E você?

"É", ele respondeu. "Eu também estou."

Houve um silêncio por um momento antes que ele dissesse: "Acho que já estamos seguros. Você consegue sair?".

Pela maneira como ele me perguntou, fiquei pensando que ele já tinha feito isso antes, que não era a primeira vez que estava numa festa onde não deveria estar, fazendo coisas que não deveria fazer.

"Sim", falei. "Pode deixar."

Depois de alguns passos num rastejar desajeitado de soldado, me vi de pé no gramado diante de Jesse Lerner.

Seu lábio estava cortado, e havia um arranhão em sua testa. Meus braços estavam cheios de pequenos machucados. Meu tornozelo ainda coçava. Ergui o pé e vi pequenos pontos inchados entre as barras da calça e os sapatos.

Estava escuro, as luzes da casa tinham sido quase todas apagadas. Um silêncio mortal dominava o lugar. O único som que ouvíamos além da nossa própria respiração era o dos grilos esfregando uma asa na outra.

Eu não sabia o que fazer àquela altura. Como ir para casa.

"Vamos lá", Jesse disse, segurando minha mão outra vez. Era a segunda vez na noite que eu e Jesse Lerner ficávamos de mãos dadas. Eu precisava me lembrar para não levar a coisa muito para o lado pessoal. "Vamos andando pela rua até encontrar alguém que escapou e pegar uma carona."

"Tá bom", respondi, já que não tinha uma ideia melhor. Só queria ir para casa logo, para ligar para Olive e descobrir se ela estava bem e avisar onde eu estava.

E tinha também Sam. Ele estava lá, na piscina. Para onde teria ido?

Jesse e eu saímos pelas ruas suburbanas escuras, sem saber ao certo para onde ir, na esperança de chegar a um bom lugar.

"Por que você não estava na piscina?", perguntei depois de percorrermos alguns metros pela rua.

Jesse se virou para mim. "Como assim?"

"Quer dizer, você não é o maior nadador de todos os tempos?"

Jesse deu risada. "Não que eu saiba."

"Saiu uma matéria sobre você no *Beacon*."

"Sim, mas eu não sou um peixe. Também vivo fora d'água", ele brincou.

Eu dei de ombros. "Mas a pergunta continua válida", insisti. "Era uma festa na piscina."

Ele ficou em silêncio por um instante. Achei que a conversa tinha acabado, que poderíamos não ter nada para falar ou que ele não queria falar comigo. Mas, quando enfim ele voltou a se expressar, percebi que tinha se perdido nos próprios pensamentos por um momento, decidindo o que dizer.

"Já teve a sensação de que todo mundo está sempre dizendo o que você precisa fazer?", ele questionou. "Tipo, que as pessoas agem como se soubessem o que você faz de melhor e tivessem certeza do que deveria fazer da vida?"

"Já", respondi. "Acho que sim."

"Posso contar um segredo que não é segredo para ninguém?", ele me perguntou.

"Pode."

"Meus pais querem que eu treine para as provas olímpicas."

"Ah." Ele tinha razão. Aquilo não era segredo para ninguém.

"E eu posso contar um segredo mais bem guardado?", ele ofereceu.

Fiz que sim com a cabeça.

"Detesto nadar."

Ele olhava só para a frente, se limitando a pôr um pé na frente do outro.

"Seus pais sabem disso?", perguntei.

Ele fez que não com a cabeça. "Ninguém sabe", ele anunciou. "Bom, quer dizer, ninguém além de você agora."

Naquele momento, foi impossível para mim entender por que ele me contou isso, como pôde ter confiado a mim uma verdade jamais contada a ninguém. Pensei que isso significava que eu era especial, que ele pensava em mim da mesma forma como eu o considerava.

Hoje, olhando para trás, percebo que era o contrário. Eu era só uma garota que nem fazia parte de sua vida — foi por isso que ele se sentiu seguro comigo.

"Eu também nunca gostei muito de natação", falei num tom reconfortante. Porque era verdade. Mas havia um benefício secundário acompanhando o que eu disse.

Significava que eu sabia quem Jesse era de verdade e ainda assim gostava dele. E isso me tornou diferente de todos os demais.

"Meus pais têm uma livraria", falei. "A Livraria Blair."

"É", ele falou. "Eu sei. Quer dizer, deduzi." Ele sorriu para mim e desviou o olhar. Viramos uma esquina e entramos na rua principal.

"Eles querem que eu assuma a loja algum dia", continuei. "Vivem me dando uns romances de quinhentas páginas de presente e me dizendo que algum dia vou me apaixonar pela leitura também e... sei lá."

"O quê?", Jesse perguntou.

"Odeio ler livros."

Jesse sorriu, de surpresa e satisfação. Ele levantou a mão para um high five. Tinha confiado em mim porque me considerava uma desconhecida, mas descobriu que eu era uma companheira de jornada.

Dei risada e me aproximei, levando minha mão à dele. Nos cumprimentamos, e Jesse me segurou por um instante.

"Você está bêbada?", ele quis saber.

"Um pouco", falei. "E você?"

"Um pouco", ele respondeu.

Jesse não soltou minha mão, e fiquei pensando que talvez, de repente, ele fosse me beijar. Em seguida achei que pensar isso era loucura. *Isso jamais aconteceria.*

Mais tarde, quando Jesse e eu passamos a compartilhar tudo, quis saber o que ele estava pensando naquele momento. Perguntei: "Quando você estendeu a mão para mim, pouco antes de a polícia achar a gente, você ia me beijar?". Ele disse que não sabia, que a única coisa de que se lembrava foi que só então reparou em como eu era bonita. "Só lembro de notar as sardas debaixo do seu olho. Então, talvez. Talvez eu quisesse te beijar. Não sei."

E nunca vamos saber.

Porque, quando eu ganhei confiança para olhar bem no fundo dos olhos de Jesse naquele início de madrugada, nossa visão foi ofuscada pelo facho da lanterna de um policial, direcionado diretamente para nós. Fomos flagrados andando embriagados em uma via pública.

Depois de uma ladainha de mentiras mal contadas e dois testes de bafômetro, Jesse e eu fomos colocados algemados junto à parede da delegacia de polícia de Acton, à espera de que fossem nos buscar.

"Meus pais vão me matar", falei para ele. "Acho que nunca ouvi meu pai tão irritado como estava no telefone." Sob as luzes fortes da delegacia, o corte no lábio de Jesse era de um vermelho vivo, enquanto as picadas de insetos no meu tornozelo estavam quase marrons.

Pensei que Jesse fosse reagir dizendo que com ele seria pior, que seus pais sem dúvida eram muito mais chatos. Mas não foi isso que ele fez. Em vez disso, falou: "Desculpa".

"Não", eu disse, sacudindo a cabeça. Só reparei no quanto usava as mãos para falar quando percebi que estavam presas. "Não é culpa sua."

Jesse deu de ombros. "Pode ser", ele disse. "Mas peço desculpas mesmo assim."

"Bom, então eu também peço desculpas."

Ele sorriu. "Desculpas aceitas."

Havia uma lista de detenções recentes na mesa à nossa esquerda. Espiei várias vezes para ver se alguém mais tinha sido pego. Reconheci os nomes de alguns formandos, mas não o de Olive, nem o de Sam. Pelo visto eu fora a única a me dar mal.

"Está preocupado com os seus pais?", perguntei.

Jesse pensou a respeito por um tempo e sacudiu a cabeça. "Meus pais têm um conjunto bem específico de regras que não posso desrespeitar. Fora isso, meio que posso fazer o que quiser."

"Quais são as regras?", eu quis saber.

"Quebrar recordes estaduais e não tirar nenhuma nota menor que sete."

"Sério?", questionei. "Essas são as únicas regras na sua vida?"

"Você tem ideia de como é difícil quebrar recordes estaduais e ainda não poder tirar sete em nenhuma matéria?" Jesse não estava bravo comigo, mas havia um certo tom de irritação em sua voz.

Eu balancei a cabeça.

"Por outro lado, eles não pareciam muito bravos no telefone quando liguei para virem me buscar na delegacia à uma da manhã. Então tenho essa vantagem."

Dei risada e comecei a remexer os braços nas algemas, tentando evitar que ficassem raspando os ossos do meu pulso.

"Por que fizeram a gente usar isso?", perguntei. "Nós nem fomos presos. O que eles acham que vamos fazer? Sair correndo?"

Jesse deu risada. "Talvez. A gente pode fugir daqui. Dar uma de Bonnie e Clyde." Fiquei me perguntando se ele sabia que Bonnie e Clyde eram amantes. Senti vontade de contar para ele.

"Então seus pais não vão levar isso numa boa, é?", Jesse perguntou.

Fiz que não com a cabeça. "Ah, de jeito nenhum. Agora vou ter que cumprir turnos extras na livraria até os noventa e dois anos de idade, basicamente."

"Na livraria?"

"É. Esse é o castigo preferido dos meus pais. Além disso, eles têm essa ilusão de que minha irmã e eu assumiremos a loja, então..."

"É isso que você quer fazer?"

"Administrar uma livraria? Tá brincando? Claro que não."

"O que você quer fazer?"

"Dar o fora de Acton", contei. "Essa é a prioridade. Quero conhecer o mundo. Primeira parada, oceano Pacífico, e a partir daí o céu é o limite."

"Ah, é? Eu andei pensando em me candidatar para umas faculdades na Califórnia", ele contou. "Acho que a mais de quatro mil quilômetros de distância meus pais não teriam como me forçar a treinar."

"Também pensei em fazer isso", revelei. "Quer dizer, ir para a Califórnia. Não sei se os meus pais vão deixar, mas quero ir para a Universidade de Los Angeles."

"Para estudar o quê?"

"Não faço ideia. Só sei que quero participar de todos os programas de intercâmbio que eles tiverem. Sair pelo mundo."

"Parece bem legal", Jesse comentou. "Quero fazer isso também. Sair pelo mundo."

"Só não sei se os meus pais vão topar", comentei.

"Se você está a fim de uma coisa de verdade, então *precisa* fazer."

"Quê? Isso não faz muito sentido."

"Claro que faz. Se você tem tanta vontade de fazer uma coisa, então tem uma dívida consigo mesma para fazer acontecer. É isso que estou fazendo. Quero muito dar o fora daqui. Vou para longe, bem longe. Você deveria ir também", ele falou.

"Acho que os meus pais não vão gostar nada disso", rebati.

"Os seus pais não são você. Você precisa ser você. Essa é a minha filosofia, sabe, você já fez o que eles queriam esse tempo todo. Agora está chegando a hora de fazer as coisas do seu jeito."

Estava na cara que Jesse não estava falando sobre os meus pais e eu. Mas o que ele falou encontrou ressonância em mim. Reverberou na minha mente e foi ganhando volume, em vez de perder força.

"Acho que você tem razão", eu disse.

"Eu sei", ele respondeu com um sorriso.

"Não, é sério. Vou me candidatar a uma vaga na Universidade de Los Angeles."

"Muito bem", ele falou.

"E você também deveria", continuei. "Pare de nadar, se odeia tanto assim. Faça outra coisa. Algo que goste."

Jesse sorriu. "Você não é nem um pouco como eu achava que seria, sabe."

"Como assim?", questionei. Era difícil para mim acreditar que Jesse pensava em mim, que sequer soubesse que eu existia.

"Sei lá. Você é... diferente."

"No bom ou no mau sentido?"

"Ah, no bom sentido, com certeza", ele falou, balançando a cabeça.

"E antes você achava que eu era como?", perguntei, desesperada para saber. O que eu parecia ser antes era ruim? Eu precisava me certificar de que não seria mais assim.

"Não faz diferença", ele disse.

"Ah", insisti. "Fala logo de uma vez."

"Não quero deixar você sem graça nem nada", Jesse respondeu.

"Quê? Do que você está falando?"

Jesse me encarou. Então decidiu falar: "Sei lá. Fiquei com a impressão de que você era a fim de mim".

Senti meu corpo se afastar dele imediatamente. "Como? Eu não era, não."

Ele deu de ombros como se não estivesse nem aí. "Viu só? Eu estava errado."

"Por que você achava isso?"

"A Carolyn, minha ex-namorada...", ele começou.

"Sei quem é a Carolyn", retruquei.

"Bom, era ela que achava."

"Por que ela achava isso?"

"Sei lá. Ela sempre sentia ciúme quando as outras meninas me olha-

53

vam. E você pode ter olhado para mim uma vez. E por isso ela pode ter tirado essa conclusão."

"Mas você simplesmente acreditou?"

"Bom, quer dizer, torci para que fosse verdade."

"Por quê?"

"Como assim, *por quê*?"

"Por que você torceu para que fosse verdade? Queria que eu fosse a fim de você?"

"Claro que sim. E por acaso todo mundo não quer ter outras pessoas a fim da gente?"

"Você queria que *eu*, em particular, fosse a fim de você?"

"Claro", Jesse respondeu como se fosse a coisa mais óbvia.

"Mas por quê?"

"Bom, isso não faz diferença, né? Porque você não era. Então é irrelevante."

A conversa chegou a um impasse.

E só poderia ser desfeito se eu admitisse a verdade. Pesei os prós e os contras, tentando decidir se valia a pena.

"Beleza. Eu fiquei a fim de você uma vez. No meu ano de caloura."

Jesse se virou para mim com um sorriso. "Ah, é?"

"É, mas isso ficou lá atrás."

"Por que ficou lá atrás?"

"Sei lá. Você estava com a Carolyn. A gente nem se conhecia."

"Mas eu não estou mais com a Carolyn, e agora a gente se conhece."

"O que você está querendo dizer?"

"Por que você não pode ficar a fim de mim agora?"

"Por que *você* não pode ficar a fim de *mim* agora?", rebati.

Foi então que Jesse disse aquilo que foi o ponto de partida para minha vida amorosa adulta. "Acho que estou a fim de você. Há mais ou menos uma hora e meia."

Olhei para ele, perplexa. Tentando encontrar o que dizer.

"Bom, então também estou", eu disse por fim.

"Viu?", ele falou, sorrindo. "Eu sabia."

Então, quando ninguém estava olhando, ele se inclinou na minha direção e me beijou.

Naquele verão, precisei trabalhar três vezes mais que o habitual na livraria como punição por ter bebido sem ter idade legal para isso. Precisei ouvir três sermões diferentes dos meus pais sobre a decepção que estavam sentindo, que eles jamais imaginavam que eu acabaria *detida*.

Marie ficou com a vaga de subgerente, o que a tornava minha chefe durante um terço das horas que eu passava acordada. Aprendi que a última coisa que me incomodava mais que passar o tempo com ela era acatar suas ordens.

Olive passou as férias no litoral com o irmão mais velho, trabalhando como garçonete e tomando sol.

Sam mudou para Boston duas semanas antes do previsto e não se despediu.

Mas não me incomodei com nada disso. Porque esse foi o verão em que Jesse e eu nos apaixonamos.

"Emma, você pode se virar?"

"Quê?", perguntei.

"É só se virar, que coisa!"

E foi isso que eu fiz, dando de cara com Jesse atrás de mim em uma praia de areia fina em Malibu, na Califórnia. Ele segurava um anel com um pequeno rubi incrustado. Nove anos haviam se passado desde o nosso primeiro beijo na delegacia de Acton.

"Jesse...", falei.

"Quer casar comigo?"

Fiquei sem palavras. Mas não por estar sendo pedida em casamento. Tínhamos vinte e cinco anos. Estávamos juntos por toda nossa vida adulta. Tínhamos mudado para o outro lado do país para estudar na Universidade de Los Angeles. Passamos o segundo ano de faculdade em Sydney, na Austrália, e fizemos um mochilão de cinco meses na Europa depois da formatura.

E tínhamos construído uma vida em LA, bem longe da Livraria Blair e das provas de quinhentos metros nado livre. Jesse se tornara produtor-assistente de documentários sobre o mundo natural, um trabalho que o levava desde à África até o deserto de Mojave, não muito longe de casa.

Já eu, numa sucessão de acontecimentos que aparentemente deixou Marie furiosa, acabei me tornando escritora de guias de viagens. No meu segundo ano de universidade, descobri uma disciplina chamada literatura de viagem na Faculdade de Jornalismo. Ouvi dizer que não era fácil conseguir uma vaga. Na verdade, o professor só aceitava nove alunos por ano.

Mas, se a pessoa conseguisse entrar, poderia fazer uma viagem subsidiada para um lugar diferente a cada ano. Naquele era o Alasca.

Nunca tinha ido ao Alasca. E sabia que não teria como bancar uma viagem para lá sozinha. Mas também não tinha o menor interesse em escrever.

Foi Jesse quem finalmente me convenceu a me candidatar.

O processo de inscrição exigia a inclusão de um texto de duas mil palavras sobre qualquer cidade do mundo. Escrevi um artigo sobre Acton. Mencionei a rica história local, o sistema escolar, a livraria da cidade — basicamente, tentei enxergar o lugar onde nasci pelos olhos do meu pai e pus tudo no papel. Parecia um pequeno preço a pagar por uma viagem ao Alasca.

Sinceramente, meu artigo ficou péssimo. Mas só houve dezesseis inscrições naquele ano, e pelo jeito havia sete outros textos piores.

Achei o Alasca legal. Foi minha primeira viagem para fora da porção continental dos Estados Unidos, e fui obrigada a ser sincera comigo mesma e admitir que nem tudo saiu como deveria. Mas, para a surpresa de todos, descobri que gostava mais de escrever sobre o Alasca do que havia gostado de ir para lá.

Decidi me formar em jornalismo e me dediquei ao máximo para aprimorar minhas técnicas descritivas e minhas abordagens de entrevista, por recomendação de quase todos os meus professores.

Saí da faculdade uma escritora.

Essa é a parte que devia corroer Marie por dentro.

Eu era a escritora da família, enquanto ela estava em Acton, gerenciando a livraria.

Demorei uns dois anos para conseguir um trabalho que me mandasse aos lugares para escrever, mas, aos vinte e cinco anos, eu ocupava o cargo de editora-assistente num blog de viagens, com um salário minúsculo, mas com o luxo de já ter visitado cinco dos sete continentes.

O lado ruim era que eu e Jessie tínhamos pouquíssima grana. Prestes a completar vinte e seis anos, não tínhamos plano de saúde e de vez em quando ainda jantávamos biscoitinhos salgados com creme de amendoim.

Só que o lado bom compensava, e muito: Jesse e eu tínhamos saído pelo mundo — tanto juntos como individualmente.

Já tínhamos conversado sobre casamento. Estava claro para todo mundo, inclusive para nós dois, que nos casaríamos algum dia. Sabíamos que faríamos isso quando chegasse a hora, assim como sabemos que, depois de passar o xampu no cabelo, é preciso aplicar o condicionador.

Então não foi exatamente um choque quando Jesse me pediu em casamento.

O que me chocou foi o fato de haver uma aliança.

"Sei que é uma pedrinha pequena", ele falou em tom de quem pede desculpas enquanto colocava no meu dedo. "E que não é um diamante."

"Eu adorei", disse a ele.

"Você está reconhecendo o anel?"

Dei mais uma olhada para a aliança, tentando entender o que ele estava tentando dizer.

Era um anel de ouro amarelo com uma pedrinha vermelha redonda em cima. Estava meio amassado e riscado, o que deixava claro que era de segunda mão. Eu adorei. Gostei de tudo na joia. Mas não a reconheci de lugar nenhum.

"Hã, não", falei.

"Tem certeza?", ele perguntou, provocador. "Se pensar bem, acho que consegue lembrar."

Dei mais uma olhada, mas o anel no meu dedo era bem menos interessante do que o homem que o dera para mim.

Com o tempo, Jesse foi ficando ainda mais bonito do que era quando adolescente. Os ombros tinham se alargado, as costas estavam mais rígidas. Como parou de treinar, ganhou mais peso no tórax e no abdome, mas absorveu os quilos extras. Os ossos de seu rosto se destacam sob qualquer luz. E seu sorriso amadureceu de um jeito que me faz pensar que ele vai continuar bonito quando envelhecer.

Eu era loucamente apaixonada por ele desde quando conseguia me lembrar. Compartilhávamos uma história com raízes profundas e cheia de significado. Foi Jesse quem segurou minha mão quando meus pais ficaram furiosos ao descobrir que não me candidatei a uma vaga na Universidade de Massachusetts, o que os obrigou a aceitar que eu viesse para a Califórnia. Foi Jesse que me apoiou quando eles queriam que eu voltasse para casa depois de formada. Foi Jesse que enxugou minhas lágrimas quando meu pai ficou arrasado ao descobrir que eu não tinha interesse em voltar para trabalhar na livraria. E foi Jesse quem me ajudou a manter a esperança de que, algum dia, meus pais e eu voltaríamos a ter boas relações.

O menino que vi pela primeira vez numa competição de natação tinha se tornado um homem gentil e honrado. Ele abria as portas para mim. Me comprava coca zero e sorvete Ben & Jerry's sabor Chunky Monkey quando eu tinha um dia difícil. Tirava fotos de todos os lugares que visitávamos juntos e decorava nossa casa com elas.

E agora, firmemente instalados na vida adulta, com os ressentimentos da infância ficando para trás, Jesse voltou a nadar longas distâncias. Não com frequência, só de vez em quando. Disse que ainda não suportava o cheiro do cloro da piscina, mas que estava começando a gostar da água salgada do mar. Fiquei encantada com ele por isso.

"Desculpa", falei. "Acho que nunca vi esse anel antes."

Jesse deu risada. "Barcelona", ele lembrou. "Naquela noite..."

Soltei um suspiro de susto.

"Não...", falei.

Ele assentiu com a cabeça.

Tínhamos acabado de viajar de trem de Madri para Barcelona. Havia uma mulher vendendo joias na rua. Nós dois estávamos exaustos e queríamos ir direto para o albergue. Mas ela insistiu para darmos uma olhada.

Então paramos.

Vi um anel de rubi.

E disse para Jesse: "Viu? Não preciso de nada chique tipo um diamante. Um anel assim já é lindo".

E lá estava, na minha frente, um anel de rubi.

"Você me comprou um anel de rubi!", exclamei.

Jesse sacudiu a cabeça. "Não *um* anel de rubi..."

"Não é *aquele* anel de rubi", falei.

Jesse deu risada. "É, sim! É isso que estou tentando falar. É *aquele* anel."

Olhei para a joia, atordoada. Afastei a mão do rosto para examinar melhor. "Espere, é sério? Como foi que você conseguiu?"

Imaginei Jesse fazendo chamadas internacionais e pagando um preço absurdo de frete, mas a verdade era bem mais simples.

"Voltei lá e comprei naquela mesma noite, quando você estava no banho", ele explicou.

Eu arregalei os olhos. "Você guardou esse anel por cinco anos?"

Jesse deu de ombros. "Eu sabia que ia me casar com você. Para que procurar um anel de diamante se já sabia exatamente o que você queria?"

"Ai, meu Deus", falei. Estava toda vermelha. "Não acredito. E serviu direitinho. Como... qual é a chance de isso acontecer?"

"Bom", Jesse respondeu, envergonhado, "na verdade era bem grande."

Fiquei olhando para ele, tentando entender o que aquilo queria dizer.

"Levei na joalheria para ajustar, usando um anel seu como modelo."

Dava para ver que ele estava com medo de parecer menos romântico. Mas para mim isso só aumentava o romantismo da situação.

"Uau", comentei. "Simplesmente... uau."

"Você não me respondeu", ele falou. "Quer casar comigo?"

Parecia uma pergunta das mais absurdas. A resposta era bem óbvia. Era como perguntar se eu gostava de batatas fritas ou se a chuva era molhada.

De pé naquela praia, com a areia sob os pés e o oceano Pacífico diante de nós, a poucos quilômetros de casa, me perguntei o que tinha feito para merecer a sorte de conseguir tudo o que sempre quis.

"Sim", respondi, abraçando-o pelo pescoço. "Com certeza. Claro. Definitivamente. Sim."

Nos casamos no fim de semana do Memorial Day, num chalé da família de Jesse no Maine.

Cogitamos celebrar a cerimônia em Praga, mas não era uma perspectiva realista. Tivemos que nos conformar com um casamento nos Estados Unidos, e Jesse inclusive queria que fosse em Los Angeles.

Mas por algum motivo eu não conseguia aceitar nenhum lugar que não fosse a Nova Inglaterra. Esse impulso me surpreendeu. Eu tinha passado tanto tempo explorando outros lugares, a vida inteira só pensei em sair de lá.

Mas, depois de colocar uma boa distância entre mim e o lugar onde fui criada, comecei a apreciar sua beleza. Passei a vê-lo com os olhos de alguém de fora — talvez por ter me tornado uma forasteira.

Então disse a Jesse que deveríamos nos casar por lá, durante a primavera. Levou um tempo para convencê-lo, mas ele acabou topando.

Logo ficou claro que o local mais prático para isso era o chalé dos pais de Jesse.

Obviamente, os meus pais ficaram animadíssimos. De certa forma, acho que a noite em que fui detida pela polícia e o dia em que liguei para os meus pais para contar que iríamos nos casar na Nova Inglaterra tiveram muita coisa em comum.

Em ambas ocasiões, eu estava fazendo uma coisa que meus pais consideravam totalmente inesperada em relação a mim, e a surpresa foi tão grande que transformou de imediato a relação entre nós.

Na época do colégio, eles passaram a desconfiar de mim. Acho que mais por causa do lance da polícia do que pela bebedeira. E o fato de namorar justamente o cara com quem fui detida só deixou tudo pior. Para eles, eu passei de uma garotinha perfeita a uma arruaceira do dia para a noite.

E, com o casamento, passei da mulher independente e viajada para a filha pródiga que voltava às raízes.

Minha mãe cuidou de boa parte dos detalhes, coordenando tudo com os pais de Jesse, reservando um local à beira d'água perto do farol a pouco mais de um quilômetro do chalé para a cerimônia e escolhendo o bolo sozinha, já que nem Jesse nem eu conseguiríamos provar. Meu pai ajudou a negociar bons preços numa pousada próxima, onde aconteceria a recepção. Marie, que tinha se casado com Mike fazia apenas nove meses, emprestou os arranjos e as toalhas de mesa de seu casamento.

Olive viajou para Los Angeles de Chicago, onde estava morando, para minha festa de despedida de solteira e meu chá bar. Ela ficou totalmente bêbada na primeira e apareceu com um vestidinho curto e um chapelão enorme no segundo. Olive foi a primeira a chegar no fim de semana do casamento — sempre mostrando que, quando se envolvia em alguma coisa, era para valer.

Nossa amizade era cultivada apenas à distância depois que entramos na faculdade. Mas nunca conheci outra mulher que fosse tão importante para mim quanto ela. Ninguém era capaz de me fazer rir como Olive. Minha amiga mais antiga continuava sendo a melhor, apesar dos quilômetros de distância, por isso quis tanto que ela fosse minha madrinha.

Houve um breve momento em que minha mãe e meu pai pareceram hesitantes em admitir que Marie e eu não tínhamos escolhido uma à outra para esse papel tão importante. Mas fomos damas de honra uma para a outra, e isso pareceu suficiente para eles.

Do lado de Jesse, o papel de padrinho ficou dividido entre seus dois irmãos mais velhos.

Os pais de Jesse nunca gostaram muito de mim, e eu sabia que era porque me culpavam por ele ter abandonado a natação. Jesse havia confrontado os dois, dizendo a verdade sem rodeios: detestava treinar e jamais perseguiria a carreira de nadador por vontade própria. Mas eles só conseguiam enxergar a coincidência de acontecimentos: eu apareci e de repente Jesse não estava mais interessado naquilo que eles achavam ser seu grande sonho.

Mas, quando Jesse e eu ficamos noivos — e quando Francine e Joe ficaram sabendo que queríamos nos casar em seu chalé —, eles abaixaram um pouco a guarda. Talvez fosse um simples caso de aceitar o inevitável — Jesse se casaria comigo, e não havia nada que pudessem fazer a respeito. Mas prefiro pensar que eles simplesmente começaram a me conhecer melhor. Acho que gostaram do que viram quando prestaram atenção em mim. Isso sem contar que Jesse tinha se transformado em um homem incrível, apesar de ter rejeitado o futuro dos sonhos dos pais.

A não ser por alguns contratempos com meu vestido e com os ensaios para nossa primeira dança, Jesse e eu tivemos uma experiência tranquila no planejamento do nosso casamento.

Quanto ao dia em si, a verdade é que não me lembro.

Só me recordo de fragmentos.

Me lembro da minha mãe fechando o vestido.

Me lembro de caminhar segurando a cauda para não arrastá-la no chão.

Me lembro de olhar para Jesse enquanto caminhava para o altar a céu aberto — seu smoking preto, seu penteado perfeito — e sentir uma profunda paz interior.

Me lembro de posar ao seu lado para uma foto no coquetel entre a cerimônia e a recepção. Me lembro de ele murmurar no meu ouvido "Quero ficar sozinho com você", no momento em que era iluminada pelo flash da câmera do fotógrafo.

Me lembro de ter respondido: "Eu sei, mas ainda tem muito casamento pela frente".

Me lembro de pegá-lo pela mão e sumir um pouco das vistas quando o fotógrafo foi trocar a bateria da câmera.

Fomos correndo até o chalé quando ninguém estava olhando. Foi somente lá, sozinha com Jesse, que consegui recuperar o foco. Consegui respirar tranquila. Me sentir equilibrada. Me sentir eu mesma pela primeira vez naquele dia.

"Não acredito que fugimos do nosso próprio casamento", falei.

"Bom..." Jesse me abraçou. "É o nosso casamento. Temos esse direito."

"Acho que não é assim que as coisas funcionam", comentei.

Jesse já estava abrindo o zíper do meu vestido, que não demonstrou a menor resistência. Em seguida levantou a saia até minhas coxas.

Não passamos nem da cozinha. Pulei em cima do balcão. Quando Jesse veio até mim e nossos corpos se comprimiram, pareceu diferente de todas as outras vezes em que transamos.

Teve mais significado.

Meia hora depois, quando eu estava saindo do banheiro, onde dei uma ajeitada no cabelo, Marie bateu na porta.

Todo mundo queria saber onde estávamos.

Estava na hora de anunciar os noivos.

"Acho que precisamos ir, então", Jesse me falou, sorrindo por saber o que tínhamos feito enquanto todos esperavam.

"Também acho", falei, com o mesmo tom divertido.

"Pois é", Marie reforçou, em um tom nada divertido. "Eu também."

Ela foi andando na frente na curta caminhada até a pousada.

"Parece que a gente irritou a filha dos livreiros", Jesse murmurou.

"Acho que você tem razão", concordei.

"Tenho uma coisa muito importante para contar", ele avisou. "Está preparada? É importante mesmo. Coisa séria."

"Pode falar."

"Eu vou te amar para sempre."

"Isso eu já sabia", respondi. "E eu também sempre vou te amar."

"Ah, é?"

"É", garanti. "Vou te amar até você ficar tão velhinho que não vai nem conseguir ficar de pé direito, e vai precisar daqueles andadores com bolinhas de tênis cortadas ao meio. Vou te amar depois disso, inclusive. Vou te amar até o fim dos tempos."

"Tem certeza?", ele perguntou, sorrindo para mim e me puxando para si. Marie estava logo adiante, abrindo a porta do salão onde seria a recepção. Dava para ouvir o burburinho das conversas lá dentro. Imaginei um local cheio de amigos e familiares se apresentando uns aos outros. Imaginei Olive fazendo amizade com metade dos parentes do meu pai.

Quando a festa terminasse, Jesse e eu partiríamos para uma viagem de dez dias à Índia, um presente dos pais deles. Nada de mochilão ou albergue. Nada de reportagens a escrever ou filmagens a fazer enquanto estivéssemos lá. Só duas pessoas apaixonadas uma pela outra e pelo mundo.

"Está brincando comigo?", perguntei. "Você é meu único e verdadeiro amor. Acho que nem sou capaz de amar outra pessoa algum dia."

As portas se abriram e Jesse eu entramos no salão no momento em que o DJ anunciava: "Apresentando... Jesse e Emma Lerner!".

Ouvir meu novo nome foi desconcertante por um momento. Parecia que estavam falando de outra pessoa. Achei que com o tempo me acostumaria, que aprenderia a gostar, como quando estranhamos um novo corte de cabelo.

Além disso, o nome não é uma coisa tão importante assim. Nada mais importava se eu podia ter o homem dos meus sonhos.

Foi o dia mais feliz da minha vida.

Emma e Jesse. Para sempre.

Trezentos e sessenta e quatro dias depois, ele se foi.

Na última vez que vi Jesse ele estava de calça azul-marinho, tênis Vans e uma camiseta cinza. Era sua roupa favorita. Ele tinha lavado no dia anterior para poder usar.

Era véspera do nosso aniversário de casamento. Eu tinha conseguido um trabalho freelance, uma matéria sobre um hotel novo no vale de Santa Ynez, na Califórnia. Apesar de não ser a forma mais romântica de celebrar um ano juntos, Jesse me acompanharia na viagem. Comemoraríamos nossa data especial passeando pelo hotel, fazendo anotações sobre a comida e improvisando passeios de última hora a uma vinícola ou outra.

Mas Jesse acabou recebendo um convite de seu antigo chefe para uma filmagem de quatro dias nas ilhas Aleutas.

E, ao contrário de mim, ele nunca tinha ido ao Alasca.

"Quero ver as geleiras", Jesse falou. "Você já conheceu, mas eu não."

Relembrei como foi ver aquelas formações tão brancas que pareciam até azuis, tão imensas que faziam qualquer um se sentir pequeno, tão pacíficas que ficava fácil ignorar o perigo ambiental que representavam. Eu entendia por que ele queria ir. Mas também sabia que, no lugar dele, teria deixado passar a oportunidade.

Em parte por cansaço de tanto viajar. Passamos dez anos nos agarrando a qualquer oportunidade de entrar em um avião ou em um trem. Eu trabalhava em um blog de viagens e fazia matérias como freelance para outros veículos, fazendo de tudo para me encaixar em publicações cada vez mais importantes.

Eu era profissional em passar por revistas de aeroportos e esteira de bagagens. Tinha milhas acumuladas no meu nome para visitar qualquer lugar do mundo que quisesse.

E não estou dizendo que viajar não era o máximo, que nossa vida não era incrível. Porque era.

Eu tinha andado na Muralha da China. Tinha escalado uma cachoeira na Costa Rica. Comido pizza em Nápoles, strudel em Viena, linguiça com purê em Londres. Tinha visto a *Mona Lisa*. Entrado no Taj Mahal.

Vivi algumas das minhas experiências mais incríveis no exterior.

Mas outras tantas tive em casa mesmo. Inventando jantares baratos com Jesse, andando pelas ruas à noite para tomar um sorvete, acordando cedo aos domingos de manhã ao ver o sol entrar pela porta de vidro.

Programei minha vida a partir da ideia de querer conhecer os lugares mais extraordinários, mas acabei chegando à conclusão de que qualquer lugar poderia ser extraordinário.

E uma vontade de me fixar em um lugar sem tanta pressa para me enfiar num avião para alguma outra parte do mundo estava começando a nascer em mim.

Havia acabado de descobrir que Marie estava grávida pela primeira vez. Ela e Mike estavam comprando uma casa pertinho de Acton. Parecia quase certo que minha irmã assumiria a loja. A filha dos livreiros estava prestes a atingir todo o seu potencial.

Só que o mais surpreendente para mim foi: fiquei com a ligeira sensação de que a vida dela não parecia tão ruim.

Marie não estava sempre fazendo ou desfazendo as malas. Não precisava sempre comprar um carregador novo para o celular por ter esquecido o seu a milhares de quilômetros de distância.

Comentei sobre tudo isso com Jesse.

"Você já teve vontade de voltar para casa?", questionei.

"Nós estamos em casa", ele respondeu.

"Não, para casa *mesmo*. Para Acton."

Jesse me encarou com uma expressão de desconfiança. "Você deve ser uma impostora. A verdadeira Emma jamais diria isso."

Dei risada e mudei de assunto.

Mas não deixei de pensar a respeito. A questão era: se Jesse e eu tivéssemos filhos, ainda estaríamos disponíveis para uma viagem de última hora ao Peru? E mais importante ainda: eu estaria disposta a criar filhos em Los Angeles?

Assim que essas perguntas me vieram à mente, comecei a perceber que meus planos de vida não iam além dos meus vinte e tantos anos. Nunca questionei se queria viajar para *sempre*, se *nunca* mais voltaria a viver perto dos meus pais.

Comecei a desconfiar que esse deslocamento constante em que Jesse e eu vivíamos foi para mim uma coisa temporária, como algo que eu precisava fazer, mas que um dia acabaria.

Acho que eu queria sossegar em algum momento.

E a única coisa que me surpreendeu mais do que me dar conta disso foi o fato de nunca ter pensado a respeito antes.

Obviamente, o fato de eu saber que Jesse nem cogitava a ideia não ajudava. Jesse com certeza não estava pensando em nada disso.

A vida que criamos era baseada em aventuras espontâneas. Em ver as coisas que as pessoas viviam dizendo que queriam ver algum dia.

Não seria possível mudar de uma hora para outra todo o modus operandi da nossa vida.

Então, apesar de querer que ele deixasse de lado o Alasca e fosse para o sul da Califórnia comigo, falei que Jesse podia ir.

Ele tinha razão. Eu já tinha visto uma geleira. Ele não.

Portanto — em vez de me preparar para comemorar meu primeiro aniversário de casamento —, eu estava levando Jesse ao aeroporto para que ele pegasse um voo para Anchorage.

"A gente comemora quando eu voltar", ele disse. "Vou fazer valer a pena. Velas, vinho, flores. Vai rolar até serenata. E vou ligar para você amanhã."

Jesse encontraria o resto da equipe em Anchorage e de lá partiriam num avião particular que pousaria na ilha Akun. Depois disso, ele passaria a maior parte do tempo fazendo tomadas aéreas de um helicóptero.

"Não se preocupa com isso", eu disse. "Se não der para ligar, eu entendo."

"Obrigado", ele falou enquanto juntava as malas. "Eu te amo mais que qualquer pessoa tenha amado outra na história deste mundo. Sabia disso? Sabia que Marco Antônio não amava Cleópatra o mesmo tanto que eu te amo? Sabia que Romeu não amava Julieta o mesmo tanto que te amo?"

Dei risada. "Eu também te amo", falei. "Mais do que a Liz Taylor amava o Richard Burton."

Jesse contornou o carro e parou ao lado da minha janela.

"Uau", ele comentou com um sorriso. "Isso não é pouco."

"Pois é. Agora se manda daqui, tá? Tenho um monte de coisas para fazer."

Jesse deu risada e se despediu de mim com um beijo. Vi quando ele se afastou do carro e atravessou a porta automática, rumo às entranhas do Aeroporto Internacional de Los Angeles.

Nesse momento, minha música favorita começou a tocar no rádio. Aumentei o volume e arranquei com o carro, cantando a plenos pulmões.

Enquanto eu voltava para casa, Jesse me escreveu.

Te amo. Vou sentir saudades

Ele deve ter mandado a mensagem pouco antes de passar pela segurança do aeroporto, talvez logo depois. Mas eu só vi depois de uma hora, mais ou menos.

Escrevi de volta.

Vou sentir saudades de você o tempo todo. Bjs

Eu sabia que ele só veria bem depois, que talvez não entrasse em contato durante dias.

Imaginei Jesse voando naquele aviãozinho minúsculo, aterrissando na ilha, saltando para o helicóptero e vendo uma geleira tão imensa que o deixaria sem fôlego.

Na manhã do nosso aniversário de casamento, acordei passando mal. Fui correndo para o banheiro vomitar.

Só não entendi por quê. Até hoje não sei se comi alguma coisa estragada ou se, em algum nível subconsciente, pressenti fisicamente a tragédia, como acontece com os cachorros antes da chegada de um furacão.

Jesse não me ligou para me desejar um feliz aniversário de casamento.

O avião de carreira chegou bem a Anchorage.

O monomotor aterrissou normalmente na ilha Akun.

Mas, depois de levantarem voo no helicóptero, eles nunca mais voltaram.

A conclusão mais óbvia era que a aeronave havia caído em algum lugar no Pacífico Norte.

As quatro pessoas a bordo estavam desaparecidas.

Meu marido, meu único e verdadeiro amor...

Perdido.

Francine e Joe foram para Los Angeles e se instalaram no meu aparta-mento. Meus pais se hospedaram em um hotel perto dali, mas passavam todos os minutos do dia comigo.

Francine vivia dizendo que não entendia por que o caso não estava no noticiário, por que não havia uma expedição mobilizando o país inteiro atrás dos desaparecidos.

Joe respondia argumentando que helicópteros caíam o tempo todo. E acrescentava que isso não era ruim, porque significava que havia um procedimento padrão para acontecimentos como esse.

"Eles vão encontrá-lo", ele repetia sem parar. "Se tem alguém capaz de nadar até um lugar seguro, é o nosso filho."

Segurei as pontas o máximo possível. Abracei Francine enquanto ela chorava. Dizia, assim como Joe, que era questão de tempo até recebermos a confirmação de que ele estava bem.

Minha mãe fazia carne ensopada, que eu picava e colocava no prato para Francine e Joe, dizendo coisas como: "Precisamos comer". Mas eu mesma nunca comia.

Chorava quando ninguém estava por perto e mal conseguia me olhar no espelho, mas sem parar de dizer a mim mesma que Jesse seria encon-trado em breve.

E então acharam uma das hélices do helicóptero em uma praia na ilha Adak. E a mochila de Jesse. E o corpo do piloto.

A ligação que esperávamos foi feita.

Mas a notícia não foi a que esperávamos.

Jesse ainda não tinha sido encontrado.

Foi dado como morto.

Depois que desliguei o telefone, Francine desmoronou. Joe ainda estava paralisado. Meus pais só olhavam para mim, atordoados.

Eu falei: "Isso é loucura. O Jesse não morreu. Ele não faria isso".

Francine teve ataques de pânico tão fortes que Joe voltou com ela para casa e a internou num hospital.

Meus pais ficaram dormindo em um colchão de ar no pé da minha cama, observando cada movimento meu. Eu falei que estava tudo sob controle. E pensei que estivesse mesmo.

Passei três dias andando pela casa atordoada, esperando o telefone tocar, esperando *outra* pessoa ligar dizendo que o primeiro contato tinha sido um equívoco.

A segunda ligação nunca veio. Mas meu telefone estava sempre ocupado por pessoas querendo saber se estava tudo bem comigo.

Até que, um dia, Marie ligou e disse que deixaria Mike cuidando da livraria. Ela estava indo ficar comigo.

Eu estava atordoada demais para saber se queria ou não ela por perto.

No dia em que Marie chegou, acordei tarde e descobri que a minha mãe havia ido ao mercado e meu pai fora buscá-la no aeroporto. Era o primeiro tempo sozinha que eu tinha em uma eternidade.

Era um dia de céu claro. Não queria mais ficar presa em casa. Só que também não queria sair. Me troquei e pedi uma escada emprestada para os vizinhos para poder limpar as calhas.

Eu não tinha a menor intenção de limpar nada. Só queria me afastar do chão, me desvencilhar da proteção de paredes, pisos e tetos. Queria ficar a uma altura suficiente para me matar caso caísse. Não é a mesma coisa que querer morrer.

Subi no telhado e fiquei por lá, com os olhos opacos e injetados voltados apenas para a frente, para a copa das árvores e para as janelas dos sótãos. Fazer isso não me fez sentir melhor do que ficar em casa. Mas também não me senti pior. Então fiquei por lá. Parada e observando. Olhando para qualquer coisa que não me provocasse o desejo de me encolher em posição fetal e querer sumir.

Foi quando eu vi, um fiapo de visão entre duas construções, tão distante que quase não dava para saber o que era...

O mar.

Pensei: *Talvez Jesse esteja lá na água. Talvez esteja nadando. Talvez esteja construindo uma jangada para voltar para casa.*

A esperança a que me agarrei nesse momento não me pareceu bondosa ou libertadora. Pareceu cruel. Como se o mundo só estivesse me dando corda para eu me enforcar.

Desci do telhado e fui procurar entre os pertences de Jesse. Revirei seu closet, sua cômoda e sua escrivaninha antes de encontrar.

Binóculos.

Voltei para o telhado e mirei o fiapo de vista para o mar. E esperei.

Estava apreciando a visão. Mas não estava curtindo a paz e a tranquilidade da água. Não estava desfrutando da minha solidão.

Estava procurando Jesse.

Vi as ondas quebrando na praia. Vi um barco. Vi pessoas sob guarda-sóis, deitadas em toalhas, como se não houvesse nada de mais importante a fazer na vida.

Ouvi meu pai e minha irmã entrarem na casa e começarem a me procurar. "Emma?", escutei em todos os cômodos lá de dentro. Reconheci a preocupação crescente nos tons de voz, a cada vez que chamavam meu nome e deparavam apenas com o silêncio. Logo em seguida minha mãe chegou para reforçar o coro.

Mas eu não podia responder. Precisava ficar lá procurando Jesse. Era o meu dever como sua mulher. Tinha que ser a primeira pessoa a vê-lo quando voltasse à terra firme.

Quando percebi que tinha alguém subindo no telhado, pensei que fosse meu pai, e pensei: *Legal, ele pode procurar também.*

Mas era Marie.

Ela ficou imóvel, me observando, enquanto eu olhava para o mar pelos binóculos.

"Oi", ela falou.

"Oi."

"O que você está fazendo?", ela perguntou, caminhando na minha direção.

"Vou encontrar o Jesse."

Senti o braço de Marie sobre meu ombro. "Não dá... isso aí não... não vai funcionar", ela falou.

"Preciso procurar por ele. Não posso desistir dele."

"Emma, me dá esses binóculos."

Senti vontade de ignorá-la, mas era preciso explicar qual era minha lógica. "O Jesse pode voltar. A gente precisa ficar de olho."

"Ele não vai voltar."

"Não tem como você ter certeza disso."

"Tem, sim."

"Você não suporta a ideia de que eu saí da sua sombra", disse para ela. "Porque isso significa que você não é mais o centro do mundo. O Jesse vai voltar, Marie. E eu vou ficar esperando até lá. Porque eu conheço meu marido. Sei o quanto ele é incrível. E não vou deixar você me diminuir só porque gosta de me ver por baixo."

Marie inclinou a cabeça para trás, como se tivesse levado um tapa na cara.

"Preciso ficar aqui vigiando. É o meu dever. Como mulher dele."

Quando me virei para ver o rosto da minha irmã por um instante e deparei com uma mistura de compaixão e medo, percebi que ela estava achando que eu tinha enlouquecido.

Por um momento, cheguei a me perguntar: *Ai, meu Deus. Será que estou louca?*

"Emma, sinto muito, muito mesmo", ela disse, me abraçando de um jeito como uma mãe faz com uma filha, como se nós duas fôssemos um só corpo. Não estava acostumada a esse tipo de irmã, uma que também fosse uma amiga. Estava habituada a *apenas* ter uma irmã, assim como alguns professores são apenas professores e alguns colegas de trabalho são só colegas. "O Jesse morreu", ela anunciou. "Não está tentando voltar para casa. Ele se foi. Para sempre. Sinto muito. Estou triste demais."

Por um instante, me perguntei: *E se ela tiver razão?*

"Ele não morreu, não", falei, com um tom de voz ao mesmo tempo firme e oscilante. "Ele está lá no mar."

"Não está, não", ela insistiu. "Ele morreu."

Por um momento, me perguntei: *Será que isso é possível?*
E então a verdade despencou sobre mim como uma avalanche.

Eu chorava tanto naqueles dias, e com tanta força, que acordava com os olhos quase fechados de tão inchados. Não troquei de roupa por três semanas.

Chorei por ele, e pelo que eu tinha perdido, e por todos os dias que restavam na minha vida e precisariam ser vividos sem ele.

Minha mãe precisava me obrigar a tomar banho. Ficava no chuveiro comigo, segurando meu corpo nu sob o jato d'água, sustentando meu peso nos braços porque eu não conseguia ficar de pé sozinha.

O mundo parecia um lugar escuro, soturno e sem sentido. A vida parecia uma coisa inútil, cruel.

Eu pensava em como Jesse tomava conta de mim, em como me abraçava. Pensava na sensação de suas mãos passeando pelas minhas costas, em seu hálito doce e humano.

Perdi a esperança e o amor e toda a minha bondade.

Disse para minha mãe que queria morrer.

Mesmo sabendo o quanto ouvir isso a machucaria. Eu precisava dizer, porque era assim que me sentia, e doía demais.

Ela fez uma careta, fechou os olhos e disse: "Eu sei. Mas você não pode. Precisa viver. Precisa encontrar uma maneira de viver".

Seis semanas depois de deixar Jesse no aeroporto, saí do quarto, fui para a cozinha, onde meus pais conversavam, e anunciei com uma calma e uma clareza que não estiveram em mim durante todo aquele tempo: "Quero voltar para Acton. Não quero mais ficar aqui".

Meu pai assentiu, e minha mãe respondeu: "Estamos aqui para o que for preciso".

Não sei quem empacotou minhas coisas, quem vendeu meu carro, meus móveis. Não me lembro de ter entrado no avião. Só sei que, uma semana depois, aterrissei no aeroporto Logan.

Estava em casa.

Emma e Sam:
ou como juntar os cacos

Quando você perde alguém que ama, é difícil imaginar que algum dia vai se sentir melhor. Que um dia vai estar de bom humor só porque o tempo está gostoso ou porque o barista do café da esquina sabe de cabeça qual é a sua bebida favorita.

Mas acontece.

Se você tiver paciência e se esforçar para isso.

Tudo começa respirando o ar de Massachusetts de novo. Sua alma se recarrega um pouco quando você vê as passarelas e as fachadas de tijolos de Boston, quando você estaciona diante da garagem de seus pais e volta para seu antigo quarto.

Seu emocional se fortalece quando você dorme na sua cama da infância e come as panquecas da sua mãe no café da manhã e se esconde da maior parte do mundo.

Você passa o tempo todo assistindo ao Travel Channel e fica tão entediada que pega um romance na pilha de livros no seu quarto, os livros que seus pais lhe deram ao longo dos anos e que nunca foram abertos — até agora.

Você lê um deles até o fim e descobre que o marido morre no final. Você joga o livro longe e quebra o abajur da mesinha de cabeceira. Sua mãe chega em casa à noite, e você conta o que aconteceu. E pede recomendações de livros em que ninguém morra.

Dois dias depois, dá de cara com seus pais na sala de estar com uma pilha de livros de ficção sobre a mesinha de centro. Estão folheando um a um, para ter certeza de que todos os personagens continuam vivos até o fim da história. Naquela noite, você tem uma nova pilha de leituras, e abre o primeiro livro confiando que ele não te fará mal.

É a primeira vez em um bom tempo que se sente segura.

Marie descobre que está grávida de gêmeas idênticas. Você sente vontade de comprar um par de macacõezinhos iguais, mas não quer sair de casa. Então compra pela internet e manda entregar na casa dela. Quando o site pergunta que mensagem pôr no cartão de presente, você sabe que deve dar os parabéns e usar todos os pontos de exclamação de que é capaz. Você não tem entusiasmo para isso, não consegue digitar essas coisas. Então escreve: "Para as minhas pequenas sobrinhas".

Sua mãe chega em casa com um abajur novo, feito especialmente para a leitura. Tem uma haste que sai da base e sobe até acima da sua cabeça, e a lâmpada fica pairando sobre as páginas. Você lê três livros da pilha naquela semana, usando a luz que vem da janela durante o dia e a da luminária durante a noite.

Suas sobrinhas nascem. Elas se chamam Sophie e Ava. Você as pega no colo. Elas são lindas. Você se pergunta como é possível que Marie tenha tudo o que sempre quis e você... acabou aqui. Você sabe que o nome disso é autopiedade. Mas não se importa.

Olive vem de Chicago para visitar você. Todo mundo acha que vai se hospedar na casa dos pais, mas você sente um imenso alívio quando ela diz que prefere estender um colchão no chão do seu quarto. Ela não pergunta como você está porque sabe que não existe resposta para isso. Prefere dizer que está pensando em parar de consumir cafeína e pede sua ajuda para stalkear no Facebook um cara com quem está começando a sair. Você se sente menos sozinha com ela, o que é um refresco bem-vindo da solidão avassaladora que a domina quase o tempo todo. Quando ela arruma as malas para voltar a Chicago, você diz de brincadeira que vai junto, escondida na mala. Olive responde: "Ainda deve ser difícil de aceitar, mas aqui é um bom lugar para você".

Um dia, as memórias vinculadas a cada parte da cidade e da sua casa, as lembranças de onde você e Jesse se conheceram e se apaixonaram na adolescência, começam a parecer mais amenas e administráveis. Então você se arrisca a sair de casa.

Faz uma visita à livraria da família.

Percebe que ainda não está pronta para um dia inteiro na rua quando tem um colapso ao passar pela coleção de livros de Shel Silverstein que Marie arrumou no canto de uma prateleira.

Você nem entende o motivo do colapso. Nada a respeito de Shel Silverstein faz você se lembrar de Jesse. Mas Shel Silverstein escrevia sobre o significado de estar vivo, e você não se sente mais viva. Porque Jesse não está vivo. Você sente que parou de viver quando ele desapareceu. Sente que o resto de seus dias é só um passatempo até a hora da morte.

Você sabe que a única coisa a fazer é se sentar no banco do passageiro do carro do seu pai, voltar para casa e ir para cama.

Mas então começa a se sentir mais forte na cama, deixando as lágrimas caírem, fazendo a dor transbordar até secar. Você se imagina exalando sofrimento, como se as lágrimas de seus olhos fossem a própria dor. Você imagina o sofrimento deixando seu corpo e se esparramando pelo colchão.

Você acorda de manhã se sentindo seca e esvaziada, tão vazia que, se levasse uma pancada, ouviria um som oco.

É terrível se sentir oca e vazia quando você estava acostumada a ser tão cheia de alegria. Mas não é tão ruim para quem estava cheia de dor.

Oca parece aceitável.

Vazia parece um começo.

O que é bom, porque por um longo tempo você se sentiu como se estivesse no fim da linha.

Você pede uma cama nova para os seus pais. E se sente meio infantil ao fazer isso. Mas está sem dinheiro porque não escreve nada há um tempão e largou seu emprego no blog.

Seus pais não entendem o pedido, e você não sabe explicar direito. Diz simplesmente: "Aquela está manchada". Mas na verdade gostaria de dizer que é como se a cama tivesse absorvido seu sofrimento. Você sabe que parece loucura, mas acredita mesmo que a dor esteja impregnada no colchão e que não quer absorvê-la de volta para o corpo.

Você sabe que a coisa não é assim tão simples. Mas dá a impressão de ser.

Duas semanas depois, você tem um novo conjunto de box e colchão de mala. Vê seu pai amarrar a cama antiga na picape de um amigo. Observa quando o veículo se afasta rumo ao lixão.

Você se sente melhor. Mais livre.

Percebe que é isso que chamam de superstição.

Mas não está nem aí.

Você sabe que nunca vai estar realmente livre do luto. Sabe que vai ter que aprender a conviver com ele, a administrá-lo.

Você começa a entender que o luto é crônico. Que não tem cura, apenas remissões e lapsos. Isso significa que não dá para você ficar parada esperando tudo passar. Precisa seguir em frente, assim como é preciso nadar para atravessar a arrebentação.

Perto do fim da licença-maternidade de Marie, seus pais adoecem por culpa de uma intoxicação alimentar. Não há ninguém disponível para abrir a loja. Você se oferece para fazer isso. Eles dizem que não é necessário. Dizem que podem pedir para uma das vendedoras. Você diz que está tudo sob controle.

Quando eles agradecem, você percebe que não é mais uma pessoa com quem se pode contar. Você se lembra de como é sentir orgulho de ser útil.

Você acorda cedo, toma banho e entra no carro. Quando põe a chave na porta da livraria, percebe que Jesse se foi, mas que talvez sua vida ainda exista. Que talvez você ainda possa fazer alguma coisa com ela.

Três dias antes da data marcada para reassumir o cargo na loja, Marie conta aos seus pais que não quer voltar a trabalhar. Está com lágrimas nos olhos. Diz que lamenta decepcionar os dois, mas quer ficar em casa com suas bebês. Diz que não consegue conceber a ideia de ficar longe delas. Seus pais são pegos de surpresa. Mas logo em seguida apoiam a filha.

Naquela noite, você escuta os dois conversando a respeito. Ouve sua mãe consolando seu pai, dizendo que a livraria não precisa ficar para você ou para Marie. Dizendo que vai ficar tudo bem.

No dia seguinte, eles começam a procurar alguém para assumir o cargo de gerente.

Você sabe o que precisa fazer.

Você se senta à mesa da cozinha com eles naquela noite e pede para ficar com o cargo. Quando os seus pais perguntam se você tem certeza de que quer fazer isso, você responde afirmativamente, mas a verdade reside em uma zona cinzenta entre o sim e o não.

Surpresos, mas contentes, seus pais concordam, dizendo que nada os deixaria mais orgulhosos.

Agora você tem um emprego.

E, pouco a pouco, dia a dia, minuto a minuto, em um ritmo tão lento que você mal consegue notar que tem alguma coisa acontecendo, você redescobre um propósito para a sua vida.

Está bem ali, na Livraria Blair, o lugar de onde você passou a vida fugindo. Está no cantinho de leitura das crianças e no estoque bagunçado. Está na bancada de indicações na frente da loja, e na gôndola de promoções lá nos fundos. Você olha para os marcadores de livros. Aqueles que dizem "Viaje pelo mundo lendo um livro".

Você já viajou o mundo inteiro.

Marie e Mike trazem as pequenas para um jantar de domingo e, pouco antes da sobremesa, Mike menciona que elas têm uma consulta com um especialista em audição na terça-feira. Naquela noite, você escuta seus pais dizendo que já estava na hora. Você percebe que passa tão pouco tempo com sua irmã e com suas sobrinhas que não sabia que as gêmeas pareciam ter parado de reagir ao som de seus nomes ou a ruídos mais altos.

Você decide ligar para Marie depois da consulta. Vai ser uma irmã participativa. Vai ser uma boa tia.

Marie atende o celular aos prantos, mas você consegue entender o que está acontecendo.

Suas sobrinhas estão ficando surdas.

O motivo tem a ver com um gene chamado connexin 26.

Naquela noite, você vai até a casa de Marie e leva aquilo que adorava ter por perto nos seus dias ruins. Uma coca zero e um sorvete Ben & Jerry's. Escolhe um de coco e chocolate, porque o chocolate favorito de sua irmã é Almond Joy. Ela põe o sorvete no freezer e deixa a coca zero no balcão. Mas abraça você com tanta força que existe o risco de deixar um hematoma. Você retribui o abraço e a deixa chorar.

Você sai da casa dos seus pais e aluga um apartamentinho em Cambridge. Diz que está se mudando porque quer morar num predinho de tijolos, mas a verdade é que está aceitando o conselho de Olive de que está na hora de começar a conhecer outras pessoas. Qualquer pessoa. Pessoas novas.

Cinco meses depois de assumir o cargo de gerente, você se senta com seus pais e tenta convencê-los a começar a vender e-books e e-readers. Você explica como tudo funcionaria. Quando eles a elogiam por ser ótima no que faz, começa a chorar e sente falta de Jesse. Os momentos felizes são os piores, porque a saudade bate mais forte. Porém você enxuga os olhos, volta ao trabalho e, quando deita a cabeça no travesseiro naquela noite, considera que teve um bom dia.

Um velho amigo de faculdade do seu pai aparece na livraria à procura dele, mas ele não está. O homem vê que você é a gerente e pergunta seu nome. Você responde que é Emma Lerner, e o sujeito franze a testa. Ele comenta que Colin sempre quis que uma das filhas assumisse a loja. Você explica que *é* uma das filhas dele. O homem pede desculpas pelo engano.

Marie e Mike compram uma casa na mesma rua dos seus pais. Mike vai ficar longe da loja de artigos esportivos, mas Marie considera importante estar perto dos pais.

Depois que ela se instala, você liga e a convida para fazer um curso de língua de sinais em Boston. Diz que está animada para aprender a falar com as mãos. Ela concorda, e é a primeira coisa que passa a fazer fora de casa, longe das filhas. Depois de algumas semanas, você percebe que a vida social da sua irmã se resume a você.

Um dia, depois da aula, Marie convida você para almoçar fora. Você a leva para o restaurante de churrasco em estilo mongol e encontra Chris, irmão mais velho de Jesse. Você o cumprimenta, conversa e fica surpresa por não chorar.

Na volta, Marie pergunta se você está bem. Enquanto fala a respeito, uma sensação te acerta com a força de um terremoto. Durante anos você ouviu as pessoas dizerem coisas como "Que a memória dele esteja com você". E você percebe que é justamente isso.

Você está mais feliz por tê-lo conhecido do que triste por tê-lo perdido.

Você se pergunta se o luto é menos crônico do que parece. Se a remissão pode durar anos.

Você vai à cabeleireira um dia e ela pergunta se já pensou em fazer mechas. Você diz para ela ir em frente. Quando sai do salão, se sente incrível. E já começa a marcar futuras sessões.

Seus pais se aposentam parcialmente e deixam a loja nas suas mãos. Você está tão orgulhosa, tão feliz, tão ansiosa para assumir todas as responsabilidades que resolve voltar a usar seu nome antigo. Você é uma Blair. E nunca esteve tão orgulhosa de ser uma Blair. Quando os novos documentos chegam, você chora e olha para o céu, como se Jesse estivesse lá, e diz: "Isso não quer dizer que eu não ame você. Só significa que amo minhas raízes".

Quando Marie descobre que a livraria foi entregue a você, fica chateada. E acusa você de tirá-la dela. Você responde que só está levando adiante aquilo que ela abandonou. Os ânimos se exaltam. Ela grita e você grita de volta. Louca de raiva, ela berra: "Ah, qual é. Todo mundo sabe que você é a favorita. A Emma perfeitinha, que faz tudo o que a mamãe e o papai querem".

Você começa a rir. Porque é tudo tão absurdo.

Mas então percebe que é verdade.

Você se tornou a pessoa que seus pais sempre quiseram que fosse, e isso aconteceu quase completamente por acaso.

Você não achava que queria trabalhar com livros ou viver em Massachusetts ou ficar perto da sua irmã. Mas no fim quer, sim. É isso que faz você feliz.

E então você se corrige em pensamento: *Espere aí, não, não pode ser. Eu não posso estar feliz.*

Porque ele não está mais na sua vida. Ele se foi. Você não pode estar feliz ou será que pode?

Então você para e se pergunta com toda a sinceridade: *Eu estou feliz?*

E percebe que pode estar.

Você se desculpa com Marie. Ela se desculpa com você. E você responde em língua de sinais: "Eu estava sendo uma idiota". Marie dá risada.

Mais tarde, você pergunta a ela se está traindo Jesse por se sentir bem, gostar da vida que vem levando agora. Ela responde apenas: "Claro que não. Isso é tudo o que ele iria querer para você. Exatamente o que iria querer".

Você acha que ela pode estar certa.

Tira a aliança de casamento e a guarda num envelope com as cartas de amor e as fotografias. Você nunca vai abrir mão dela, mas não precisa usá-la.

Você volta à cabeleireira e pergunta se ela acha que um corte pixie ficaria bom. Ela diz que ficaria ótimo. Você confia nela. E volta para casa recém-tosada e sem saber o que fazer da vida.

Mas então Marie a vê e diz que você está parecendo uma estrela de cinema. Quando se olha no espelho, você meio que entende o que ela quis dizer.

Seis meses depois, você decide aprender a tocar piano.

E, em uma visita a uma loja de instrumentos, dá início a uma segunda fase da sua vida.

Eu poderia ter começado fazendo aulas de piano. Mas decidi mergulhar de cabeça. Queria ter com que ocupar as mãos quando estivesse em casa. Ou seria piano ou culinária — e, bom, culinária parecia a opção mais caótica.

Então peguei o nome de uma loja de instrumentos usados em Watertown e fui até lá em um domingo à tarde.

Uma sineta tocou quando abri a porta. O interior da loja tinha um cheiro parecido com couro. Estava cheio de fileiras de guitarras. Encontrei uma prateleira de revistas e comecei a folhear, sem saber muito bem o que estava procurando.

De repente comecei a me sentir desconfortável e completamente deslocada. Não sabia o que perguntar, nem para quem.

Cercada de saxofones, trompetes e vários instrumentos dos quais nem sabia o nome, percebi que era um peixe fora d'água ali. Tive vontade de desistir, de virar as costas e ir para casa. Me afastei das revistas e esbarrei em dois tambores de bronze. Eles soltaram um clangor metálico ao se chocarem por acidente. Ajeitei as coisas no lugar e olhei ao redor para me certificar de que ninguém tinha me visto.

Havia um vendedor a alguns passos de mim. Ele me olhou e sorriu.

Retribuí timidamente o sorriso e me voltei de novo para as revistas.

"Oi", o vendedor falou. Agora estava bem ao meu lado. "Você é timpanista?"

Olhei para ele e nos reconhecemos no mesmo instante.

"Sam?", falei.

"Emma Blair...", ele disse, perplexo.

87

"Ai, meu Deus", continuei. "Sam Kemper. Não sei o que dizer... a gente não se vê há tanto tempo..."

"Uns dez anos ou mais talvez", ele respondeu. "Uau. Você... você está ótima."

"Obrigada", eu disse. "Você também."

"Como estão os seus pais?"

"Bem", respondi. "Muito bem."

Ficamos em silêncio por um instante, eu olhando para ele, surpresa com o quanto havia mudado. Estava tentando me lembrar se seus olhos sempre tinham sido tão deslumbrantes. Eram de um castanho caloroso, e pareciam gentis e pacientes, como se vissem tudo com compaixão. Ou talvez eu estivesse apenas projetando a minha memória dele em seu rosto.

Mas não havia dúvida de que ele se tornara um homem atraente. Seu rosto estava mais anguloso, tinha mais personalidade.

Percebi que estava olhando para ele mais do que deveria.

"Você toca tímpano agora?", Sam perguntou.

Eu o encarei como se ele estivesse falando grego. "Quê?"

Ele apontou para os tambores de bronze atrás de mim. "Vi você perto dos tímpanos. Pensei que tivesse começado a tocar."

"Ah. Não, não. Você me conhece. Eu não toco nada. Quer dizer, a não ser quando ensinaram a gente a tocar 'Mary Had a Little Lamb' no gravador, mas acho que isso não conta."

Sam deu risada. "Não é a mesma coisa que os tímpanos, mas acho que conta, sim."

"Nem todo mundo sabe tocar um zilhão de instrumentos como você", rebati. "Seis, né?"

Sam abriu um sorriso tímido. "Aprendi mais alguns depois disso. Mas a maioria num nível amador."

"E enquanto isso eu com o gravador. Ah!", falei, me lembrando de repente. "Toquei pratos de dedos no recital do quarto ano! Então já são dois."

Ele riu. "Uma especialista, então! Eu é que deveria fazer as perguntas aqui."

Entrei na brincadeira, fingindo ser um gênio humilde. "Bom, os pratos de dedo são bem básicos. Você só vai precisar de um par que sirva nos seus dedos, aí é só bater um no outro e fazer barulhinhos de guizos." Junto meu polegar com o indicador para ele. "É tudo uma questão de confiança."

Ele riu outra vez. Sam sempre fez com que eu me sentisse uma pessoa engraçada.

"Depois disso, o céu é o limite", continuei. "Conheci uma garota que começou tocando pratos de dedo; hoje ela toca pratos de verdade."

Fiquei meio envergonhada, já que encarei o riso dele como um incentivo para encenar um número inteiro de comédia stand-up. Mas ele riu de novo. Uma gargalhada. E minha ansiedade se desfez.

"Na verdade, é tudo mentira. Quer dizer, eu toquei pratos de dedo, mas... estou pensando em aprender piano. Então é por isso que estou aqui no meio desta loja sem saber o que fazer."

"Ah", ele falou, balançando a cabeça. "Bom, se quer minha opinião..."

"Quero", respondi. "É exatamente o que eu quero."

Ele sorriu. "Então acho que você vai querer levar um dos Yamaha PSRS que estão lá nos fundos, perto da bateria eletrônica. Eles só têm sessenta e uma teclas e não são pesados, mas se você está só começando ou não tem certeza de que vai ser um hábito para toda a vida, pode não valer a pena gastar quatrocentos dólares em um teclado. Mas essa é só a minha opinião."

"Não, é um ótimo conselho. Você pode me mostrar um deles?"

"Ah", ele disse, como se estivesse surpreso com o fato de eu estar prestando atenção ao que dizia. "Claro. Acho que tem um lá nos fundos."

Ele se virou na direção dos fundos da loja, e eu o segui. "Você ainda toca piano?", perguntei.

Sam assentiu de leve e se virou para me olhar. "Sim, por diversão", ele disse, parando diante de um teclado curtinho sobre um suporte. "Este deve servir para você."

Apertei algumas teclas, mas o único barulho emitido foi do meu dedo sobre elas.

"Acho que está desligado...", ele comentou.

"Verdade. Faz sentido." Fiquei morrendo de vergonha de tentar tocar um teclado desligado, talvez ainda mais do que quando uma cliente me avisou alguns meses atrás que meu zíper da calça estava aberto. "Quanto custa?"

"É, hã..." Ele se agachou para olhar a etiqueta. Era metade do que eu achava que iria gastar.

Decidi aproveitar o momento e comprar.

"Certo, eu vou levar."

Ele riu. "Está falando sério?"

"Estou", respondi. "A gente precisa começar de alguma forma, né?"

"Acho que sim", ele disse.

Um silêncio se instalou entre nós.

"Uau", comentei. "Não acredito que encontrei você assim, por acaso."

"Pois é!", ele concordou. "Qual é a chance de isso acontecer?"

"Bom, com nós dois vivendo na mesma cidade, acho que a possibilidade é grande."

Sam deu risada. "Pensei que você estivesse em algum lugar na Califórnia."

Balancei a cabeça, sem saber ao certo se Sam tinha ouvido falar sobre o que aconteceu comigo. "É, então, sabe como é."

Sam assentiu com a cabeça, bem sério. "É", ele disse, com uma secura na voz. "Eu entendo."

Então ele sabia de tudo. E meu instinto mandava que eu me afastasse dele o máximo possível o quanto antes. "Meus pais vão ficar muito felizes de saber que você está bem", falei. "Obrigada pela ajuda, Sam. Foi legal reencontrar com você."

Estendi a mão e notei a expressão de surpresa de Sam por eu encerrar a conversa.

"Ah, sim, claro", ele disse.

Pedi licença e me dirigi ao caixa.

"Alguém ajudou você na sua compra?", a balconista me perguntou ao devolver meu cartão de crédito.

"Hã?", perguntei, enquanto guardava o cartão na carteira.

"Algum vendedor ajudou você a decidir o que comprar?", ela repetiu.

"Ah", falei. "O Sam me ajudou. Ele foi ótimo."

"Sam?"

"É."

"Não tem ninguém que trabalha aqui com esse nome."

Por um instante, pensei que talvez eu estivesse numa história sobre aparições fantasmagóricas.

"Sam Kemper", insisti. "Ele me aconselhou a comprar o teclado."

A mulher sacudiu a cabeça, sem entender do que eu estava falando.

Eu me virei, olhei de um lado para o outro e fiquei na ponta dos pés para enxergar melhor. Ele não estava mais por perto. Comecei a achar que pudesse estar enlouquecendo. "Tipo um e oitenta de altura, camisa preta, barba por fazer..." A balconista me olhou como se talvez conhecesse aquela descrição, então segui em frente. "Uns olhos bonitos..."

"Ah, eu sei de quem você está falando."

"Legal."

"Ele não trabalha na loja", ela disse.

"Como assim, não trabalha na loja?"

"Ele é um cliente. Mas vem bastante aqui."

Fechei os olhos e soltei um suspiro. Eu o tratei o tempo todo como se fosse um vendedor. "Eu me enganei", falei. "Foi bobagem minha."

Ela começou a rir. "Sem problemas." Ela me entregou o recibo. "Precisa de ajuda para levar para o carro?"

"É..." Olhei para a peça e decidi que conseguiria fazer isso sozinha. "Acho que consigo sozinha. Obrigada."

Peguei o teclado e segui na direção da porta, procurando por Sam. Só o vi quando cheguei à parte da frente. Ele estava descendo a escada.

"Sam!", chamei.

"Emma!" Ele falou meu nome na mesma entonação que usei para o seu.

"Você ainda está aqui", comentei. "Pensei que tivesse ido embora."

"Eu estava lá em cima. Vim aqui procurar umas pianolas."

Confesso que demorei um instante para perceber que ele não estava falando de algum tipo de doce ou coisa assim.

"Ah, uau, você veio comprar uma pianola", falei, baixando o teclado para o chão por um momento. "Mais uma prova de que não trabalha aqui."

Ele sorriu.

"Desculpa ter achado que você era um vendedor. Acho que pensei isso porque você já trabalhou lá na livraria e... enfim, eu passei a maior

91

vergonha lá no caixa, tentando passar a comissão da minha compra para você."

Sam deu risada. "Eu até desconfiei que você estivesse achando que eu trabalho aqui, sabe, mas fiquei sem saber como esclarecer isso sem..."

"Sem me fazer parecer idiota?"

Ele riu. "Mais ou menos isso."

"Enfim, sou oficialmente uma idiota."

"Não, nada disso", ele respondeu. "Foi um prazer te ajudar. Sério mesmo. Fico feliz em te ver de novo." A sinceridade no olhar dele me desarmou. E fiquei sem saber se gostava disso ou não. Mas estava começando a achar que sim.

"Eu te devo um agradecimento", falei. "Você me ajudou bastante."

"Vai precisar fazer aulas?", Sam perguntou. "Se quiser eu posso... te ensinar. Com todo o prazer. Posso mostrar umas coisinhas só para você começar, talvez."

Fiquei olhando para ele, sem saber como responder.

"Ou, se isso não rolar, de repente a gente pode sair para beber alguma coisa algum dia", ele ofereceu.

A percepção do que estava acontecendo desabou sobre mim como uma onda. Não uma ondinha que molha os pés e as barras das calças num passeio na areia. O tipo de onda que, quando estamos saindo da água, de costas para o mar, aparece do nada e joga a gente no chão.

"Ai, meu Deus", falei, perplexa. "Você está me chamando para sair?"

Os ombros de Sam despencaram, e notei o desapontamento em seu rosto antes que ele pudesse escondê-lo.

"Eu estava tentando ser sutil, para parecer uma coisa casual. Um daqueles encontros que ninguém sabe que é um encontro de verdade", ele disse, sacudindo a cabeça. "Mais de dez anos passaram e continuo tão ruim quanto da primeira vez, hein?"

Senti meu rosto ficar vermelho, o que fez Sam enrubescer também.

"Desculpa", ele falou. "Acabei de sair de um relacionamento bem longo, então estou sem prática. Você pode não acreditar, eu costumava ser muito bom nesse lance de falar com mulheres na faculdade. Como meu pai sempre diz, seja direto, mas..."

Sam me encarou como se tivesse acabado de revelar um segredo terrível. Ele levou a mão ao rosto e apertou o osso nasal. "Sério que estou admitindo que peço conselhos de relacionamentos para o meu pai?", ele falou, sem alterar sua expressão.

Dei risada. Uma risada baixinha. Uma risada de quem diz "Pois é, mas tudo bem".

Foi quando me lembrei de que sempre gostei dele.

Eu *gostava* dele.

Sam era *fofo*. Uma *graça*. E me achava *divertida*.

"Tudo bem", falei. "Escuta só, pensei que você fosse um vendedor da loja. Você pede conselhos de paquera para o seu pai. Nós somos tipo a dupla Tweedledee e Tweedledum das interações sociais."

Ele deu risada. Parecia aliviadíssimo.

Eu queria vê-lo de novo. A verdade era essa. Queria passar mais um tempo com ele. Eu o queria por perto.

"Que tal a gente fazer assim? Você me ensina a tocar 'O Bife' e eu te pago uma cerveja."

"Bom, se é no 'Bife' que você está interessada, então tenho uma ótima ideia."

Olhei para ele, à espera do que iria dizer.

Sam pegou meu teclado, e eu o segui para o andar de cima. A escada apertada e barulhenta levava a um cômodo cheio de instrumentos enormes. Alguns pianos, uma harpa, um violoncelo. Ele me conduziu até um piano de cauda pequeno e reluzente. Pôs meu teclado de lado e se sentou ao instrumento, batendo no banquinho ao lado dele. Eu me acomodei ao seu lado.

Ele me olhou e levou as mãos às teclas. Em seguida se inclinou para a frente e começou a tocar "O Bife".

Fiquei observando suas mãos flutuarem sobre as teclas, como se soubessem instintivamente o que fazer. Ele tinha mãos bonitas e fortes, porém suaves. As unhas eram curtas e limpas. Os dedos, compridos e finos. Sei que muitas mulheres dizem que gostam de homens com calos e juntas inchadas, com mãos de trabalhador. Mas, observando as mãos de Sam, percebi que esse modo de pensar era errado. Eu gostava daquelas mãos ágeis e quase elegantes. E me perdi observando seus punhos, seus braços e seus ombros.

Vendo Sam tocar, me lembrei como ele era habilidoso, talentoso, coordenado — e me perguntei o que mais saberia fazer com aquelas mãos.

Você acha que sabe quem é, acha que tem uma identidade definida dentro de uma caixinha com um "eu" estampado nela, mas então se dá conta de que na verdade sente atração por músicos — que coordenação motora é algo sexy para você — e precisa repensar tudo o que sabe sobre si.

Ele parou de tocar. "Certo, agora é a sua vez."

"Eu?", questionei. "Fazer isso? Não sei nem como começar."

Sam apertou uma tecla branca na minha frente. Hesitante, coloquei o indicador sobre ela.

"Tenta com esse aqui", ele falou, colocando meu dedo do meio sobre a tecla.

Eu assenti.

"Agora aperta essa tecla assim."

Ele acionou outra tecla de forma ritmada, seis vezes seguidas.

Eu fiz o mesmo com a minha.

"E agora aperta essa", ele falou, apontando para outra.

Fui seguindo as instruções, fazendo como ele indicava. Deveria olhar para as teclas, mas passei quase o tempo todo virada para ele. Sam me pegou olhando uma vez ou outra, me obrigando a prestar atenção nos dedos e nas teclas.

Eu tocava de forma lenta e nada melódica. Meus dedos hesitavam, e então exagerei na velocidade, meio em pânico e toda perdida. Mas dava para reconhecer algum padrão nos meus movimentos.

Nossos corpos se roçavam sobre o banco. Ele não parava de encostar na minha mão.

"Certo", Sam falou. "Você acha que consegue acelerar agora? Eu toco a outra parte enquanto isso."

"Claro", respondi. "Já entendi."

Apoiei meu dedo na primeira tecla. Ele pôs a mão cuidadosamente na tecla ao lado. "No três", ele avisou. "Um... dois... três."

Apertei a minha.

Ele a dele.

E começou.

Tam tam tam tam tam tam tam tam tam tam *tam tam tam tam tam tam tam tam* tam tam tam tam *tam tam tam*...

"O Bife."

Só tocamos alguns segundos antes de eu esgotar meu repertório de notas. Envergonhada, recolhi as mãos. Uma parte de mim desejava que ele continuasse tocando. Mas não foi o que aconteceu. Sam interrompeu os movimentos e deixou as mãos pousadas sobre as teclas. Ele me olhou.

"Então, agora que você já conhece 'O Bife', vamos tomar aquela cerveja", ele disse.

Dei risada. "Você é mais esperto do que imagina", comentei.

"Meu pai diz que vale a pena ser persistente", ele disse, em tom de brincadeira. Parecia confiante. Esperançoso.

Pensei a respeito por um instante.

Imaginei que seria legal tomar um gim-tônica e conversar com alguém que era ao mesmo tempo um homem atraente e um velho amigo.

Mas, enquanto Sam olhava para mim, esperando minha resposta, de repente senti uma pontada de medo. Um medo de verdade.

Não seria só um programa com um velho amigo.

Seria um encontro.

Não podia aceitar algo assim.

Olhei para o sorriso dele, que desaparecia enquanto aguardava minha resposta.

"Hoje não vai dar", respondi. "Tudo bem?"

"Tudo", ele falou, sacudindo a cabeça. "Sim, claro."

"Mas eu quero ir", reforcei.

"Não, eu entendo."

"É que tenho uma coisa para resolver."

"Sem problemas."

"Vou passar meu número para você", avisei, para ele acreditar que eu queria vê-lo de novo, que estava, *sim*, interessada. "De repente a gente pode sair no fim de semana que vem."

Sam sorriu e me passou seu celular para eu anotar o número.

Liguei para mim mesma, para seu número ficar gravado no meu aparelho também, e só então devolvi seu celular.

"Preciso ir", falei. "Mas a gente se fala, né?"

"É", ele respondeu. "Tudo certo."

"Adorei te encontrar", eu disse.

"Eu também, Emma. De verdade."

Ele estendeu a mão, e eu a segurei. Nós nos cumprimentamos e ficamos de mãos dadas por um tempo. Num meio-termo entre apertar e segurar.

Enquanto eu voltava para o meu apartamento com um teclado no porta-malas e o número de Sam no meu celular, me peguei pensando se poderia ficar com alguém como Sam, se ele poderia significar alguma coisa para mim.

Sempre tive um afeto especial por ele, sempre o vi com carinho. E talvez estivesse na hora de tentar um encontro com um cara legal. Um cara que sempre me tratou bem, com quem eu poderia ter saído na época do colégio se as coisas tivessem sido diferentes.

As coisas boas não esperam até a gente estar pronto. Às vezes chegam antes, quando estamos quase lá.

E eu concluí que, quando isso acontece, temos duas opções: deixar passar, como se fosse o ônibus errado. Ou então ficar *pronto*.

Então eu fiquei.

Pensei a respeito a noite toda. Me virei de um lado para o outro na cama. E então, na manhã seguinte, a caminho da livraria, mandei uma mensagem para Sam.

Vamos tomar uns drinques na sexta lá pelas 19h30? Em algum lugar de Cambridge? Você escolhe.

Não eram nem nove da manhã. Eu não esperava que ele fosse responder na hora.

Mas meu celular apitou logo em seguida.

Que tal o McKeon's na Avery Street?

E assim aconteceu.

Eu tinha um encontro.

Com Sam Kemper.

Nunca tinha ficado tão empolgada e com o estômago tão revirado ao mesmo tempo.

O que aconteceria se eu começasse a ter sentimentos por alguém?

Talvez não fosse Sam. Talvez ainda fosse demorar anos. Mas perceber que queremos amor na nossa vida significa que precisamos estar dispostos a deixar *acontecer*.

E isso significava que eu precisava me *desapegar* de Jesse.

Eu não conseguia pensar em outra maneira de fazer isso, nem de processar o que estava acontecendo, que não fosse com palavras. Então, depois de sair do trabalho naquela noite, peguei um papel e uma caneta e escrevi uma carta.

Querido Jesse,

Você se foi há mais de dois anos, mas não se passa um dia sem que eu pense em você.

Às vezes me lembro do seu cheiro depois de ir nadar no mar. Ou me pergunto se teria gostado de um filme que assisti. Em outras ocasiões, penso no seu sorriso, nos seus olhos se enrugando, e me apaixono um pouco mais por você.

Penso em como você me tocava. E em como eu tocava você. Penso muito nisso.

Essas lembranças me machucavam muito no começo. Quanto mais pensava no seu sorriso, no seu cheiro, mais isso me doía. Mas eu gostei de me castigar. Gostei de sentir essa dor, porque ela representava você.

Não sei se existe uma forma certa ou errada de experimentar o luto. Só sei que perder você me fez sentir um vazio que sinceramente nunca imaginei que fosse possível. Senti uma dor que nem sabia que era humana.

Às vezes, isso me fez perder a cabeça. (Digamos que eu dei uma pirada no telhado de casa.)

Algumas vezes, isso quase acabou comigo.

E agora fico feliz em dizer que estou num momento em que a sua lembrança me traz tanta alegria que me faz sorrir.

Também fico feliz em dizer que sou mais estranha do que imaginava.

Encontrei um sentido na vida fazendo uma coisa que jamais poderia esperar.

E agora estou me surpreendendo de novo ao perceber que estou pronta para seguir em frente.

Cheguei a pensar que o luto fosse durar para sempre, que fosse possível apenas apreciar os dias bons e usá-los para suportar os ruins. Depois comecei a achar que talvez os dias bons não precisam ser só dias; talvez possam ser semanas boas, meses bons, anos bons.

Agora fico me perguntando se o luto não é uma espécie de concha.

A gente se esconde dentro dele por um tempo e depois percebe que não cabe mais lá.

Então a gente o deixa de lado.

Isso não significa que eu queira esquecer suas lembranças ou o amor que sinto por você. Mas quer dizer que quero deixar a tristeza para trás.

Nunca vou me esquecer de você, Jesse. Não quero, e acho que nem consigo.

Mas acho que sou capaz de me desvencilhar da dor. Acho que consigo abandoná-la e seguir em frente, voltando para visitá-la de vez em quando, mas sem carregá-la comigo o tempo todo.

Não só acho que consigo fazer isso, mas sinto que preciso.

Você vai estar para sempre no meu coração, mas não vou carregar sua perda nas minhas costas eternamente. Se fizer isso, nunca mais vou ter alegria na vida. Vou desabar sob o peso da sua lembrança.

Preciso olhar para a frente, para um futuro em que você não está, e não para trás, no passado que tivemos em comum.

Preciso me afastar de você e pedir para você me deixar seguir adiante.

Acredito de verdade que, se me esforçar bastante, posso ter a vida que você sempre quis para mim. Uma vida feliz. Em que sou amada e também amo.

Preciso da sua permissão para poder amar outra pessoa.

Lamento muito por não termos o futuro de que tanto falávamos. Nossa vida juntos teria sido maravilhosa.

Mas estou encarando o mundo de coração aberto agora. E vou para onde a vida me levar.

Espero que você saiba o quanto foi lindo e libertador amá-lo enquanto ainda estava por aqui.

Você foi o amor da minha vida.

Talvez seja egoísmo meu querer mais; talvez seja ganância desejar um outro amor como o nosso.

Mas não consigo evitar.

Eu quero.

Por isso topei sair com Sam Kemper. Gostaria de pensar que você ficaria contente por mim, que o aprovaria. Mas também quero que saiba, caso ainda seja preciso dizer, que você é insubstituível. Eu só quero mais amor na minha vida, Jesse.

E estou pedindo sua permissão para ir atrás disso.

Com amor,
Emma

Li e reli a carta várias vezes. Em seguida dobrei, pus num envelope, escrevi o nome dele e guardei.

Fui para a cama e dormi.

Tive uma noite de sono profundo, e acordei quando o sol começou a entrar pela janela. Me senti descansada e renovada, como se o mundo e eu estivéssemos em perfeito acordo a respeito de quando o sol deveria se levantar.

Quando o encontrei no bar, Sam usava uma camisa de brim escuro e uma calça cinza. Parecia ter passado fixador nos cabelos e, quando fui cumprimentá-lo com um abraço, percebi que tinha passado perfume.

Eu já sabia que seria um encontro romântico. Era isso que eu queria.

Mas o perfume, aquele cheiro cítrico e amadeirado, deixou tudo ainda mais claro.

Sam gostava de mim.

E eu gostava dele.

E talvez fosse tudo simples assim.

Eu sabia que não. Mas talvez pudesse ser.

"Você está linda", Sam falou.

Quando me arrumei para aquela noite, vesti uma saia preta justa e uma camiseta listrada preta e branca que favorecia os meus melhores atributos. Apliquei o rímel com o maior cuidado. Usei até um alfinete para deixar tudo retinho, como via minha mãe fazer na infância.

Por último calcei um par de sapatilhas cor-de-rosa e tomei o caminho da porta.

Dei uma olhada no espelho antes de sair.

Havia alguma coisa errada. Aquilo não iria servir. Dei meia-volta e troquei as sapatilhas por sapatos pretos de salto. De um momento para o outro, minhas pernas pareciam muito mais longas do que eram por direito.

Me sentindo confiante, voltei para o banheiro e contornei meus lábios com uma linha vermelha perfeita, e depois preenchi os contornos com um batom chamado Russian Red. Só tinha usado uma vez, alguns meses antes, quando tinha ido jantar num restaurante chique com Marie em Back Bay. Mas gostei de como fiquei com ele. E continuei gostando.

Quando voltei à porta da frente e dei uma última olhada no espelho, me senti quase imbatível.

Eu estava bonita.

E sabia disso.

Esse era o meu melhor visual.

"Obrigada", eu disse a Sam no balcão do bar, comprimindo os lábios e me acomodando no banquinho ao seu lado. "Você também não está nada mau."

A bartender, uma mulher alta e de presença formidável com cabelos escuros e compridos, se aproximou e perguntou o que eu queria beber. Dei uma olhada rápida na lista de coquetéis da casa e nada me chamou atenção. Parecia tudo a mesma mistura de frutas com vodca com uma ou outra variação.

"Um gim-tônica?", pedi.

Ela assentiu e se afastou para preparar o drinque.

"O que você está bebendo?", perguntei a ele. Sam estava sentado diante de uma cerveja clara. "Espero que você ainda não tenha pagado. Fui eu que convidei, então é por minha conta."

Sam me olhou e abriu um sorrisinho triste. "Tive que pagar quando me entregaram a cerveja", ele contou. "Mas a próxima é sua."

"Combinado."

A bartender pôs o drinque no balcão, e eu entreguei meu cartão de crédito. Em seguida ela desapareceu.

"Então beleza, mas a minha segunda cerveja vai ser a mais cara do cardápio."

Estávamos sentados virados para o balcão, nos espiando somente de canto de olho.

"Tudo bem", respondi. "É o mínimo que posso fazer depois de você me ensinar isso."

Comecei a tocar "O Bife" no balcão do bar com a mão direita, como se houvesse alguma tecla ali. Sam se ajeitou para observar.

"Muito bem!", ele disse quando terminei.

"Tirei dez?", perguntei.

Ele pensou a respeito enquanto dava um gole na cerveja. "Nove e meio", respondeu, colocando a bebida no balcão. "Faltou um pouquinho para ser perfeito."

"Quê?", eu questionei. "O que foi que fiz de errado?"

"Você errou uma nota."

"Errei nada!", retruquei.

"Errou, sim. Você fez assim", ele explicou, batendo no balcão com os mesmos dedos que eu havia usado momentos antes. "E é assim." Ele bateu de novo. Para mim, do mesmíssimo jeito que da outra vez.

"É a mesma coisa."

Sam riu e sacudiu a cabeça. "Não. Não é."

"Faz de novo."

"Qual das duas?"

"O que eu fiz e como tinha que ser."

Ele começou a repetir o meu gesto.

"Não, não", interrompi. "Mais devagar. Para eu poder ver a diferença."

Ele recomeçou, num ritmo mais lento.

E fez como eu.

Em seguida, como deveria ser.

E era verdade. Pertinho do fim, pulei uma nota.

Sorri, admitindo o erro. "Ah, cara!", falei. "Errei mesmo."

"Tudo bem. Ainda assim você se saiu bem para uma iniciante."

Lancei para ele um olhar cheio de ceticismo.

"Quer dizer", ele retrucou, virando o corpo totalmente para mim. "Você toca um balcão de bar que é uma beleza."

Revirei os olhos para ele.

"Mas é sério. Se você se dedicar, aposto que vai se sair muito bem."

"Você deve dizer isso para todas", respondi com um gesto de mão, recusando o elogio. Com um gesto todo encenado, peguei meu gim-tônica e levei o copo cheio até a boca. O sabor era doce e limpo. E só um pouquinho intoxicante.

"Só para minhas alunas", ele disse.

Olhei para ele, confusa.

"Me pareceu um bom momento para eu contar que sou professor de música", ele explicou.

Sorri. "Ah, que legal. É um trabalho perfeito para você."

"Obrigado. E você?", ele perguntou. "Virou uma escritora de viagem famosíssima? Minha mãe disse que viu seu nome na *Travel + Leisure*."

Dei risada. "Ah, é. Foi isso que fiz por um tempo. Mas, é... na verdade, agora estou gerenciando a livraria."

"Fala sério", Sam respondeu, incrédulo.

"É surpreendente, eu sei", falei. "Mas é verdade."

"Uau", ele comentou. "O maior desejo de Colin Blair. Ter uma Blair no comando da Livraria Blair."

Ri de novo. "Acho que os sonhos se realizam, no fim das contas. Para o meu pai, pelo menos."

"Para você não?", Sam perguntou.

"Não o meu sonho original, sabe como é", respondi. "Mas estou começando a pensar que nem sempre sabemos quais são os nossos sonhos. Às vezes precisamos levar umas porradas antes de aprender."

"Ah", Sam falou. "Um brinde a isso." Ele inclinou o copo na direção, e eu bati meu gim na cerveja dele. "Posso mudar de assunto rapidinho?"

"Claro", respondi.

"Você parece ficar mais bonita à medida que o tempo passa", ele disse.

"Ah, para com isso", rebati, dando um empurrãozinho em seu ombro.

A gente estava flertando. Eu. Flertando.

É tão gostoso flertar. Ninguém nunca fala sobre isso. Mas, naquele momento, aquilo me pareceu uma das melhores coisas do mundo.

A ansiedade de querer saber o que a outra pessoa vai dizer em seguida. A emoção de saber que está sendo admirada. A satisfação de olhar para alguém e gostar do que está vendo. A paquera é tanto se apaixonar por si mesmo quanto pelo outro.

É como se ver através dos olhos de outra pessoa e descobrir que tem muita coisa boa em você, muitas razões para alguém querer ouvir o que tem a dizer.

"Então você é professor de música", continuei. "Onde você trabalha?"

"Na verdade, não muito longe da Livraria Blair. Lá pertinho, na Concord", ele contou.

"Jura?", questionei. "Você estava assim tão perto o tempo todo e nunca passou para me dar um oi?"

Sam me encarou e disse com toda a sinceridade: "Se eu soubesse que você estaria lá, pode acreditar que iria correndo".

Foi impossível impedir que um sorriso se espalhasse pelo meu rosto. Peguei minha bebida e dei um gole. A cerveja de Sam estava quase no fim.

"Que tal eu te pagar outra cerveja?", sugeri.

Ele assentiu e chamou a bartender.

"A cerveja mais cara do cardápio, por favor", pedi, toda galante. Sam deu risada.

"É uma stout bem encorpada, tem certeza de que é isso que você quer?" a bartender perguntou.

Olhei para Sam. Ele ergueu as mãos como quem diz "você é quem manda".

"Pode ser essa mesmo", respondi.

Ela se afastou, e eu virei de novo para ele. Ficamos os dois em silêncio por um instante, sem saber o que falar.

"Qual é a música que você mais gosta de tocar?", questionei. Era uma pergunta idiota. Percebi logo depois de fazer.

"No piano?"

"É."

"O que você quer ouvir?", ele quis saber.

Dei risada. "Não estou falando de agora. Não tem piano aqui."

"Como assim? A gente acabou de tocar 'O Bife' aqui no balcão."

Ri de novo, topando a brincadeira, mas de repente senti uma grande dificuldade de me lembrar de alguma música tocada no piano. "Que tal 'Piano Man'?"

Sam fez uma careta. "Meio óbvio demais, não acha?"

"Foi a única que eu consegui lembrar!"

"Tudo bem, tudo bem", ele aceitou. "Na verdade é uma boa escolha, porque tem uma parte no começo que é puro exibicionismo."

Ele ajeitou a postura e arregaçou as mangas, como se estivesse diante de um instrumento de verdade. Sam tirou um guardanapo do caminho e pegou minha bebida. "Se a senhorita puder abrir espaço, por favor", ele pediu.

"Claro, senhor", respondi.

Ele entrelaçou os dedos e os alongou, afastando-os do peito.

"Está pronta?", Sam perguntou.

"Eu nasci pronta."

Ele fez um aceno dramático de cabeça e começou a passear com as mãos pelo balcão, como se estivesse diante de um piano. Vi seus dedos passearem pelas teclas inexistentes. Seus movimentos eram tão confiantes que quase acreditei que eram reais.

"Com licença", ele disse enquanto tocava, "mas acho que agora vem a deixa para a gaita entrar."

"Quê? Eu não sei tocar gaita."

"Claro que sabe."

"Não sei nem como fingir."

"Mas deve saber como os músicos seguram as gaitas, pelo menos. Aposto que já viu mais de uma banda de blues na vida."

"Sim, claro."

Ele manteve a cabeça baixa, voltada para o balcão, tocando. As pessoas começaram a reparar em nós. Sam não deu bola. Nem eu.

"Então, vamos lá."

Para minha própria surpresa, entrei na onda. Levei as mãos à boca como se estivesse segurando uma gaita e passei os lábios pelo lugar que o instrumento teria ocupado.

"Mais devagar", recomendou Sam. "Você não é o Neil Young."

Dei risada e parei por um instante. "Não sei nem o que estou fazendo!"

"Você está indo bem! Não para."

Então continuei a brincadeira.

"Certo, agora espere; não tem gaita nessa parte."

Baixei minha gaita falsa enquanto ele continuava tocando. Dava para ver que ele estava reproduzindo a música toda, nota por nota. Notei como aquilo era natural para Sam, seus dedos se moviam com a certeza de produzir um belíssimo som, apesar de não fazerem som nenhum.

"Agora!", ele avisou. "Manda ver na gaita. É o seu momento."

"Ah, é? Eu não sabia!", respondi, levando as mãos ao rosto e dando tudo de mim.

Em seguida Sam diminuiu o ritmo, e dava para ver que a música estava acabando. Baixei as mãos e observei enquanto ele simulava as últimas notas. E então terminou. Ele se virou para mim.

"Próximo pedido?", ofereceu.

"Janta comigo?", pedi.

Foi uma coisa que saiu naturalmente da minha boca. Eu queria conversar mais, passar mais tempo com ele, ouvir mais sobre sua vida. Queria mais. "Podemos comer aqui ou em algum lugar perto se você estiver a fim de alguma coisa específica."

"Emma...", ele falou, todo sério.

"Sim?"

"A gente pode comer burritos?"

O restaurante Dos Tacos tinha uma iluminação berrante em tons de laranja e amarelo, em vez da luz mais azulada e límpida do bar. Mesmo assim ele continuava bonito. E eu ainda estava me sentindo bem.

Mesmo enquanto devorava um enorme burrito de carne assada.

"Se eu só pudesse comer comida mexicana pelo resto da vida, não teria problema nenhum", Sam falou. "Nenhum mesmo."

Senti vontade de dizer para ele que no México a comida não era daquele jeito. Na verdade, era totalmente diferente. Queria falar que passei três semanas com Jesse na Cidade do México, onde descobrimos um lugar que servia *chiles rellenos* incríveis.

Mas não queria falar sobre o passado.

"Eu também não ligaria", respondi. "Nem um pouco." Estendi a mão e peguei um nacho do cestinho na nossa frente no mesmo momento que Sam.

Nós nos tocamos por um instante, e gostei de sentir a sensação de sua mão na minha. *Então um encontro é assim*, pensei. *É assim que é ser normal.*

"Mas, quando o assunto é sobremesa", Sam continuou, "não sei se escolheria comida mexicana pelo resto da vida. Talvez a francesa, com aqueles éclairs e cremes de confeiteiro. A italiana também seria interessante, com tiramisù e gelato."

"Não sei", comentei. "As sobremesas indianas são incríveis. Bem cremosas, com toque crocante. Tipo pudim de arroz e sorvete de pistache. Acho que eu iria preferir isso."

"Uau, parece ótimo."

Assenti com a cabeça. "Mas nada é melhor que o bolo *tres leches*. Que é mexicano, acho. Apesar de cada país latino-americano ter sua versão. É tipo baclava. Juro para você, já ouvi de pelo menos vinte pessoas diferentes que afirmavam com toda a certeza que seu povo tinha inventado a baclava."

"Que engraçado, porque foi a minha família que inventou o *tres leches*, e bem aqui nos Estados Unidos."

"E eu sou a inventora da baclava."

Sam deu risada, e quando olhei ao redor percebi que todo mundo já tinha ido embora, e que o pessoal do restaurante já estava começando a limpeza.

"Ai, não", falei. "Acho que já vão fechar." Peguei o celular na bolsa para olhar as horas. Eram 22h02.

"Está me dizendo que a nossa noite acabou?", Sam perguntou depois de terminar o último nacho. Pela maneira como ele falou, sorrindo e me encarando, estava na cara que não queria que a noite terminasse, e que sabia que meu desejo também não era esse.

"Eu até falaria para a gente ir para um bar beber alguma coisa", falei. "Mas acabamos de fazer isso."

Sam assentiu com a cabeça. "A gente meio que fez as coisas ao contrário, né? De repente agora podemos ir almoçar."

"Ou se encontrar para um café." Juntei os guardanapos na minha bandeja. "Seja como for, precisamos ir embora daqui. Não quero ser como aquele cara que sempre inventava de ler algum livro dez minutos antes de a loja fechar. Lembra dele?"

"Se eu lembro dele?", Sam respondeu, ficando de pé. "Tenho raiva dele até hoje."

Dei risada. "Exatamente."

Sam e eu jogamos o conteúdo das bandejas no lixo, agradecemos o cara atrás do balcão e saímos para a calçada. Era uma daquelas noites em Boston que quase faziam os invernos valer a pena. O tempo estava aberto, mas fresco. A lua estava cheia. Os edifícios altos e antigos que às vezes pareciam sujos brilhavam na noite.

"Tive uma ideia maluca", Sam falou.

"Me conta."

"E se a gente desse uma caminhada?"

Meu primeiro pensamento foi que seria ótimo, e o segundo, que eu não aguentaria mais que dez minutos com aqueles sapatos de salto.

"Careta demais?", ele perguntou. "Como se a gente estivesse nos anos 50 e eu tivesse te convidado para dividir um milk-shake?"

Dei risada. "Não! Adorei a ideia. É que sei que daqui a pouco os meus pés vão começar a doer."

Mais adiante, vi um letreiro vermelho berrante típico de uma loja de conveniência que vende todo tipo de coisa.

Sete minutos depois, os sapatos de salto alto estavam na bolsa, e nos meus pés havia um par de chinelos de cinco dólares. Sam tinha comprado uma barra de Snickers gigante.

"Para onde vamos?", perguntei a ele, pronta para sair pela cidade.

"Na verdade eu não tinha nenhum plano", Sam revelou. "Mas, bom..." Ele olhou de um lado para o outro na rua. "Por aqui?" Ele apontou na direção de uma aglomeração de prédios.

"Ótimo", falei. "Vamos lá."

E lá fomos nós. No começo bem devagar, caminhando a passos lentos e conversando.

A cidade estava movimentada. Grupos de meninas passeando juntas, universitários circulando pelas calçadas, bêbados fumando cigarros na frente dos bares e mulheres de mãos dadas voltando para casa.

Sam me falou sobre seu trabalho como professor da orquestra e da banda de jazz do oitavo ano de uma escola, e que pouco tempo antes tinha começado a faturar um dinheiro extra como músico de estúdio algumas vezes por mês.

Eu contei como a livraria estava indo e como meus pais estavam. Falei sobre as novidades na vida de Marie, a história de Sophie e Ava e até mostrei algumas coisas em língua de sinais que tinha aprendido. Disse que alguns dias antes havia entendido quando Ava sinalizou: "Leite, por favor".

Sam me escutou como se eu fosse a mulher mais interessante do universo, e percebi que fazia tempo que ninguém prestava tanta atenção em mim.

Tiramos sarro um do outro por morar na cidade e trabalhar em uma área residencial nos arredores, uma movimentação inversa em relação à maioria dos habitantes das áreas urbanas.

Pisamos em chicletes, abrimos caminho para outros pedestres e paramos para brincar com cachorros. Passamos pelos alojamentos de Harvard e pelo gramado do Harvard Yard. Passamos por duas estações de metrô, e fiquei me perguntando se não iríamos entrar para cada um seguir seu caminho e nos despedirmos. Mas meus pés não me levaram nessa direção, nem os de Sam. Continuamos andando noite adentro, sem pressa e com toda a tranquilidade.

No fim acabamos caminhando à beira do rio Charles. Meus pés começaram a doer, e perguntei para Sam se podíamos sentar em um dos bancos localizados nas margens do curso d'água.

"Ah, pensei que você nunca fosse pedir. Acho que estou com uma bolha no pé desde a Porter Square."

Nos sentamos em um banco, e eu peguei meu celular para ver as horas. Uma da manhã. Eu não estava cansada. Nem com vontade de ir para casa.

Ainda havia muita coisa para falar. Conversamos sobre trabalho, música, famílias e livros. Conversamos sobre toda e qualquer coisa — menos Jesse.

Mas, quando nos sentamos naquele banco, por algum motivo esse assunto se tornou impossível de ignorar.

"Você deve saber que sou viúva, né", comentei.

Sam me olhou e assentiu com a cabeça. "Fiquei sabendo", ele confirmou. "Mas não sabia se devia tocar no assunto." Ele se aproximou e segurou minha mão em um gesto gentil e carinhoso. "Emma, eu sinto muito."

"Obrigada", falei.

"Espero que você esteja à vontade com isso", ele disse. "Com a gente aqui. Juntos."

Balancei a cabeça. "É meio surreal, acho", respondi. "Mas, sim, estou tranquila."

"Não consigo nem imaginar como foi difícil para você", ele falou. "Faz quanto tempo?"

"Um pouco mais de dois anos", contei.

"Isso é muito ou pouco tempo?"

Foi quando percebi que Sam estava ouvindo com toda a sinceridade, que estava interessado em saber exatamente como eu estava me sentindo naquele momento. Percebi que Sam me entendia de um jeito que pouca gente era capaz, e talvez sempre tenha sido assim. Ele sabia que dois anos podia ser ao mesmo tempo uma eternidade e um piscar de olhos.

"Depende do dia", respondi. "Mas no momento parece que faz um tempão. E você? Quem foi que partiu o seu coração?"

Sam suspirou, como se estivesse se preparando para reviver tudo. "Fiquei com uma pessoa por quatro anos", ele contou, sem olhar para mim. Estava virado para a água.

"O que aconteceu?", perguntei.

"O que sempre acontece, acho."

"O lobisomem levou ela embora?", provoquei.

Ele deu risada e se virou para mim. "Pois é, foi brutal, arrancou ela dos meus braços."

Sorri e continuei ouvindo.

"Nossos interesses começaram a divergir", ele disse por fim. "Parece uma coisa banal. Mas eu sofri como nunca na vida."

Eu não sabia como era estar em um casal em que cada um segue por um caminho diferente. O único relacionamento que tive acabou de forma brusca. Mas imagino que seja como a raiz de uma árvore que pouco a pouco vai ficando tão grande que acaba arrebentando a calçada. "Sinto muito", falei. "Parece péssimo mesmo."

"É que aos trinta anos eu não era mais a pessoa que era aos vinte", ele explicou. "Nem ela."

"Acho que ninguém é", comentei.

"Fico meio incomodado com isso, para ser sincero", ele falou. "Tipo, eu ainda vou ser a mesma pessoa aos quarenta? Ou...?"

"Os nossos interesses vão divergir também?", complementei.

Foi quando Sam me disse uma coisa que nunca mais esqueci.

"Mas acho que é um bom sinal eu ser louco por você aos dezesseis anos e continuar sendo agora."

Sorri para ele. "Parece promissor mesmo", concordei.

Sam diminuiu a distância entre nós e me enlaçou com um dos braços. Meu ombro se encaixou em sua axila, e ele acariciou minhas costas, me apertando um pouco.

Não parecia fácil, a ideia de me apaixonar por alguém de novo.

Mas parecia possível.

Então fiquei lá sentada com ele, olhando para o rio, voltando a experimentar uma esperança, uma alegria, voltando a me sentir bem nos braços de um homem em um banco à beira do rio.

Não sei quanto tempo ficamos assim.

Só sei que quando enfim cheguei em casa já eram quatro da manhã.

Na porta da minha casa, no final da madrugada, quinze anos depois de nos conhecermos, Sam Kemper me beijou pela primeira vez.

Foi um gesto doce, gentil e suave. Ele estava com um cheiro de orvalho da manhã, a promessa de um novo começo.

"Quando a gente pode se ver de novo?", ele perguntou, me olhando.

Eu devolvi o olhar, porque não havia nenhum joguinho entre nós. "Estou por aqui", falei. "Me liga."

Quatro meses e meio depois do início do nosso relacionamento, eu disse a Sam que o amava. Ele havia me dito isso algumas semanas antes, e avisou que eu não precisava retribuir o gesto, pelo menos não imediatamente. Disse que era louco por mim desde o dia em que me viu na livraria. Ele me revelou que uma parte da razão de ter ido embora de Acton sem se despedir antes do início das aulas da faculdade foi porque eu estava apaixonada por Jesse, o que significa que não teria mais chances comigo.

"O que estou dizendo é que te amar mesmo sem saber se sou retribuído já é um sentimento familiar para mim", ele explicou. "E voltou naturalmente, como voltar a andar de bicicleta. Então posso continuar assim por mais um tempinho, se você precisar."

Fiquei me sentindo imensamente grata, porque era exatamente disso que precisava.

Não que eu não estivesse apaixonada por ele. Porque estava. Eu sabia que o amava antes mesmo de ele me dizer isso. Mas não conseguia encontrar as palavras. Não estava pronta para reconhecer uma mudança que já acontecera. Não estava preparada para abandonar a definição de "esposa" e assumir o papel de "namorada".

Mas, naquela noite, quatro meses e meio depois do nosso início, deitados na minha cama, sem roupa e nos tocando, enroscados em lençóis e cobertores, percebi que, apesar de eu não estar pronta para a verdade, isso não a tornava menos verdadeira.

"Eu te amo", falei no quarto escuro, sabendo que as palavras não chegariam a lugar nenhum além das orelhas dele.

Sam segurou e apertou minha mão. "Eu desconfiava", ele respondeu. Dava para notar o sorriso no tom de sua voz.

"Desculpa por só ter conseguido dizer agora."

"Tudo bem", ele disse. "Eu entendo."

Sam sempre foi do tipo que sabia reconhecer o que era importante de verdade. Nunca se deixou incomodar por coisas menores. Priorizava o foco central da situação, em vez dos detalhes. Prestava mais atenção em atitudes do que em palavras.

Passei a não gostar de dormir na minha cama sem ele. Sempre segurava sua mão no cinema. Esperava o dia todo para vê-lo só para beijar o pontinho macio perto de seu olho, onde ruguinhas se formavam.

Sam sabia que eu era louca por ele. Então não se incomodou que levasse um tempo para eu dizer, o que só me fez amá-lo ainda mais.

"É que... às vezes é difícil não associar seguir em frente com esquecer o passado", justifiquei.

"Não sei se ajuda, mas...", Sam disse enquanto se aproximava mais de mim. Meus olhos estavam se ajustando à escuridão, e já dava para ver o brilho de sua pele. "Eu não espero que você deixe de amá-lo só porque passou a me amar."

Eu provavelmente deveria ter sorrido ou dado um beijo nele. Ou dito o quanto apreciava seu espírito magnânimo e seu altruísmo. Mas, em vez disso, comecei a chorar tanto que a cama se sacudiu toda.

Ele me abraçou, me deu um beijo na testa e falou: "Tudo bem se eu disser mais algumas coisas que andei pensando?".

Fiz que sim com a cabeça.

"Acho que nós dois temos algo que pode durar muito tempo, Emma. Talvez eu já soubesse disso na época do colégio, pode ser por isso que era tão fissurado em você. É que me sinto — e sempre senti — mais eu mesmo com você do que com qualquer pessoa. E, pela primeira vez, estou começando a entender o que é amadurecer *com* alguém, e não apenas ao lado de alguém, como era com Aisha. Não estou preocupado com o nosso futuro, do jeito como eu pensava que seria quando me apaixonasse de novo. Por mim tudo bem só ficar ao seu lado e ver para onde a coisa caminha. Só quero que você saiba que se isso que temos realmente durar, e algum dia falarmos sobre casar e ter filhos, quero que você saiba que nunca vou tentar substituir o Jesse. Nunca vou perguntar se você ainda sente alguma coisa por ele. Pode ficar à vontade para amar o passado de vocês. Meu amor por você hoje não está ameaçado por isso. É que... só quero que você saiba que nunca vou te pedir para escolher. Nunca vou te perguntar se sou o seu amor verdadeiro. Sei que isso não seria justo com você. Nunca vou perguntar."

Fiquei em silêncio por um instante, pensando no que ele disse. Sam passou o braço por baixo do meu corpo e me apertou com força. Cheirou meu cabelo. Beijou minha orelha. "Venho pensando nisso há um tempo e queria te falar."

Parei de chorar e respirei fundo.

O quarto estava com cheiro de suor e sono. A cama entre nós era macia e segura. Eu havia encontrado um homem que me entendia e me aceitava completamente, que tinha força suficiente para não se incomodar com o espaço no meu coração que guardei para o meu antigo amor.

"Eu te amo", disse de novo para ele. A segunda vez exigiu menos esforço.

"Eu também te amo", ele falou. "Amo tudo o que você é. Sempre amei."

Virei de lado para encará-lo, apoiando a cabeça com a mão. Ele se voltou para mim. Nós nos olhamos e sorrimos.

"Estou tão feliz por ter você na minha vida", eu disse. "Não sei o que fiz para merecer isso."

Sam sorriu. "Pense em quanta gente existe no mundo", ele começou, prendendo meus cabelos atrás da orelha. "E eu tive a sorte de te encontrar duas vezes."

"Pense em todas as mulheres interessadas em comprar um piano", eu respondi. "E eu tive a sorte de ser paquerada por você."

"Vira para lá, vai", ele pediu. Sam dizia isso quando queria deitar de conchinha comigo, quando queria sentir meu corpo se encaixar no seu. Obedeci ao pedido de bom grado.

"Boa noite, querida", ele falou. Senti seu hálito doce e mentolado.

"Boa noite", respondi, e depois acrescentei: "Não sei o que fiz para merecer tanta sorte".

Continuei pensando nisso. E não falei o resto da frase que surgiu na minha mente.

Não sei o que fiz para merecer tanta sorte de ter vocês. Meus dois amores verdadeiros.

Sam comprou ingressos para irmos a uma sinfonia. Estávamos juntos fazia pouco mais de um ano. Morávamos juntos em um apartamento em Cambridge e tínhamos adotado dois gatos. Meus pais, felicíssimos por voltar a conviver com Sam, já o chamavam de "filho" em tom de brincadeira.

Naquela noite, enquanto saíamos da sala de concerto, eu com um vestido verde-esmeralda e Sam em um belíssimo terno escuro, eu devia estar pensando na música que ouvimos ou perguntando o que Sam tinha achado desse ou daquele músico.

Mas a verdade é que só conseguia pensar na fome que estava sentindo.

"Você está viajando", Sam comentou enquanto caminhávamos pelas ruas de Boston a caminho da Linha Verde.

"Estou morrendo de fome", falei para ele. "Sei que já jantamos, mas só comi aquela saladinha, e agora estou querendo uma refeição completa."

Sam deu risada. "Quer parar em algum lugar?", ele perguntou.

"Por favor", respondi. "Em algum lugar que sirva batata frita."

Pouco tempo depois, eu estava comendo um hambúrguer no meio da rua, andando em traje de gala ao lado de Sam, que segurava o resto da refeição em um saco de papel — eu já havia devorado metade das batatas fritas — e tomado um milk-shake de chocolate com a outra.

"Como você está se sentindo?", Sam me perguntou.

"Bem", respondi. "Por quê?"

"E se a gente desse mais uma volta antes de pegar o metrô?", ele sugeriu. "Você está tão linda, e o tempo está bom... sei lá. Queria prolongar o momento."

Sorri. Ainda tinha alguns minutos de caminhada antes de os sapatos começarem a roçar os ossos largos dos meus pés.

"Topo", falei, dando mais uma mordida no sanduíche. Quando engoli, notei uma falha na argumentação dele. "Como você pode dizer que é um momento que merece ser prolongando se eu estou aqui devorando um Whopper?"

Sam deu risada. "Para você ver o quanto eu te amo. Até ficar ao seu lado enquanto manda ver em um Burger King é um momento especial para mim." Ele deu um gole no milk-shake depois de dizer isso. Vi suas bochechas ficarem côncavas para sugar o sorvete pelo canudo enquanto ele andava pela calçada, poderosíssimo com seu terno escuro. Eu entendia exatamente o que aquilo significava. Porque me sentia da mesma forma.

"Você está um gato tentando tomar esse milk-shake", respondi.

"Está vendo?", ele falou. "É por isso que eu sei que você me ama. Você também pirou."

Continuamos andando pela calçada, e eu dei mais uma mordida no hambúrguer.

"É sério mesmo", Sam garantiu. "Eu estou loucamente apaixonado por você. Espero que você entenda o quanto."

Sorri para ele. "Acho que entendo, sim", respondi, provocadora.

"Não sei se é o momento certo, mas... quero ter certeza de que você saiba que eu gostaria de passar a vida toda ao seu lado. Não sei se já expressei isso, mas estou comprometido com a gente. Estou nessa, entendeu? É para a vida toda. Te quero para sempre. Meu único medo é acabar te pressionando demais."

"Não me sinto pressionada", respondi. Ainda estava tentando entender o que ele queria dizer, só começando a captar a magnitude que aquele momento começava a tomar.

"Tem certeza?", ele questionou. "Porque eu preciso ser sincero. Estou pronto para apostar todas as fichas. Posso me comprometer a passar a vida toda com você sem nenhuma dúvida sobre isso. Nunca fui tão feliz como neste ano que passei com você. E já dá para ver que você é a pessoa certa para mim. É tudo o que eu preciso."

Olhei para ele e fiquei escutando. Não respondi porque estava extasiada com a sensação de ser eu mesma naquele momento, de ser amada daquela forma.

Sam desviou o olhar e deu mais um gole no milk-shake. Em seguida se virou para mim de novo e disse: "Acho que o que estou querendo dizer é que estou pronto. Então agora só me resta esperar que você esteja também, se algum dia estiver. E quiser".

"Se algum dia eu quiser...?" Eu queria ter certeza de que havia entendido certo.

"Casar comigo", ele falou, dando mais um gole no milk-shake.

"Espere aí, você está...?" Queria perguntar se ele estava me pedindo em casamento, mas parecia uma ideia ousada demais.

"Não estou pedindo você em casamento", Sam explicou. "Mas o que estou dizendo é que não é porque não quero. Eu quero. Só preciso saber se você está pronta para um pedido oficial."

"Não sei se entendi metade do que você falou agora", respondi, sorrindo para ele.

"Não foi a frase mais clara que eu já disse na vida", ele admitiu, aos risos.

"Que tal você falar de uma forma mais clara e sucinta?", sugeri.

Ele sorriu e balançou a cabeça. "Emma Blair, se algum dia você decidir que quer se casar comigo, por favor, me avise. Porque eu gostaria de me casar com você."

Meu hambúrguer foi para o chão. Não de propósito — o lanche simplesmente caiu da minha mão, como se meu cérebro tivesse dito para os meus dedos: "Pare tudo e preste atenção no que está acontecendo aqui". Então aproveitei minhas mãos livres para segurar o rosto de Sam e beijá-lo com todas as minhas forças e tudo o que havia no meu coração.

Quando me afastei, nem esperei que ele dissesse algo. Já fui falando: "Vamos em frente".

"Quê?", Sam questionou.

"Eu quero me casar com você."

"Espere", Sam disse. "Tem certeza?" Dava para ver que ele não estava acreditando no que ouvia, o que só me fez amá-lo ainda mais.

"Tenho certeza absoluta", respondi. "Quero me casar com você. Claro que sim. Eu te amo. Muito."

"Uau, nossa", Sam falou, sorrindo tanto que seus olhos se estreitaram. "A gente está... estamos noivos?"

Dei risada, louca de alegria. "Acho que sim."

Sam parou para analisar a situação. "Não, não, não", ele falou, sacudindo a cabeça. "Assim não dá. Precisa ser melhor que isso. Não podemos ficar noivos enquanto eu tomo um milk-shake."

Ele jogou o copo plástico no lixo. Peguei meu sanduíche do chão e descartei no lugar certo também.

Sam se apoiou sobre um dos joelhos.

"Ai, Deus", falei, atordoada e perplexa. "Sam! O que você está fazendo?"

"Só não tenho a aliança ainda", ele disse. "Mas o resto está na ponta da língua. Vem cá." Sam estendeu a mão para mim.

"Emma", ele falou, com os olhos marejados. "Quero passar o resto da vida com você. Sempre quis. Você e eu... nós nos encaixamos como o mecanismo de uma máquina, duas peças que funcionam juntas sem esforço, em sincronia total. Eu acredito em nós, querida. Acredito que faço bem para você e que sou uma pessoa melhor por sua causa. E quero passar o resto da vida ao seu lado. Então, Emma Blair, lá vai: você quer se casar comigo?"

A primeira coisa que me passou pela cabeça foi: *É cedo demais*. Mas o segundo pensamento foi: *Acho que mereço ser feliz*.

"Sim", respondi baixinho. Fiquei surpresa com a minha dificuldade de projetar a voz naquele momento, com o quanto estava me sentindo atordoada. Mas ele ouviu. Sabia a minha resposta. Sam ficou de pé e me beijou como se fosse a primeira vez.

Senti meus olhos se enchendo de lágrimas impossíveis de segurar. Comecei a chorar na hora.

"Você está bem?", Sam perguntou.

Fiz que sim com a cabeça com toda a ênfase possível. "Estou ótima", respondi. "Estou..."

Não sabia que palavra estava procurando, que adjetivo poderia usar para descrever a euforia caótica que percorria minhas veias.

"Te amo", falei, percebendo que isso era o máximo que conseguiria expressar.

"Também te amo."

Fiquei tentada a dizer: "Fico muito grata por ter você" ou "Não acredito que você seja real", mas em vez disso eu o puxei e o abracei com toda a força.

Ele secou minhas lágrimas e chamou um táxi. Ficou de mão dada comigo durante todo o caminho até o apartamento. Afastou os cabelos do meu rosto quando entramos.

Sam me ajudou a abrir o zíper do vestido. Fizemos amor na nossa cama, deitados de qualquer jeito, como se não houvesse tempo de encontrar a posição certa. Nos perdemos um no outro, e o último vestígio de alguma barreira que pudesse haver entre nós se desfez.

Em seguida, Sam abriu uma garrafa de champanhe. Pegou o telefone, colocou no viva-voz e começamos a ligar para todo mundo para dar a boa notícia.

Quando terminamos, fomos até a sala de estar e tocamos "Heart and Soul" juntos, seminus, inebriados e em êxtase.

Quando me sentei ao lado dele no banquinho do piano, comentei: "E se eu nunca tivesse entrado naquela loja de instrumentos...?".

Sam sorriu e me lançou um olhar carinhoso enquanto tocava as teclas do piano. Em seguida falou: "Mas você entrou".

Decidi que aquela seria minha resposta para questionamentos relacionados ao destino. Quando me perguntasse como seria se x não tivesse acontecido, minha resposta já estaria pronta: "Mas aconteceu".

E se Jesse não tivesse entrado naquele helicóptero?

Mas ele entrou.

Decidi parar de me perguntar como eu estaria se as coisas tivessem sido diferentes. Em vez disso, iria me concentrar no que tinha. Iria me voltar para a realidade em vez de ficar questionando possibilidades.

Dei um beijo na testa de Sam e disse: "Me leva para a cama!".

Sam deu risada e se afastou do piano. "Certo, mas quando as mulheres dizem isso, têm sempre uma intenção sexual."

Dei risada. "Para mim tem uma intenção sonolenta."

Soltei um gritinho quando Sam ficou de pé e me pegou no colo.

"Então sonolentamente é que vai ser", ele falou, me colocando na cama e me cobrindo. Dormi apoiada em seu ombro enquanto Sam me dizia: "Vou encontrar a aliança de diamante perfeita. Prometo".

Aquela noite foi pura alegria.

Senti que estava seguindo em frente.

Imaginei que Jesse, onde quer que estivesse, estaria com um sorriso no rosto.

O que nem me passou pela cabeça foi: *Jesse está vivo. Vai voltar para casa em dois meses. Olha só o que você fez.*

DEPOIS

Ambos:
ou como pôr em risco aquilo que se ama

DEPOIS

Estou deitada na cama ao lado de Sam, olhando para o teto. Mozart, nosso gato cinza, está em cima dos meus pés. Homero, seu irmão, é um frajola que só sai de seu cantinho embaixo do piano da sala de estar para comer.

São quase nove da manhã de uma quarta-feira, um dia de folga para mim, e Sam só precisa entrar na escola às onze. Nessas manhãs, alimento a ilusão de irmos tomar café juntos, mas Sam só acorda no último minuto. Neste ano escolar, não tomamos café juntos nas quartas nenhuma vez sequer. No momento, ele está em sono profundo ao meu lado.

Faz sete semanas que descobri que Jesse está vivo. Nossa conversa inicial foi breve e, por precauções relacionadas à saúde dele, os contatos têm sido limitados. Venho recebendo a maior parte das notícias por e-mail através da mãe dele, Francine.

Só sei que ele está correndo risco de síndrome de realimentação e complicações ocasionadas pela hipoglicemia.

Os médicos só deram alta para ele ontem.

Isso significa que Jesse volta para casa amanhã.

Quando contei isso para Sam ontem à noite, ele disse: "Certo. Como você está se sentindo?".

Fui absolutamente sincera com ele. "Não faço a menor ideia."

Estou muito confusa no momento. Na verdade, estou tão confusa que nem sei o quanto estou confusa.

O que Sam e eu compartilhamos... é amor. Essa é a verdade pura e simples.

Mas não estou mais me sentindo pura, nada mais é simples e não tenho ideia de qual é a verdade.

"Em que você está pensando?", Sam me pergunta.

Olho para ele. Nem percebi que já estava acordado.

"Ah", digo, me voltando de novo para o teto. "Nada, na verdade. Tudo e nada."

"Jesse?", ele pergunta.

"É, acho que sim."

Sam engole em seco e fica em silêncio quando se vira, levanta e vai ao banheiro. Ouço a torneira ser aberta e depois o barulho da água se agitando enquanto ele escova os dentes. Escuto o ruído familiar do chuveiro.

Meu celular toca, e dou uma espiada na mesinha de cabeceira para ver quem é. Não reconheço o número. Deveria deixar cair na caixa postal, mas não é isso que faço. Ultimamente, não estou perdendo nenhuma ligação.

"Alô?"

"Emma Lerner, por favor?" A voz é a de uma mulher jovem.

"É Emma Blair", corrijo. "Mas, sim, é ela quem está falando."

"Senhora..." Ela se interrompe. "Srta. Blair, meu nome é Elizabeth Ivan. Eu trabalho no *Beacon*."

Fecho os olhos e xingo a mim mesma em pensamento por ter atendido.

"Sim?"

"Estamos fazendo uma matéria sobre o resgate de Jesse Lerner, de Acton."

"Sim."

"E queríamos um comentário seu."

Sinto minha cabeça se sacudir de um lado para o outro, como se ela estivesse me vendo. "Desculpa. Acho melhor não me declarar publicamente."

"Tem certeza? Os Lerner vão colaborar."

"Tenho", respondi. "E entendo. Só não me sinto confortável para isso, mas agradeço o contato."

"Você está..."

"Obrigada, srta. Ivan. Passar bem."

Termino a ligação antes que ela possa responder. Desligo o celular, me certifico de que não está mais funcionando, e me jogo sobre os travesseiros, cobrindo o rosto com as mãos, me perguntando se algum dia vou voltar a sentir só uma emoção na vida.

Porque ultimamente tenho experimentado felicidade *e* medo, alegria *e* tristeza, culpa *e* validação.

Não é apenas felicidade. Nem apenas medo. Nem apenas alegria. Nem apenas tristeza.

O silêncio ensurdecedor no quarto significa que meus ouvidos só conseguem se concentrar na água escorrendo do chuveiro no banheiro.

Penso no vapor subindo.

Penso na temperatura da água.

Penso em como um banho pode ser calmante e reconfortante. Penso em Sam. Em como ele fica todo molhado. Na água quente escorrendo pelos seus ombros. Os ombros que carregaram minha escrivaninha obscenamente grande escada acima quando viemos morar juntos. Os ombros que trouxeram duas caixas de livros por vez aqui para cima enquanto ele pedia em tom de brincadeira para eu parar de acumular livros, sabendo muito bem que isso jamais aconteceria.

Sam é minha vida. Minha vida nova, linda, maravilhosa e mágica.

Levanto da cama e abro a porta do banheiro. Está cheio de vapor, como eu imaginava. O espelho está embaçado demais para eu conseguir me enxergar enquanto tiro a camiseta e a calcinha. Mas sei o que veria se pudesse: uma mulher de trinta e poucos anos, loira e baixinha, com corpo em formato de pera e corte pixie, além de uma aglomeração de sardas sob o olho direito.

Afasto a cortina do chuveiro só um pouquinho e entro. Sam abre os olhos. Dá para ver que está aliviado em me ver ali. Ele me abraça com força. O calor de sua pele me aquece, exatamente como eu esperava.

Seu queixo se apoia no meu ombro.

"Sei que está tudo muito complicado agora", ele me diz. "Vou fazer o que você quiser. Eu só... eu preciso saber o que você está pensando."

"Te amo", digo, encostada no ombro dele enquanto a água bate no meu rosto e cola meus cabelos à testa. "Te amo demais."

"Eu sei", ele diz, e então se afasta de mim e se vira para a água.

Ele lava o xampu dos cabelos.

Com suas costas viradas para mim, pego o sabonete e espalho a espuma nas mãos. Esfrego em seus ombros e em suas costas. Estendo o braço e ensaboo seu peito. Depois que a água lava tudo, apoio o rosto em suas costas. E o abraço por trás. Me colaria nele se quisesse. Nas três noites anteriores, sonhei que amarrava nós dois com uma corda. Sonhei que amarrava com tanta força que nenhum de nós conseguiria escapar. Sonhei com nós tão fortes que não podiam ser desatados. Com uma corda tão grossa que não podia ser cortada.

Sam estende os braços para a apoiar as mãos na parede. E em seguida diz: "Só... só me faz um favor".

"Qualquer coisa."

"Não fica comigo se preferir estar com ele", Sam me pede. "Não faz isso comigo."

Sei exatamente o que esses sonhos, com a corda e os nós, significam.

Ninguém se amarra a alguma coisa a não ser por medo de perdê-la.

O começo de dezembro é uma das piores épocas do ano para mim em Massachusetts. Parece sempre ser a calmaria que precede a tempestade.

O ar muitas vezes fica gelado e rarefeito, como se pudesse se despedaçar feito gelo. Mas, pelo menos hoje, está quente o suficiente para cair uma garoa em forma líquida e não de flocos. O que também é um lembrete não muito agradável de que a primeira nevasca do inverno está a caminho.

Estou usando uma calça jeans preta, um suéter largo cor de creme, botas marrons de cano alto e um casaco escuro. Nunca me perguntei o que estaria vestindo quando reencontrasse Jesse porque jamais pensei que isso fosse acontecer.

Mas aqui está a resposta para a pergunta que pensei que nunca faria a mim mesma: jeans e suéter.

Não existe um código de vestimenta para esse tipo de coisa, para ver o amor da sua vida, que está desaparecido desde o aniversário de um ano de casamento.

Um dos amores da sua vida.

Um dos.

Sam saiu cedo de manhã, e não me acordou para se despedir. Só abri os olhos quando ouvi a porta bater ao sair. Fui espiá-lo da janela do quarto. Vi quando entrou no carro. A expressão em seu rosto era estoica, mas sua postura o traía. Com os ombros caídos e a cabeça baixa, parecia um homem no limite de suas forças.

Ele arrancou com o carro antes que eu pudesse chamá-lo, e não atendeu quando liguei em seu celular.

O avião de Jesse chega às três. O que significa que tenho a manhã toda e uma parte da tarde para me preparar para o dia mais inacreditável da minha vida.

Pouco antes das nove, paro o carro no estacionamento atrás da Livraria Blair e entro na livraria, acendendo as luzes e trazendo vida à loja — como faço quase todas as manhãs.

No ano que vem, meus pais vão se aposentar oficialmente. Mas, a esta altura, para todos os efeitos já estão aposentados. Quem administra a livraria sou eu. A responsabilidade é minha. Os funcionários se reportam à Tina, minha subgerente, que por sua vez se reporta a mim.

Meu pai ainda supervisiona as contas. Minha mãe aparece aos sábados à tarde para trabalhar no chão da loja — ela quer saber o que as pessoas andam lendo, e ainda gosta de conversar com os clientes com quem criou amizade ao longo de mais de vinte anos.

Todo o resto é por minha conta.

A Livraria Blair é a única coisa na minha vida da qual me orgulho totalmente no momento.

Posso me sentir sobrecarregada e às vezes pareço meio perdida, mas sou boa no que faço.

As vendas se mantêm firmes, apesar das mudanças no panorama do mercado editorial. Está aí uma coisa que poucos podem afirmar. Ser capaz de manter as portas abertas numa época em que até mesmo as grandes redes estão falindo é o objetivo principal, claro. Mas, na verdade, isso corresponde a apenas uma fração do meu orgulho. Mais do que nunca, estou empolgadíssima com a maneira como estamos conseguindo atrair e envolver os leitores com a loja.

Fazemos eventos com autores pelo menos duas vezes por mês. Recebemos exemplares autografados dos livros mais vendidos. Temos onze clubes de leitura diferentes que se reúnem aqui mensalmente, além de abrigarmos uma oficina de escrita criativa. Nosso e-commerce vai muito bem. Nosso serviço de atendimento ao cliente é excepcional. Oferecemos até donuts grátis uma vez por semana.

Essa parte me deixa especialmente orgulhosa.

Quando termino de ajeitar as coisas na loja, vou para minha sala e me sento à mesa para ler os e-mails. Uma mensagem da minha mãe se destaca no alto da caixa de entrada.

O assunto é *Você viu isso?*, e no corpo do e-mail há um link para uma matéria no *Beacon* sobre Jesse. Deve ter sido publicada hoje cedo. Sob o link, minha mãe escreveu: *Pode me ligar a qualquer hora se quiser conversar. Estou pensando em você.*

Não sei se quero ler essa matéria, mas acabo clicando mesmo assim.

Morador desaparecido da região é encontrado em ilha do Pacífico
Elizabeth Ivan

Jesse Lerner (31), natural de Acton, foi resgatado depois de passar três anos e meio desaparecido.

Lerner foi vítima de um acidente com um helicóptero que matou as outras três pessoas a bordo. A equipe estava a caminho de uma filmagem nas ilhas Aleutas quando a aeronave sofreu uma pane no motor. Lerner, então com 28 anos, foi dado como morto. Sete semanas atrás, foi encontrado no mar por um navio que se dirigia ao atol Midway.

Em Midway há uma antiga instalação da aeronáutica, atualmente administrada pelo United States Fish and Wildlife Service. Apesar de ser um local remoto no Pacífico, a um terço do caminho entre Honolulu e o Japão, há entre trinta e sessenta membros da equipe do FWS trabalhando no local durante todo o ano.

Acredita-se que Lerner tenha passado a maior parte do tempo em uma ilhota a cerca de mil quilômetros de Midway. Não foi dada ainda nenhuma explicação oficial sobre como ele conseguiu se salvar.

Hospitalizado logo após o resgate, Lerner acaba de ser liberado para viajar, e deve chegar a Massachusetts ainda esta semana, provavelmente pelo aeroporto de Hanscom Field. Seus pais, Joseph Lerner e Francine Lerner, moradores de Acton, aguardam com ansiedade sua chegada. "Não temos palavras para descrever o tamanho da dor de perder um filho. E temos ainda menos palavras para descrever o alívio de saber que ele está voltando para casa", disseram os Lerner numa declaração conjunta.

Mais de uma década atrás, Lerner foi notícia quando quebrou o recorde estadual estudantil dos quinhentos metros livres. Um ano antes de seu desaparecimento, Lerner se casou com Emma Blair, outra moradora local. Procurada pela reportagem, Blair não quis se pronunciar.

Termino e releio a matéria. E depois leio de novo. E de novo. Só paro quando escuto Tina dizer meu nome.

"Bom dia, Emma", ela diz ao chegar, pouco antes das dez. Com seu sotaque de Boston, meu nome soa mais como "Emmer" do que como "Emma".

Com sua pronúncia, as vogais átonas são quase omitidas, e as tônicas são pronunciadas com toda a força, em especial as abertas. O sotaque de Boston sempre soa caloroso e reconfortante para mim. Quando ouço as pessoas tirando sarro de quem fala assim na TV, sempre me pergunto se por acaso já vieram para cá. Tem um monte de gente em Massachusetts que não fala com sotaque de Boston, pessoas que jamais poderiam dizer que pararam o carro no *Hahvahd Yahd*.

O Harvard Yard nem estacionamento tem.

"Bom dia, Tina", respondo.

Tina é o tipo de funcionária que todo mundo gostaria de ter. É uma ex-dona de casa com filhos já crescidos que adora livros mais que qualquer pessoa que já conheci. É simpática com todos, mas sabe ser firme com gente mal-educada. Sente falta dos filhos, que estão na faculdade, e trabalha na livraria para manter a mente ocupada. Duvido que ela ou o marido precisem do salário que ganha aqui. Nunca perguntei, mas sei que um quarto de seu contracheque vai para os livros que ela compra com o desconto de funcionária.

Quando começo a ficar sobrecarregada com os afazeres da loja, é para Tina que me volto à procura de ajuda.

Outra coisa que gosto nela é de seu desinteresse absoluto em ser minha amiga. Trabalhamos juntas. Eu sou a chefe. Somos gentis uma com a outra, e às vezes damos umas risadas no estoque. Mas a informalidade começa e termina por aí.

Quando comecei a gerenciar pessoas, tive dificuldade em estabelecer limites e expectativas. Queria que todo mundo gostasse de mim. Queria que todo mundo se sentisse parte da família — porque o meu sentimento ao trabalhar na loja sempre tinha sido esse. Uma coisa familiar. Mas os negócios não funcionam assim. E meus empregados não precisam gostar de mim. Precisam me respeitar e trabalhar direito.

Aprendi essa lição da forma mais difícil em alguns casos, mas pelo menos posso afirmar que aprendi. Hoje tenho uma equipe que pode até reclamar de mim pelas costas, mas que também pode se orgulhar de trabalhar em uma excelente livraria.

Hoje, especialmente, me sinto grata por não ser amiga de nenhum dos funcionários. Sei que Tina assina o *Beacon*. E que com certeza leu aquela matéria. Mas tenho a certeza ainda maior de que não vai me perguntar nada.

Quando as senhoras da Sociedade de Leitoras da Terceira Idade de Acton começam a chegar ao clube de leitura, às onze horas, fico apreensiva.

O avião de Jesse chega em quatro horas.

Jesse, o meu Jesse, vai estar em casa ainda hoje.

Eu o deixei no aeroporto de Los Angeles três anos e sete meses atrás e estarei no aeroporto quando ele aterrissar em Massachusetts.

Não faço meu trabalho direito entre o meio-dia e as duas da tarde. Estou distraída, sem concentração, impaciente.

Cobro um livro de 16,87 dólares de uma cliente. Ela paga com uma nota de vinte, e eu dou de troco exatos 16,87 dólares.

Um homem liga perguntando se temos um exemplar de *Extremamente alto & incrivelmente perto*, e eu respondo: "Sim, temos todos os livros do Jonathan Lethem em estoque".

Quando vejo que Mark — o único funcionário da livraria que eu classificaria como um esnobe literário — chegou para assumir meu lugar no balcão, fico definitivamente aliviada.

Está na hora de ir.

Eu posso ir.

Posso sair daqui.

Depois de pegar minhas coisas e dar uma última olhada no espelho do banheiro, me arrependo por um momento de não ter uma amizade mais profunda com Tina. Seria bom ter alguém para perguntar: "Então, como é que eu estou?". E poder ouvir: "Está ótima. Vai dar tudo certo".

Penso em ligar para Marie quando chego ao carro. Ela pode ser a pessoa ideal para me dizer o que preciso ouvir antes de encontrar meu marido há muito perdido. Mas, quando pego o celular, me distraio com uma mensagem de texto de Sam.

Eu te amo.

É o tipo de coisa que escrevemos um para o outro todos os dias, mas que no momento é ao mesmo tempo reconfortante e aflitiva.

Olho pelo para-brisa, atordoada com o que está acontecendo com a minha vida tão pacata e estável.

Tenho simultaneamente um marido e um noivo.

Viro a chave na ignição, ligo o carro e saio do estacionamento.

Depois de anos de ausência, o homem que perdi está voltando para casa.

Quando chego ao aeroporto, vejo que o estacionamento está vazio. Olho as horas. Estou dezenove minutos adiantada.

Fico inquieta dentro do carro, sem saber como controlar toda a energia nervosa do meu corpo. Então meu celular vibra e começa a tocar e vejo o rosto de Olive na tela.

Atendo.

"Como você está?", ela pergunta antes mesmo de dizer alô.

"Sei lá", respondo.

"Ele já chegou?"

"Chega daqui a pouco. Deve aterrissar em quinze minutos."

"Minha nossa", ela comenta.

"Nem me fala."

"O que eu posso fazer para te ajudar?"

Esse é o lado prático de Olive em ação. *O que eu posso fazer para te ajudar?* É uma qualidade maravilhosa para uma amiga. Significa que ela sempre vai lavar a louça quando ficar na sua casa. Sempre vai mandar os presentes mais bem pensados e entrar em contato nos momentos mais necessários. Mas, agora, ela não tem como colaborar.

Porque não há nada que possa fazer para ajudar.

Não existe nada que possa ser feito por quem quer que seja.

Tudo, simplesmente... *é o que é.*

"Pelo menos posso mandar umas flores?", ela sugere.

Sorrio. "Acho que as flores não vão me ajudar a lidar com o fato de que tenho um marido e um noivo ao mesmo tempo", respondo.

"Que absurdo", ela rebate. "Flores ajudam a lidar com tudo."

Caio na risada. "Obrigada por conseguir ser engraçada mesmo agora", digo.

"E eu agradeço a você por achar que fazer piada com coisa séria é apropriado", Olive diz. "A Tracey não concorda."

Tracey é a namorada de Olive. Sou obrigada a confessar que as duas formam um casal que não faz o menor sentido para mim. Tracey é séria e culta, do tipo que corrige a gramática alheia. É toda elegante, magra e maravilhosa. Já a melhor característica de Olive, pelo menos para mim, é que ela fala tudo o que vem à cabeça, come qualquer coisa que coloca-rem na sua frente e topa tudo o que propuserem a ela.

Sam prefere adotar a explicação mais simplista de que os opostos se atraem, mas eu ainda não consigo me conformar. Pelo menos uma vez por mês ouço Sam me perguntar: "A gente precisa mesmo falar tanto de Olive e Tracey?".

"Você acha que ele está bem?", Olive pergunta. "Quer dizer, sei que ele está vivo e com a saúde estável, mas e se estiver pirado? Tipo, pode acontecer, né? Três anos sozinho? Deve ter passado todo esse tempo comendo coco e conversando com bolas de vôlei."

"Esse papo não está ajudando", aviso. "Aliás, muito pelo contrário."

"Desculpa. Vou ficar quieta."

"Não", eu peço. "Não fica quieta, não. Só não fica falando da possibi-lidade de o estado mental do meu marido não ser dos melhores. Fala sobre outra coisa. Tenho um tempinho para gastar até as pessoas chega-rem e estou com medo de que, se tiver que fazer isso sozinha, quem vai pirar sou eu."

Olive dá risada. "Como eu disse, você sabe manter o senso de humor nos momentos de crise."

"Eu não estava brincando", acrescento.

Então nós duas começamos a rir, porque isso é o mais engraçado de tudo, né? O quanto a situação é séria e não haver nenhuma graça nela.

Quando estou no meio da gargalhada, vejo um SUV branco entrando no estacionamento e, antes mesmo de ver o motorista, sei que são os pais de Jesse.

"Ai", digo ao celular. "Preciso desligar. A Francine e o Joe chegaram."

"Ai, meu Deus", Olive comenta. "Isso vai ser muito constrangedor."

"É, um pouco", respondo, desligando o carro.

"Quando foi a última vez que você conversou com eles?"

"Deve ter sido logo depois do desaparecimento", conto. Nós três mantivemos a aparência de que éramos da mesma família por alguns meses, com telefonemas em aniversários e festas de fim de ano. Mas isso logo acabou. Sendo bem sincera, era doloroso demais para todos os envolvidos. Nos últimos anos, vivemos na mesma cidade e mal nos vimos, a não ser por encontros ocasionais no supermercado.

"Certo, me deseja boa sorte. Preciso desligar."

Olive tem um péssimo hábito que só notei depois que fomos morar em lugares diferentes e passamos a conversar praticamente só por celular. Quando eu digo que preciso desligar, ela concorda e continua falando por mais meia hora.

"O.k.", ela responde. "Boa sorte. Estou torcendo por você. O Sam está bem? Como ele está encarando tudo isso?"

"O Sam está..." Não sei como terminar a frase e nem tenho tempo para isso. "Sei lá. Preciso desligar mesmo", insisto. "Obrigada por ter ligado. Não sei o que eu faria sem você."

"Ei, quando precisar, já sabe", Olive diz. "Se eu puder ajudar em alguma coisa, é só me avisar."

"Pode deixar", digo. "Prometo. A gente vai se falando."

"Até mais. E você e o Sam vão mesmo se casar? Quer dizer, a esta altura ficou tudo meio que no ar, né?"

"Olive!", retruco, perdendo a paciência.

"Desculpa", ela fala, percebendo o que está fazendo. "Estou dando uma de Olive agora."

Dou risada. "Um pouco."

"Certo, vou desligar. Te amo. Estou aqui para o que precisar. Não vou nem perguntar sobre a Sophie e a Ava porque sei que você está sem tempo."

"Ótimo. Obrigada. Te amo. Tchau."

"Tchau."

Quando ela desliga, percebo o quanto estou me sentindo sozinha. Por um instante, achei que o meu maior problema fosse me desvencilhar de Olive. Agora percebo o tamanho do desafio que tenho pela frente.

Desço do carro. Francine acena quando me vê.

Aceno de volta e começo a andar na direção do carro deles.

Francine está usando um vestido Borgonha justo e um casaco azul--marinho. Seus cabelos castanho-escuros vão mais ou menos até a altura dos ombros.

Ela me dá um abraço forte e cheio de sentimento, como se tivesse sentido minha falta durante todos esses anos. Quando me afasto dela, é a vez de Joe me abraçar. Ele parece vestido para ir à igreja. Calça social cinza, camisa azul-clara e paletó azul-marinho. Percebo que está começando a ficar calvo. Seu rosto está bem mais magro do que costumava ser.

"Oi, querida", ele me cumprimenta.

"Emma", Francine me diz, ajeitando uma echarpe no pescoço. "Que alegria ver você."

"Obrigada", respondo. "Para mim também." Não sei bem como me referir a ela. Quando era adolescente, eu a chamava de sra. Lerner. Quando era casada com seu filho, ela passou a ser Franny.

"Olha só o seu cabelo!", ela comenta, levando a mão até os meus cabelos curtos mas sem de fato tocá-los. "Está tão diferente."

Estou mais forte do que na época em que convivia com eles. Minha postura está mais firme. Estou mais paciente. Guardo menos rancores. Sou mais grata pelo que tenho, menos ressentida pelo que não tenho. Menos inquieta. Leio muito mais livros. Toco piano. Estou noiva.

Mas, obviamente, ela não tem como saber de tudo isso.

A única mudança que vê em mim são meus cabelos loiros agora curtos.

"Ficou bem mulher moderna."

"Obrigada." Respondo como se tivesse entendido como um elogio, mas, pela maneira como Francine diz, sei que não é.

"Como você está?", ela pergunta.

"É, bem", respondo. "E vocês?"

"Nós também", ela diz. "Nós também. Deus escreve certo por linhas tortas, e ainda estou perplexa, mas agradecendo de joelhos a graça que estamos recebendo hoje."

Jesse não foi criado em nenhuma religião específica, e na época do colégio ouvi Francine dizer que não estava nem aí "para o que o seu Deus pensa" quando um mórmon tocou a campainha de sua casa para pregar.

Agora começo a me perguntar se isso mudou, se perder Jesse não a transformou em uma cristã renascida e a volta dele está sendo vista como uma prova de que essa conversão foi a coisa certa a fazer.

Joe me encara por um instante, mas logo desvia os olhos. Não dá para saber o que ele está pensando. Mas sua postura em relação à situação parece bem mais conflitante. Francine parece achar que a vida vai voltar a ser perfeita assim que Jesse descer do avião. Mas acho que Joe entende que as coisas não são tão simples assim.

"Muito bem", diz Francine. "Vamos lá, então? Nem acredito que ele chega daqui a pouco. Vejam só nós três indo reencontrar nosso menino."

Ela pega o celular e olha para a tela.

"Parece que Chris, Tricia e os meninos chegam daqui a pouco, junto com Danny e Marlene."

Eu sabia que Chris e Tricia tiveram filhos não porque alguém me contou, mas porque vi Tricia na T.J. Maxx no ano passado com um barrigão de grávida e um garotinho ao lado.

E, na verdade, não sei quem é Marlene. Só posso supor que seja a namorada de Danny ou noiva ou esposa.

A verdade pura e simples é que não sei praticamente mais nada sobre os Lerner, e eles sobre mim. Talvez nem saibam a respeito de Sam.

Joe e eu seguimos Francine, que segue com passos firmes em direção ao terminal.

"É difícil prever como ele estará se sentindo", Francine comenta enquanto caminhamos. "Pelo que ouvi, e pelo conselho que a equipe médica me deu, nosso principal papel é fazer com que ele se sinta seguro."

"Sim, claro", respondo.

Pouco antes de chegarmos à porta, Francine se vira para mim. "Por isso, nós achamos que é melhor você não contar para ele que seguiu em frente."

Então eles sabem. Claro que sabem.

"Tudo bem", digo, sem saber o que responder a não ser uma confirmação de que a ouvi.

O vento fica mais forte, e me arrependo de não ter trazido um casaco mais grosso. O ar está mais pungente do que eu imaginava. Abotoo minha blusa até mais para cima, e vejo Joe fazer o mesmo.

"Pode contar se quiser", Francine diz. "Só não sei como ele vai reagir quando descobrir que você já está comprometida com outro."

É esse "já" que me incomoda. Esse "já" está incrustado na frase, como se fosse o complemento natural entre "você" e "está comprometida".

Decido ficar quieta. Penso comigo mesma que a melhor resposta é aguentar firme. Mas, antes de me dar conta, percebo que o sentimento no meu peito já se transformou em palavras na minha garganta.

"Não precisa se dar ao trabalho de fazer com que eu me sinta culpada", digo a ela. "Já estou me sentindo mal o suficiente sozinha."

Apesar de eu saber que ela me ouviu muito bem, Francine finge que não escuta. Não faz diferença. Mesmo se ela tivesse prestado atenção, duvido que conseguiria se colocar no meu lugar.

Eu me sinto péssima por ter desistido de Jesse. Por ter aceitado que ele estava morto. Por ter seguido em frente. Por ter me apaixonado por outro. Na verdade, estou furiosa comigo mesma por isso.

Mas também estou muito irritada pela minha lealdade hesitante em relação a Sam, por não me mostrar firme e verdadeira na minha devoção a ele, como prometi. Estou brava comigo mesma por estar insegura, por não ser o tipo de mulher capaz de garantir que para mim ele é o único, por não lhe dedicar o amor que merece.

Estou brava por muita coisa.

Tanto que mal tenho tempo para me preocupar com o que os outros vão pensar de mim.

"Certo", Joe diz num tom abrupto. "Vamos lá. O Jesse vai chegar a qualquer momento."

Observo pelo vidro à prova de som à minha frente enquanto o avião se aproxima voando baixo pelo céu e aterrissa na pista.

Meu coração bate com tanta força que sinto medo de ter um ataque cardíaco.

Um sujeito na pista manobra o posicionamento da escada. Uma porta se abre. Um piloto uniformizado desce.

Então Jesse surge.

Debilitado e exausto, mas, de alguma forma, ainda mais lindo do que antes.

As fotografias nunca fizeram jus ao seu sorriso. É disso que me lembro agora.

Ele está magro e frágil, como se seu corpo fosse composto apenas de músculos e ossos. Seu rosto antes gentil está mais estreito, com ângulos retos onde antes ficavam as bochechas arredondadas. Os cabelos estão mais longos, desalinhados. Sua pele está manchada de castanho e rosa, condizente com a de alguém que passou três anos debaixo de sol.

Mas o jeito é o mesmo. O sorriso é o mesmo. Os olhos, os mesmos.

Fico observando enquanto ele desce do avião. Olho para ele enquanto abraça Francine e Joe. Apenas observo, imóvel, quando se aproxima de mim e me lança um olhar cheio de significado. Percebo que o dedo mindinho de sua mão direita termina na altura da primeira articulação. Ele perdeu um dedo em algum momento do caminho.

"Oi", ele diz.

Só de ouvir essa voz é como se eu tivesse voltado no tempo, recuperado uma parte da minha vida em que as coisas faziam sentido e o mundo parecia justo.

"Oi."

"Como é bom te ver."

Sorrio. E escondo o rosto entre as mãos. Ele me abraça. Sinto minha pulsação bater de forma errática, sem saber se vai se acelerar ou se acalmar.

Fico me perguntando se aquilo tudo é mesmo real.

Mas, quando abro os olhos, ele ainda está ali. Bem na minha frente, me segurando.

Eu chorei sua perda como se ele tivesse morrido. Mas ele está aqui.

Chega a ser assustador o quanto isso desafia a lógica e a razão. O que mais no mundo vai acabar não se revelando verdadeiro?

"Você está em casa", comento.

"Estou aqui."

Sei que de vez em quando todo mundo para e olha para trás e se pergunta quanto tempo passou. Todo mundo às vezes se pergunta como um momento se fundiu com o instante seguinte e, assim, foram passando os dias, os meses, os anos, e de repente tudo parece ser um conglomerado de meros segundos.

É assim que estou me sentindo.

Agora mesmo.

Neste exato momento.

Nosso passado em comum parece ter durado eras inteiras, e é como se o tempo que ficamos separados se resumisse a um piscar de olhos.

Eu me apaixonei por Jesse assim que pus os olhos nele naquela competição de natação.

E agora estou tendo dificuldade para entender como consegui viver sem ele, como consegui encarar um mundo em que ele não estava, e por que achei que conseguiria amar alguém da mesma forma como amo Jesse.

Porque para mim sempre foi ele.

Minha vida toda.

Desde o início, sempre ele.

Como consegui passar tanto tempo sem saber quem sou e sem saber quem amo?

As duas últimas horas foram de atordoamento puro. Fiquei a maior parte do tempo imóvel, sem dizer nada, enquanto a família de Jesse toda celebrava seu retorno. Vi Francine chorar até não poder mais, e dar graças a Deus toda vez que punha os olhos nele, e Chris e Tricia apresentando Trevor, seu filho, e Ginnie, sua bebezinha. E Danny apresentando sua esposa Marlene.

Meu celular tocou várias vezes, mas não consegui ver nem quem estava ligando. Não estou em condições de lidar com a vida real nesse momento. Mal consigo reagir ao que está acontecendo bem diante dos meus olhos.

E não tenho a menor ideia de como associar o que está acontecendo aqui com a minha vida real.

É coisa demais para Jesse absorver. Dá para perceber que sua família tem muito a dizer, muita coisa que querem fazer ao seu lado. Até eu sinto vontade de revelar cada pensamento que me passou pela cabeça enquanto ele estava desaparecido, de descrever cada momento que passei em sua ausência, cada sentimento que estou experimentando agora. Queria poder plugar meu coração ao dele e despejar os últimos três anos e meio em sua alma.

Só posso supor que todos aqui desejam fazer o mesmo.

Deve ser acachapante estar no lugar dele, ser o centro de todas as atenções, aquele que todos querem ver com os próprios olhos e tocar com as próprias mãos.

Enquanto observo a interação de Jesse com sua família, percebo que meu lugar não é aqui.

Jesse está com sua sobrinha Ginnie no colo pela primeira vez, tentando manter a calma. Mas eu o conheço. Sei o que o canto de seus olhos voltados para baixo significam. Sei por que está coçando as orelhas, por que seu pescoço parece rígido e dolorido.

Ele está constrangido. E confuso. É coisa demais para ele. Um exagero. Nossos olhares se cruzam. Ele sorri.

Então percebo que na verdade é o lugar de toda essa gente que não é aqui. Pode haver vinte pessoas presentes, mas as únicas pessoas para Jesse e eu somos Jesse e eu.

Quando a família se acalma um pouco, as pessoas começam a discutir como vão se dividir entre os carros até a casa de Francine e Joe. Vejo Jesse se desvencilhar dos demais e sinto seu braço sobre mim, me puxando de lado.

"Você veio com o seu carro?", ele pergunta.

"Sim. Está lá no estacionamento."

Não consigo acreditar que estou falando com ele. Que ele está bem na minha frente. Falando comigo. Jesse Lerner. O meu Jesse Lerner. Vivo e conversando comigo. Nada tão impossível já tinha me acontecido antes.

"Certo, legal. Vamos dar o fora daqui a pouco, então."

"Tudo bem", respondo com uma expressão impassível.

"Está tudo bem com você?", ele me pergunta. "Está com uma cara de quem viu um fantasma." Assim que se dá conta do que falou, ele fecha os olhos. Quando volta a abri-los, acrescenta: "Desculpa. Você está mesmo vendo um fantasma, né?".

Olho bem para ele e me sinto invadida por uma onda de exaustão.

Ninguém é capaz de imaginar o quanto pode ser cansativo ver vivo diante de si um homem considerado morto. Ter que lembrar seu cérebro a cada meio segundo que aquilo que os olhos veem não é uma miragem.

Estou atordoada pelo caráter absolutamente inacreditável dessa verdade. Pelo fato de que neste exato momento posso estender a mão e tocá-lo. De que posso fazer as perguntas que passei anos me arrependendo de não ter feito. De que posso dizer que o amo.

O desejo de dizer isso, e a impossibilidade de fazê-lo por saber que ele não me ouviria, tudo isso me corroeu por dentro ano após ano após ano.

E agora eu posso falar. Posso abrir a boca e compensar todas as vezes em que não pude dizer isso.

"Te amo", digo. Faço isso com toda a sinceridade que o meu sentimento exige, mas também por todas as vezes em que fui impedida de falar essas palavras para ele.

Jesse me olha e abre um sorriso largo e tranquilo. "Também te amo."

Meu coração está tão dolorido e tão aliviado que a esta altura deve estar sangrando.

O alívio é tão imenso e a dor é tão profunda que eu desmorono, como se só agora tivesse me dado conta do tamanho do esforço que fiz para parecer normal, para conseguir me manter de pé.

Minhas pernas não dão conta do meu peso. Meus pulmões não conseguem me manter à tona. Meus olhos estão voltados para a frente, mas não vejo nada.

Jesse me segura antes que eu caia no chão. Todos estão me olhando, mas não estou nem aí.

Jesse me leva até o banheiro no corredor. Quando a porta se fecha, ele me abraça com força, me mantendo tão perto de si que quase não existe ar entre nós. Durante anos estivemos separados por uma distância insuperável, e agora mal há espaço para o oxigênio.

"Eu sei", ele diz. "Eu sei."

Ele é o único capaz de entender a minha dor, minha perplexidade, minha alegria.

"Vou avisar a minha família que precisamos de um tempo a sós, tá bom?"

Faço que sim com a cabeça com um gesto veemente junto ao seu peito. Ele beija a minha cabeça. "Já volto. Fica aqui."

Encosto na parede do banheiro enquanto ele sai.

Me vejo no espelho. Meus olhos estão opacos e injetados. A pele ao redor está vermelha. O anel de diamante no meu dedo reflete a luz fraca.

Eu deveria ter tirado a aliança antes de vir para cá. Poderia ter arrancado do dedo e deixado no carro. Mas não fiz isso. Porque não queria mentir.

Mas, agora, nem para salvar minha própria vida eu seria capaz de explicar por que achei melhor não jogá-lo na minha caixa de joias e não pôr de volta minha aliançazinha de rubi.

Ambas as joias revelam só metade da verdade.

Fecho os olhos. E me lembro do homem que acordou ao meu lado hoje de manhã.

Jesse reaparece.

"Certo", ele diz. "Vamos lá."

Ele segura minha mão e me conduz para uma porta dos fundos. Saímos para o estacionamento. A família dele ainda está lá dentro. O vento bagunça nossos cabelos enquanto nos dirigimos à fileira de carros.

"Qual deles é o seu?", ele pergunta. Aponto para o meu sedã no canto do estacionamento. Entramos no carro. Viro a chave na ignição, engato a ré, mas em seguida volto a pôr o câmbio em ponto morto.

"Preciso de um tempinho", aviso.

Às vezes ainda acho que é um sonho e que vou acordar a qualquer momento sem saber se foi bom ou ruim.

"Entendo", Jesse diz. "Pode demorar o quanto quiser."

Olho para ele, tentando compreender de verdade o que está acontecendo. Me pego encarando o vazio onde costumava estar seu dedo mindinho.

Vai demorar dias, talvez semanas, meses, anos, para entendermos o que cada um passou, para compreendermos o que somos um para o outro agora.

Por algum motivo, isso me acalma. Não existe pressa para assimilarmos tudo isso. Vai demorar o quanto for preciso.

"Certo", digo. "Vamos lá."

Saio da vaga do estacionamento e pego a estrada. Depois de entrar na via expressa, faço uma curva à direita.

"Para onde estamos indo?", ele quer saber.

"Não faço ideia", respondo.

"Quero conversar com você. Quero conversar com você para sempre."

Me viro para ele, desviando brevemente os olhos da estrada.

Não sei para onde estou indo. Só continuo dirigindo. Em seguida ligo o aquecedor e sinto o ar quente chegar aos meus pés e às minhas mãos. Sinto um calor agradável nas bochechas.

O sinal fica vermelho, e eu paro o carro.

Olho para ele, que está voltado para a janela, pensativo. Sem dúvida,

147

isso tudo é bem mais atordoante para ele do que para mim. Jesse deve ter seus próprios questionamentos a fazer, seus sentimentos conflitantes. Talvez tenha amado alguém em algum lugar do mundo enquanto esteve ausente. Talvez tenha feito coisas indescritíveis para sobreviver, para poder voltar para cá. Talvez tenha deixado de me amar em algum ponto dessa trajetória, desistido de mim.

Sempre vi Jesse como minha cara-metade, como alguém que conheço tão bem quanto a mim mesma, mas a verdade é que ele se tornou um estranho para mim agora.

Por onde andou e o que viu durante esse tempo todo?

O sinal fica verde, e o céu escurece mais a cada minuto. A previsão do tempo avisou que poderia chover hoje.

Hoje à noite.

Ainda preciso voltar para casa e encontrar Sam hoje à noite.

Quando as estradas secundárias e sinuosas que estamos percorrendo se tornam ainda mais estreitas, percebo que não estou indo para lugar nenhum em particular. Paro o carro em um espaço mais largo do acostamento, ponho o câmbio no ponto morto e puxo o freio de mão, mas mantenho o motor e o aquecedor ligados. Em seguida solto o cinto de segurança e me viro para ele.

"Me conta tudo", eu peço. É difícil para mim olhar para ele, apesar de ser tudo o que quero ver no momento.

Aonde quer que ele tenha ido, o que quer que tenha acontecido, cobrou um preço de seu corpo. Sua pele tem um aspecto ressecado que não existia quando ele se foi. Seu rosto está enrugado perto das linhas de expressão mais comuns. Me pergunto se as rugas ao redor de seus olhos são de espremê-los para enxergar mais longe, à procura de alguém para resgatá-lo. Me pergunto se o dedo mindinho é sua única cicatriz, se não há outras escondidas sob as roupas. Sei que deve haver muita coisa escondida sob a superfície.

"O que você quer saber?", ele pergunta.

"Onde você estava? O que aconteceu?"

Jesse solta o ar com força pela boca, um sinal claro de que essas perguntas são justamente as que ele não quer responder.

"Que tal uma versão resumida da história?", sugiro.

"Que tal conversar sobre outra coisa? Qualquer outra coisa?"

"Por favor...", insisto. "Preciso saber."

Jesse olha pela janela e depois de novo para mim. "Se eu contar agora, você promete que não vai mais perguntar? Nunca mais?"

Abro um sorriso e ofereço um aperto de mão. "Combinado."

Jesse segura e aperta minha mão. Seu toque é quente. Preciso me segurar para não querer tocá-lo mais. Então ele abre a boca e diz: "Lá vai".

Quando o helicóptero caiu, ele sabia que era o único sobrevivente. Não quis me contar como sabia disso; não quis falar sobre o acidente. Só falou que havia um bote salva-vidas inflável entre os suprimentos de emergência, além de água potável e rações de alimentos, que salvaram sua vida durante as semanas que levou para encontrar a terra firme.

Terra firme é uma descrição generosa para o lugar onde ele foi parar. Era uma formação rochosa no meio do mar. Quinhentos passos de uma ponta à outra. Não era nem uma ilhota, muito menos uma ilha, mas uma inclinação gradual em uma encosta formava uma pequena praia. Jesse sabia que havia se afastado um bocado do Alasca, porque a temperatura da água era amena, e o sol, impiedoso. De início, planejava ficar apenas o suficiente para descansar sentindo o chão sob os pés. Mas em pouco tempo percebeu que o bote estava furando em meio às rochas. Havia murchado quase por completo. Ele estava preso lá.

Jesse estava quase sem água, e as barrinhas de alimento estavam acabando. Ele usou os cantis para coletar água da chuva. Escalou as rochas à procura de plantas ou animais, porém só encontrou areia e pedra. Então foi obrigado a aprender a pescar.

Houve alguns passos em falso no caminho. Ele comeu alguns peixes que o fizeram passar mal. Bebia a água mais depressa do que conseguia coletar. Mas também encontrou ostras e musgo à beira do mar, e durante uma tempestade especialmente forte conseguiu um estoque de água para uma semana — deixando enfim de estar sempre em desvantagem. Nos horários de sol mais forte do dia, ele estendia o bote esvaziado sobre duas rochas e dormia à sombra. Em pouco tempo, criou uma rotina mais ou menos estável.

Jesse comia peixe cru, crustáceos e as barras de carboidratos que restavam, bebia água da chuva e conseguia se abrigar do sol. Estava se sentindo estável. Achava que poderia continuar assim até ser encontrado.

Algumas semanas depois, porém, percebeu que isso nunca aconteceria.

Nesse momento contou ter entrado em colapso, mas depois teve uma epifania.

Foi quando ele começou a treinar.

Jesse sabia que não podia passar o resto da vida em uma formação rochosa minúscula no meio do Pacífico. E sua única saída era fazer aquilo para o qual havia sido criado.

Ele treinou para uma longa prova de natação.

Passou a contar suas braçadas, e a cada dia chegava mais longe que no anterior.

Começou se sentindo mais lento, fraco e fatigado do que nunca.

Alguns meses depois, porém, já era capaz de chegar bem longe. Passou a se sentir confiante de que um dia estaria pronto para nadar em alto-mar se fosse preciso.

Foram necessários quase dois anos para desenvolver a resistência e a coragem para fazer isso. Houve contratempos menores (uma queimadura de água-viva) e maiores (ele viu um tubarão rondando as rochas durante semanas). Quando enfim se decidiu, não foi porque achava que iria conseguir.

Foi por saber que morreria caso não tentasse.

As barras de carboidratos tinham acabado, e as ostras andavam sumidas. Metade do bote se rasgou e foi levada pelo vento. Jesse temeu que não estivesse ficando mais forte, e sim mais fraco.

Um temporal garantiu um suprimento de vários dias de água. Ele bebeu o quanto conseguia e conseguiu amarrar algumas garrafas nas costas usando pedaços do bote.

Então ele mergulhou.

Disposto a encontrar ajuda ou morrer tentando.

Jesse não sabe exatamente quanto tempo ficou em mar aberto, e perdeu a conta das braçadas. Disse que menos de dois dias depois de partir viu um navio.

"Foi quando eu senti que estava tudo acabado", ele conta. "Que eu ficaria bem. Que eu voltaria para você."

Ele não fala nada sobre o mindinho. Durante toda a história, em meio a tudo o que me contou, não disse que perdeu metade de um dedo. E não sei o que fazer, porque me comprometi a não perguntar mais nada. Faço menção de abrir a boca para fazer o que não deveria. Mas ele me interrompe, e entendo o recado. O assunto está encerrado.

"Pensei em você todos os dias", ele conta. "Senti sua falta durante todos esses anos."

Sinto vontade de responder que eu também, mas não sei se é verdade. Eu pensava nele o tempo todo — até que comecei a pensar menos. Nunca deixei de pensar nele com alguma frequência, mas... não é a mesma coisa.

"Você continuou o tempo todo no meu coração", digo por fim. Porque sei que isso é verdade. Uma verdade absoluta.

Por mais que eu tenha uma história com Jesse, por mais que pense que nós dois nos entendemos, duvido que algum dia consiga compreender o sofrimento de viver sozinho no meio do oceano. Não sei se algum dia serei capaz de reconhecer de fato a coragem necessária para sair nadando em águas abertas.

E, apesar de saber que não há comparação, acho que Jesse não tem como entender como é viver achando que o amor da sua vida morreu. E depois se sentar com ele no seu carro em um acostamento de estrada.

"Agora é a sua vez", ele avisa.

"Minha vez?"

"Me conta tudo", ele pede. Assim que diz isso, percebo que ele já sabe que estou comprometida. Ele sabe de tudo. Pelo seu tom de voz compreensivo e seu olhar de quem se prepara para ouvir o que não quer, noto que ele deduziu tudo sozinho.

Ou então viu o anel no meu dedo.

"Estou noiva", respondo.

E, do nada, Jesse começa a rir. Ele parece aliviado.

"Como assim? Por que você está rindo? Qual é a graça?"

"Porque eu pensei que você já estivesse casada", ele explica com um sorriso.

Sinto um sorriso aparecer no meu rosto também, apesar de não saber explicar exatamente por quê.

E então começo a rir e dou um tapinha de brincadeira nele. "É praticamente a mesma coisa!", argumento.

"Ah, não é, não", ele rebate. "De jeito nenhum."

"Eu aceitei um pedido de casamento."

"Mas ainda não se casou."

"E daí?", questiono.

É tão fácil falar com ele. Sempre foi. Ou, talvez, eu sempre tenha sido muito boa nisso.

"Estou dizendo que passei três anos e meio desejando te ver de novo com todas as minhas forças. Se você acha que o seu comprometimento com alguém vai me impedir de querer retomar nossa vida, está muitíssimo enganada."

Quando olho para ele, o sorriso ainda está estampado no meu rosto, mas logo a realidade se instala e acaba com o meu bom humor. Escondo a cabeça entre as mãos.

Vou acabar machucando todo mundo.

O carro fica tão silencioso que só consigo ouvir o ruído dos veículos transitando pela estrada.

"Não é assim tão simples quanto você imagina", digo por fim.

"Escuta só, Emma, eu entendo. Você precisava seguir em frente. Assim como todo mundo. Sei que você achava que eu estava..."

"Morto. Eu achava que você tinha morrido."

"Eu sei!", ele diz, se inclinando para perto de mim e segurando minhas mãos. "Não consigo nem imaginar o quanto foi difícil para você. E nem quero. Durante todos esses anos, sempre soube que você estava viva, que tinha para quem voltar. E você não tinha essa certeza. Lamento muito, Emma."

Levanto a cabeça e percebo as lágrimas se formando em seus olhos, assim como nos meus.

"Lamento demais. Você nem imagina quanto. Eu não deveria ter ido. Não deveria ter me afastado de você. Não existe nada no mundo, experiência nenhuma, capaz de compensar o fato de te perder e te fazer sofrer desse jeito. Eu passava noites acordado, preocupado com você. Passava horas e horas, dias inteiros pensando no quanto você devia estar sofrendo. Preocupado com você, com a minha mãe, com a minha família inteira se acabando de tristeza. Isso quase acabou comigo. Saber que as pessoas que eu amo, e que você, Emma, estavam de luto por mim. Me desculpa por ter feito você passar por isso. Mas agora estou de volta. E o que me levou a voltar, o que me manteve vivo, foi você. Foi querer voltar para você. Retomar a vida que a gente planejou. Quero essa vida de volta. E não vou deixar que as decisões que você tomou enquanto eu não estava aqui afetem meus sentimentos. Nunca deixei de te amar. Sou incapaz de fazer isso. Sou incapaz de amar alguém que não seja você. Então não te culpo por nada que tenha acontecido enquanto eu não estava aqui, mas agora é a nossa hora. É a nossa hora de fazer tudo voltar a ser como era."

O interior do carro está tão quente que parece que estou com febre. Diminuo a temperatura do aquecedor e tento tirar o casaco. Não é fácil me mover no espaço restrito atrás do volante, mas vou me contorcendo para a direita e para a esquerda até libertar os braços. Sem dizer nada, Jesse segura uma das mangas e me ajuda a finalmente me desvencilhar da roupa.

Olho para ele e tento superar o choque, a confusão e a sensação ao mesmo tempo doce e amarga de sua volta, e o que resta é o conforto absoluto. Abrir os olhos e deparar com o rosto dele é mais familiar do que eu conseguia me lembrar. Aqui neste carro está a melhor parte da minha adolescência e dos meus vinte anos. A melhor parte de mim. Todo o início da minha vida adulta está vinculado a esse homem.

Os anos de sua ausência não abalaram em nada o afeto e o conforto que construímos juntos.

"Você era o amor da minha vida", digo.

"Eu *sou* o amor da sua vida", Jesse rebate. "Nada mudou."

"Tudo mudou!"

"Não entre nós", ele diz. "Você ainda é essa menina com sardas embaixo do olho. E eu ainda sou o cara que te beijou na delegacia."

"Mas e o Sam?"

Pela primeira vez, vejo a tristeza e a raiva faiscarem nos olhos de Jesse. "Não fala o nome dele", ele pede, se afastando de mim. Seu tom de voz irritado me deixa desarmada. "Vamos falar sobre outra coisa. Pelo menos por enquanto."

"Sobre o que mais podemos conversar?"

Jesse olha pela janela por um instante. Vejo seu maxilar se flexionar, e seus olhos se fixarem em um ponto. Então ele relaxa e se vira de novo para mim com um sorriso. "Andou vendo algum filme interessante?"

Apesar de tudo, ainda consigo rir, e ele também. É assim que sempre foi entre nós. Sorrio quando ele sorri. Ele ri porque eu estou rindo.

"Isso não é fácil", digo, recuperando o fôlego. "Tudo nessa situação é tão..."

"Mas não precisa ser", ele diz. "Eu te amo. E você me ama. Você é minha esposa."

"Nem isso é mais verdade. Quando você foi declarado morto... quer dizer, não sei nem se ainda somos casados."

"Não interessa o que o papel diz", ele argumenta. "Você é a mulher que eu amei a vida inteira. Sei que precisava seguir em frente. E não te culpo. Mas agora voltei para casa. Estou aqui *agora*. Tudo pode voltar a ser como era. Como deveria ser."

Balanço negativamente a cabeça e limpo os olhos com o dorso da mão. "Não sei, não", digo para Jesse. "Não sei mesmo."

"*Eu* sei."

Jesse se inclina para a frente e limpa as lágrimas que escorreram para o meu pescoço.

"Você é a Emma", ele diz, como se isso resolvesse tudo, como se o problema fosse eu não saber quem sou. "E eu sou o Jesse."

Olho para ele, com um meio sorriso. Tento me sentir melhor, como ele tanto quer. Tento acreditar que as coisas são tão simples como ele diz. Quase consigo. Quase.

"Jesse..."

"Vai ficar tudo bem, tá bom?", ele diz. "Vai ficar tudo bem."

"Vai?"

"Claro que sim."

Sou apaixonada por ele. Amo esse homem. Ninguém me conhece como Jesse, ninguém me ama como ele.

Existe outro amor na minha vida. Mas é diferente. Não é assim. Não é esse mesmo amor. É melhor e pior ao mesmo tempo. Mas acho que esse é o grande lance no amor entre duas pessoas — é impossível recriá-lo. A cada vez que amamos, a cada pessoa que amamos, o amor é diferente. Nós somos diferentes.

No momento, não tem nada que eu queira mais do que curtir *este* amor.

Este amor com Jesse.

Me jogo em seus braços, e ele me aperta com força. Nossos lábios estão bem próximos, a poucos centímetros de se tocarem. Jesse chega um pouco mais perto.

Mas não me beija.

Alguma coisa me diz que foi um grande ato de cavalheirismo da parte dele.

"Vou te falar o que nós vamos fazer", ele avisa. "Que tal você me deixar na casa dos meus pais? Está ficando tarde, e minha família deve querer saber onde estou. Eu não posso... não posso sumir de novo..."

"Certo", digo.

"Depois vai para casa. Para onde estiver morando", ele continua. "Onde você mora?"

"Em Cambridge", digo.

"Certo, então você voltou para cá."

"Isso."

"Onde você trabalha? Numa revista ou como freelancer?", Jesse questiona, cheio de expectativa.

Fico quase hesitante em desapontá-lo. "Estou na livraria."

"Como assim?", ele pergunta.

"Na Livraria Blair."

"Você trabalha na Livraria Blair?"

"Voltei para cá depois de você..." Eu me interrompo e levo a conversa para outro rumo. "Comecei a trabalhar lá. E peguei gosto pela coisa. Agora a livraria é minha."

"É sua?"

"É, sou eu quem administra. Meus pais estão com um pé dentro e um pé fora. Quase aposentados."

Jesse me olha como se não estivesse entendendo. A expressão dele muda por completo. "Uau. Por essa eu não esperava", ele comenta.

"Eu sei", respondo. "Mas foi bom. É uma coisa boa."

"Certo", ele diz. "Então você vai estar na livraria amanhã?"

"Costumo chegar às nove. E abrir a loja às dez."

"A gente pode se ver no café da manhã?"

"Café da manhã?"

"Não vai me fazer esperar até o almoço para te ver...", ele diz. "O café da manhã já é esperar demais."

Eu penso a respeito. E penso em Sam. Com a culpa me massacrando, me preparo para falar.

Antes que eu possa me manifestar, Jesse acrescenta: "Qual é, Emma? Você pode tomar um café da manhã comigo".

Faço que sim com a cabeça. "É, tudo bem, tá", digo. "Às sete e meia?"

"Ótimo", ele diz. "Encontro marcado."

Pouco depois das oito horas, entro com o carro na garagem do meu prédio. Aperto o casaco junto ao peito quando desço. O vento está mais forte, e a temperatura despencou depois que o sol se pôs. Mesmo assim, ainda dá para sentir o ar frio descer pelos meus ombros e meu pescoço. Aperto o passo até o prédio.

Entro no elevador. Aperto o botão do segundo andar. Espero a porta fechar e levo a mão aos olhos.

Quando ele me perguntar o que aconteceu, o que eu respondo?

Como dizer a verdade se nem eu sei qual é?

Estou tão perdida nos meus pensamentos que tomo um susto quando o elevador apita e a porta se abre.

Parado no corredor, bem em frente à nossa porta, vejo Sam.

O lindo, gentil, abalado e magoado Sam.

"Você voltou!", ele me diz. "Achei mesmo que tivesse visto seu carro quando fui tirar o lixo, mas não tinha certeza. Eu... eu liguei mais cedo, várias vezes na verdade, mas como não tive resposta não sabia se você ia voltar para casa."

Ele não sabia *se* eu ia voltar para casa.

Seus olhos estão marejados. Ele andou chorando. E parece achar que, se fingir que está animado, não vou perceber.

"Desculpa." Eu o abraço e sinto que ele se apoia em mim. Seu alívio é palpável. "Perdi a noção do tempo."

Entramos no apartamento. Assim que a porta se fecha, sinto cheiro de sopa de tomate. Sam tem uma receita incrível dessa sopa. Bem temperada, leve e adocicada.

Vou até a cozinha e vejo os ingredientes separados para fazer queijo quente, inclusive cheddar vegano, porque acho que estou me tornando intolerante à lactose.

"Ai, meu Deus", comento. "Você está fazendo sopa de tomate e queijo quente para o jantar?"

"É", ele responde, tentando parecer que não é nada de excepcional, com um esforço nítido na voz para soar despreocupado. "Pensei que seria uma boa ideia, porque está frio hoje."

Ele vai até a bancada e começa a montar os sanduíches, enquanto ponho minha bolsa sobre a mesa e me sento no balcão. Fico olhando para ele, derretendo o queijo com cautela, passando manteiga no pão. Abro o zíper das botas e as coloco perto da porta. As mãos de Sam estão levemente trêmulas. Seu rosto está um tanto contorcido, como se um comportamento normal lhe exigisse um grande esforço.

É doloroso vê-lo assim, saber que é difícil para ele ficar bem agora, que está tentando parecer compreensivo, paciente e seguro, mas que não se sente nem um pouco assim. Sam está ajustando a temperatura da frigideira no fogo, tentando fingir que o fato de eu ter visto meu (ex?) marido hoje não o está devorando por dentro.

Não posso continuar fazendo isso com ele.

"A gente pode conversar a respeito", digo.

Ele me olha.

Mozart entra na cozinha e logo em seguida vira as costas, como se soubesse que não é um bom lugar para ficar no momento. Vejo que ele vai se acomodar com Homero embaixo do piano.

Pego na mão de Sam. "A gente pode conversar sobre o que estiver passando pela sua cabeça. Pode me perguntar o que quiser. Tudo isso envolve a sua vida também."

Sam desvia os olhos e balança a cabeça.

Ele apaga o fogo.

"Vai em frente. Pode perguntar o que quiser saber. É só falar. Está tudo bem. Vamos ser sinceros que tudo vai ficar bem." Não sei o que quero dizer com isso, na verdade, sobre tudo ficar bem.

Ele se vira para mim. "Como é que ele estava?", Sam quer saber.

"Ah", digo, surpresa com o fato de a primeira pergunta de Sam ter sido sobre o bem-estar de Jesse.

"Ele está bem. Parece estar... se adaptando." Não menciono sua determinação bizarra, seu foco total em retomar nosso casamento.

"E como você está?"

"Estou bem também", digo. "Um pouco atordoada com tudo isso. É estranho voltar a vê-lo. Fico sem saber o que pensar." Prefiro me expressar em termos vagos por medo de me aprofundar demais nas coisas. Estou temerosa de deixar transparecer algum sentimento mais do que outro. Sinceramente não saberia o que dizer sobre questões mais específicas.

Sam assente com a cabeça, ouvindo com atenção. Em seguida respira fundo e pergunta o que de fato quer saber. Está na cara que as primeiras perguntas foram só para aquecer, e que é agora que o jogo começa. "Vocês se beijaram?"

Que engraçado, né? Os homens costumam ver a traição nas coisas que fazemos e não naquilo que sentimos.

"Não", respondo, sacudindo a cabeça.

Sam parece aliviado, mas eu só me sinto pior. Estou escapando por uma mera questão técnica. Jesse não tentou me beijar, então não tenho como saber se retribuiria o gesto. Mesmo assim, fico com o crédito como se tivesse resistido. Isso não faz eu me sentir muito bem.

"Entenderia se tivessem se beijado", Sam continua. "Sei que... acho que a questão aqui é..."

Espero pelo fim da frase, mas ele para de falar. Simplesmente desiste, como se fosse complicado demais tentar encontrar palavras para expressar o que pensa.

Entendo como ele se sente.

Ele acende o fogão de novo e retoma a preparação dos sanduíches.

"Você está numa situação inacreditável", digo a ele. Quero que Sam saiba que eu entendo o que está passando. Mas como eu poderia entender? Não faço ideia de como seria estar no lugar dele.

"Você também", ele responde.

Estamos os dois encenando a mesma dança. Queremos ser compreensivos, mostrar que entendemos a dificuldade da situação, mas a verdade é que estamos em lados opostos no momento, nos olhando de calçadas paralelas e tentando imaginar o que fazer para nos sentirmos mais próximos.

Ele estreita os olhos, e seus ombros ficam tensos enquanto suas mãos passam manteiga na fatia de pão.

Talvez eu o entenda melhor do que imagino.

Sam está fazendo um queijo quente para a noiva, só que morrendo de medo de perdê-la.

Está temeroso de ser abandonado pela pessoa que ama. Não existe no mundo uma preocupação mais comum que essa.

"Vamos fazer isso juntos", digo, pegando a espátula de sua mão.

Sou ótima em virar coisas com espátulas.

Não sou muito boa em acrescentar ingredientes para melhorar uma sopa meia-boca, e não tenho ideia de qual queijo combina com o quê. Mas se me colocarem diante de uma omelete cozida pela metade consigo virá-la com a destreza de uma chefe profissional.

"Continua passando a manteiga; eu viro o pão."

Ele sorri, e para mim é como ver o sol brilhar entre as nuvens.

"Tudo bem", ele diz, passando a pôr mais energia no ato de passar manteiga no pão. É tão amarela, essa manteiga.

Antes de conhecer Sam, eu comprava uma manteiga barata, que guardava na geladeira e, quando precisava passar na torrada, picava em pedacinhos e tentava inutilmente espalhar aquelas pelotas geladas no pão quente como em uma cena nada suculenta de comercial de TV.

Quando Sam e eu fomos morar juntos, ele apareceu com um recipiente de porcelana que colocou sobre o balcão. Quando abri, parecia uma taça de cabeça para baixo com uma barra de manteiga em cima de uma pequena poça d'água.

"O que é isso?", questionei enquanto ligava a torradeira. Sam estava guardando os copos nos armários, e deu risada da minha pergunta.

"Uma manteigueira francesa", ele respondeu enquanto descia do banquinho que usava e dobrava a caixa de onde tirou os copos. "Você deixa a manteiga em cima, põe água fria embaixo para não derreter completamente, mas para ficar mole a ponto de poder passar no pão." Ele disse como se fosse uma coisa que todo mundo soubesse, e como se a louca fosse eu.

"Eu viajei pela França inteira", respondi, "e nunca vi nada disso.

Por que essa manteiga é tão amarela? É alguma coisa chique e orgânica?"

"É manteiga comum", ele disse, pegando outra caixa e começando a arrumar a gaveta de talheres.

"Não é manteiga comum!" Peguei a taça ao contrário para mostrar para ele como estava sendo louco. "Manteiga, manteiga mesmo é amarelo-claro. Essa manteiga é amarela, amarela mesmo."

"Só o que ouvi foi: 'Manteiga, manteiga amarela manteiga amarela, amarela'."

Eu dei risada.

"Acho que nós dois estamos dizendo a mesma coisa", ele continuou. "Manteiga é amarela."

"Não é da Land O'Lakes, se é isso que você quer saber."

Ri da cara dele. "Land O'Lakes! A gente é quem agora, Bill e Melinda Gates? Eu compro manteiga da marca do supermercado. O nome da minha manteiga é o mesmo do lugar onde comprei."

Sam suspirou, percebendo que tinha sido pego em flagrante. Ele confessou: "É uma manteiga 100% natural, orgânica, sem hormônios e de leite de vaca que come pastagem, não ração".

"Uau", comentei, fingindo estar chocada. "A gente acha que conhece as pessoas..."

Ele pegou a manteiga e colocou no balcão, todo orgulhoso, como se fosse parte integrante da nossa casa. "Pode *até* custar quase o dobro da manteiga comum. Mas, quando você experimentar, nunca mais vai querer comer outra. E a manteiga comum vira *essa*."

Depois de arrumarmos a cozinha, Sam abriu um pacote de pão e pegou duas fatias, que colocou na torradeira recém-instalada na tomada. Quando ficaram prontas, vi a facilidade com que ele espalhou a manteiga nas torradas. E até revirei os olhos quando experimentei.

"Uau", falei.

"Viu?" Sam comentou. "Eu tenho razão em algumas coisas. O próximo passo é te convencer a ter um bicho de estimação."

Foi um dos muitos momentos na minha vida depois do desaparecimento de Jesse em que não pensei nele em nenhum instante. Eu estava muito apaixonada por Sam. Adorava o piano e aquela manteiga. Sam estava mudando minha vida para melhor, e fiquei curiosa para ver o que mais me ensinaria. Estava ansiosa para saber o que viria com o nosso futuro promissor.

Agora, observando enquanto ele coloca o pão com manteiga na frigideira à minha frente, sinto uma vontade desesperada de apenas amá-lo — de forma inequívoca e sem ressalvas — como antes de descobrir que Jesse estava voltando.

Éramos muito felizes juntos quando não havia nada para complicar as coisas, quando a parte de mim que amava Jesse estava reprimida de bom grado e de maneira natural, trancada em um espacinho dentro do meu coração.

Sam esfrega as fatias de pão na frigideira quente, e eu proponho o impossível.

"Você acha que, pelo menos por esta noite, podemos colocar uma pedra em cima deste assunto? Fingir que eu tive um dia normal na livraria, você um dia qualquer na escola e que tudo continua como era antes?"

Fico esperando que Sam me diga que não é assim que a vida real funciona, que minha proposta é ingênua, egoísta ou despropositada. Mas não é isso que acontece.

Ele se limita a sorrir e assentir. Balança a cabeça de leve. Não é um gesto dos mais enfáticos ou aliviados. Não é uma coisa que me diga algo como "Pensei que você nunca fosse me pedir" ou até "Claro, é uma boa ideia" — e sim um "Entendo por que você quer tentar fazer isso. E até topo". Em seguida ele se recompõe — em questão de segundos — e parece disposto a fingir junto comigo.

"Certo, Emma Blair, se prepara para virar", ele avisa quando põe as fatias da parte de cima dos sanduíches.

"Nasci pronta", aviso. A espátula está a postos.

"Vai!", ele manda.

E, com duas torções de pulso, viro nosso jantar.

Sam aumenta o fogo da sopa para deixá-la bem quente.

E pega duas tigelas e dois pratos.

Em seguida pega uma cerveja na geladeira e me oferece uma. Aceito. O som da garrafa sendo aberta é agradável e, por alguma razão, minha mente acredita que tomar uma cerveja vai fazer esta noite parecer comum.

Não demora muito e estamos preparados para jantar. Nossa mesa da sala de estar tem bancos em vez que cadeiras, o que permite que Sam se acomode ao meu lado o mais perto possível, com nossas coxas e nossos braços se tocando.

"Obrigada por fazer o jantar", digo, dando um beijo em seu rosto, perto da orelha. Ele tem uma pinta nesse lugarzinho, e uma vez contei que a considerava um alvo. É ali que miro quando o beijo. Em geral, ele me retribui com um beijo embaixo do meu olho. Pinta por pinta. Mas dessa vez Sam não faz isso.

"Obrigada por virar o pão", ele diz. "Ninguém faz isso melhor que você."

O sanduíche está cremoso no meio e crocante por fora. A sopa está docinha com um toque apimentado.

"Sinceramente não sei do que gosto mais, disso ou do seu frango frito", comento.

"Não seja ridícula. Não existe sopa de tomate que chegue aos pés de um frango frito."

"Não sei, não!", rebato, mergulhando meu sanduíche na sopa. "Esse negócio está incrível. Bem caseiro e reconfortante. E o queijo quente está tostado de um jeito que..."

Sam larga a colher dentro da sopa, derramando o líquido na mesa. Ele baixa as mãos e me encara.

"Como é que posso fingir que está tudo bem?", Sam questiona. "Eu adoraria agir como se estivesse tudo normal. Adoraria que as coisas *fossem* diferentes, mas... não são."

Seguro sua mão.

"Não dá para ficar falando de sopa, de queijo e..." Ele fecha os olhos. "Você é o amor da minha vida, Emma. Nunca senti por ninguém o que sinto por você."

"Eu sei", respondo.

"E tudo bem se você não se sentir assim. Quer dizer, não é tudo bem, não. Mas eu sei que preciso aceitar se a verdade for essa. Faz sentido para você?"

Assinto com a cabeça e me preparo para responder, mas ele continua falando.

"É que... eu sinto que..." Ele fecha os olhos de novo e cobre o rosto com as mãos, como as pessoas fazem quando estão exaustas.

"Pode falar", digo. "O que quer que seja. Desabafa. Me diz."

"Estou me sentindo exposto. Como se estivesse em carne viva. Ou como se..." Pela maneira como procura as palavras para descrever o que sente, fica óbvio que neste momento Sam não gostaria de estar na própria pele. Seus movimentos são incertos e caóticos. Então ele para de se mover. "Parece que meu corpo inteiro é uma ferida aberta e estou do lado de alguém que pode ou não jogar sal em cima de mim."

Me viro para ele, observo seus olhos e percebo que a dor que ele consegue admitir é só uma gota em um balde inteiro de sofrimento.

Não sei se o amor emocional pode ser separado do físico. Ou pode ser que eu seja uma pessoa exageradamente tátil. Seja como for, não é fácil para mim dizer "Te amo". Essas palavras parecem pequenas em comparação a tudo o que existe dentro de mim. Preciso demonstrar com gestos além de palavras.

Me inclino em sua direção. E o beijo. E o puxo para perto de mim. Aperto meu corpo contra o seu e deixo que ele acaricie minhas costas. Afasto o banco um pouquinho para trás, e me sento no colo dele. Faço carinho enquanto o abraço, murmurando em seu ouvido: "Preciso de você".

Sam me beija com agressividade, como se estivesse desesperado.

Não conseguimos nem chegar à cama ou ao sofá. No máximo conseguimos ir para o chão da cozinha. Nossa cabeça bate no piso de madeira, nossos cotovelos esbarram nos armários de baixo. Minha calça é arrancada. Assim como a camisa dele. Meu sutiã vai parar debaixo da geladeira, junto com as meias dele.

Enquanto Sam e eu gememos e ofegamos, mantemos os olhos fechados com força, a não ser nos momentos mais intensos em que nos encaramos diretamente. E é nesses instantes que sei que ele entende o que estou querendo comunicar.

Que é a questão principal, nossa única razão para estarmos fazendo o que estamos fazendo.

O prazer nesse momento não importa. Nós só queremos sentir e ser sentidos um pelo outro. Nos movemos para expressar nossas almas, para dizer o que as palavras não são capazes. Estamos nos tocando em uma tentativa de nos escutarmos.

Perto do fim, colo meu peito ao dele, como se o problema fosse o fato de sermos duas pessoas diferentes, como se, caso nos fundíssemos em um só coração, a dor passaria de imediato.

Quando terminamos, Sam desaba sobre mim.

Eu o agarro com força, envolvendo-o com braços e pernas. Quando ele se move, aperto com mais força, pedindo para que fique onde está.

Não sei quanto tempo ficamos deitados assim.

Estou quase pegando no sono quando Sam me traz de volta à realidade rolando para o chão, num espaço entre o meu corpo e a lava-louça.

Me viro para o seu lado e apoio a cabeça em seu ombro, tentando prolongar a fuga da realidade.

Mas percebo que não dá mais.

Sam se veste de novo.

"Ele é seu marido", Sam me diz. Seu tom de voz é baixo e definitivo, como se enfim estivesse aceitando os fatos como são. Sei que é assim que os choques acontecem — a realidade nos atinge com força total, apesar de acharmos que isso já havia acontecido uma hora antes. "Seu *marido*, Emma."

"Ele *era* meu marido", respondo, apesar de não saber ao certo se é esse mesmo o caso.

"Isso é só uma questão semântica, né?"

Pego minha blusa e visto por cima da cabeça, mas não respondo. Não tenho nada reconfortante para dizer. É só uma questão semântica *mesmo*. Sinto que estou entrando em um momento da vida em que palavras e rótulos vão perder o significado. Só o que vai importar é a intenção por trás de tudo.

"Estou arrasado. Me sentindo partido ao meio", ele diz. "Mas a figura central aqui não sou eu, né? Foi ele que passou três anos e meio perdido no mar ou sei lá onde. E foi você que precisou viver esse tempo todo como uma viúva. Sou só o babaca da história."

"Você não é babaca coisa nenhuma."

"Sou, sim", insiste Sam. "Sou o babaca que está impedindo que vocês voltem a ficar juntos."

Mais uma vez, fico sem palavras. Porque, trocando "babaca" por "homem" — "Eu sou o homem que está impedindo que vocês voltem a ficar juntos" —, a afirmação se torna verdade. Ele tem razão.

Caso eu não tivesse encontrado Sam naquele dia, na loja de instrumentos musicais, se não tivesse me apaixonado por ele, este seria o melhor dia da minha vida.

E não o mais confuso.

Por um instante, tento imaginar como seria minha vida se nada disso tivesse acontecido, se eu não tivesse resolvido seguir em frente.

Era possível. Bastaria eu me fechar para a vida e para o amor. Eu poderia ter gravado a fogo o nome de Jesse no meu coração e passado a viver cada dia para honrar sua memória. Em certo sentido, teria sido muito mais fácil.

Em vez de escrever aquela carta dizendo que eu precisava me desapegar dele e seguir vivendo, eu poderia ter passado esse tempo todo esperando Jesse voltar, mesmo achando que isso jamais fosse acontecer. Eu poderia passar a vida sonhando com o impossível.

E meu sonho teria se realizado.

No entanto, eu abri mão desse sonho e encontrei outro.

E, ao fazer isso, estou estragando a vida de todos.

É impossível ser fiel a duas pessoas.

É impossível viver dois sonhos.

Então, em vários sentidos, Sam tem razão.

Ele é o elemento extra.

Neste sonho-pesadelo maravilhoso-terrível que virou realidade.

"É como se eu tivesse voltado aos meus dezoito anos", ele explica. "Eu te amo e você é minha, mas estou morrendo de medo de te perder para o Jesse outra vez."

"Sam. Você não..."

"Sei que não é culpa sua", Sam me interrompe. Sua boca se curva para baixo, e seu queixo começa a tremer. Detesto vê-lo segurar o choro. "Você era apaixonada por ele, e quando ele sumiu, se apaixonou por mim, mas agora ele está de volta, e sei que você não fez nada de errado, mas... estou tão puto com você."

Olho para ele, tentando não chorar.

"Estou tão puto. Com tudo. Com você, com ele, comigo. Por ter falado para você..." Ele sacode a cabeça e desvia os olhos, tentando se acalmar. "Eu falei que você não precisava deixar de amá-lo. Que você poderia amar nós dois. Que eu jamais tentaria substituí-lo. E achava que estava sendo sincero. Mas, assim que descobri que ele estava de volta, tudo isso mudou. Estou com raiva de mim mesmo por ter dito essas coisas porque..." Ele se interrompe. E apoia as costas na lava-louça, abraçando os joelhos. "Porque acho que estava enganando a mim mesmo", confessa, olhando para as mãos e cutucando as unhas.

"Acho que só falei isso porque sabia que não passava de algo hipotético. Não era uma realidade. Queria te proporcionar o conforto de saber que não estava tentando ser o substituto dele porque sabia que na verdade eu era, *sim*. Ele não representava mais uma ameaça porque tinha desaparecido e nunca mais ia voltar. Jamais seria capaz de tirar você de mim. Não seria capaz de proporcionar o que eu poderia dar. Então falei tudo isso de você não precisar deixar de amá-lo, que tinha espaço para nós dois na sua vida. Mas era só em termos teóricos. Porque, desde que ele voltou, não me senti nem um pouco feliz por você. Nem por ele. Estou aflito, isso sim. Por mim."

Depois de dizer isso, ele enfim me encara. E, pela maneira de me olhar e pelo tom embargado de sua voz, entendo que está com raiva de si mesmo por se sentir assim.

"Shhh", eu faço, tentando acalmá-lo, abraçá-lo e reconfortá-lo. "Eu te amo."

Queria não repetir isso tantas vezes. Seria melhor que o meu amor por Sam não fosse tão onipresente, para eu poder guardar essa frase para momentos especiais. Mas isso não é uma coisa muito realista, né? Quando amamos alguém, isso transparece em tudo o que fazemos, transborda em tudo o que dizemos, se torna uma realidade tão palpável que vira uma coisa corriqueira para falar, por mais extraordinário que seja o sentimento por trás das palavras.

"Eu sei que sim", ele responde. "Mas não sou o único. E você só pode ficar com um de nós. E, no fim, pode não ser eu."

"Não fala isso", peço. "Eu não quero abrir mão de você. Nem conseguiria. Não é justo. Não é certo. Depois de tudo o que passamos e do quanto você fez por mim, me apoiou, ficou do meu lado, eu não poderia..." Me interrompo quando percebo que Sam está sacudindo a cabeça para mim, como se eu estivesse falando bobagem. "Que foi?", pergunto.

"Não quero sua piedade, nem sua lealdade. Quero que você fique comigo porque quer."

"Eu quero ficar com você."

"Você entendeu o que eu quis dizer."

Meu olhar se descola de seu rosto e desce para suas mãos. Vejo que ele está cutucando as unhas — a versão de Sam para retorcer os dedos.

"Acho melhor a gente cancelar o casamento", ele diz.

"Sam..."

"Pensei muito a respeito nos últimos dias, e achei que fosse você que tomaria essa atitude. Mas isso não aconteceu. Então eu mesmo vou fazer isso."

"Sam, qual é?"

Ele me encara com uma pontinha de raiva nos olhos. "Você está disposta a se comprometer comigo?", Sam questiona. "Pode dizer com toda a sinceridade que, não importa o que aconteça daqui para a frente, quer passar o resto das nossas vidas do meu lado?"

Não consigo suportar a expressão em seu rosto quando balanço negativamente a cabeça. Então desvio o olhar ao fazer isso. Como todos os covardes da história deste mundo.

"Preciso abrir mão de você", Sam diz. "Se algum dia a gente quiser ter a chance de sobreviver a isso e ter um casamento feliz e saudável."

Olho para ele quando me dou conta do que está acontecendo.

Sam está me deixando. Pelo menos por agora. Ele está terminando tudo entre nós.

"Preciso abrir mão de você e viver da esperança de que vai acabar voltando para mim."

"Mas como você..."

"Eu te amo", ele diz. "Te amo demais. Amo acordar ao seu lado aos domingos de manhã quando não temos nada para fazer. E amo chegar em casa e te encontrar à noite, te ver lendo um livro, de blusa de lã e de meias apesar do aquecedor ligado. É isso que eu quero para o resto da vida. Quero que você seja a minha esposa. É esse o meu desejo."

Sinto vontade de dizer que é isso que quero também. Desde que nos reencontramos, esse era o meu desejo. Mas agora está tudo diferente, tudo mudou. E não sei mais o que eu quero.

"Só que eu não quero que você compartilhe tudo isso comigo por obrigação, para honrar uma promessa que me fez meses atrás. Quero compartilhar a vida com você porque é isso que te faz feliz, porque você vai acordar contente por estar comigo, porque teve a liberdade de escolher o que queria, e me escolheu. É isso o que eu quero. Se não te der a chance de voltar atrás agora, sei lá", ele acrescenta, encolhendo os ombros. "Acho que nunca mais vou me sentir seguro de novo."

"O que você está me dizendo?", questiono. "O que está sugerindo exatamente?"

"Estou dizendo que vou cancelar o casamento. Pelo menos por enquanto. E acho que um de nós deveria morar em outro lugar nesse meio-tempo."

"Sam..."

"Assim você fica livre, para ver se ainda é apaixonada por ele, para descobrir o que restou entre vocês dois. Você precisa ter essa liberdade. E não vai conseguir ter se eu ficar implorando para você não me abandonar. E eu não tenho a certeza de que não vou fazer isso. Se eu estiver do seu lado, vou fazer de tudo para você me escolher. Sei que vou. E não é isso que eu quero, então... pode ir. Vai descobrir o que você quer. Estou te dizendo que aceito isso."

Meu primeiro instinto é apertá-lo com força e nunca mais largá-lo, de cobrir sua boca com a mão e mandá-lo parar de dizer isso.

Mas sei também que, mesmo que eu consiga impedi-lo de falar, tudo isso vai continuar sendo verdade.

Então o seguro pelo pescoço e puxo sua cabeça para perto. Estou me sentindo muito grata por ser amada por ele, e essa não é nem de longe a primeira vez.

"Não mereço você", digo. Nossas testas estão coladas, então não conseguimos ver um ao outro direito. Olho para os joelhos dele. "Como você consegue ser tão altruísta? Tão *bom*?"

Sam sacode a cabeça devagar, sem se desencostar de mim. "Não sou altruísta. Só não quero viver com uma mulher que gostaria de estar com outro."

Sam estala os dedos e, quando escuto esse som, percebo que as minhas mãos também estão tensas e doloridas. Começo a abrir e fechar os punhos, tentando alongar os dedos.

"Quero ficar com alguém que dedica a vida a mim. Com uma mulher que me considere o amor da sua vida. Acho que mereço isso."

Eu entendo. Agora compreendo. Sam está arrancando o próprio coração do peito e entregando nas minhas mãos, dizendo: "Se for para você despedaçá-lo, faça isso agora".

Sinto vontade de dizer que jamais vou partir seu coração, que ele não tem por que se preocupar.

Mas não seria verdade, né?

Me afasto dele.

"Nesse caso quem precisa sair de casa sou eu", digo, apesar de não acreditar no que estou falando. "Não é justo pedir para você sair. Posso ficar na casa dos meus pais por um tempo."

E neste momento tudo começa a mudar. É como se o mundo estivesse se transformando em um lugar mais escuro e ameaçador, apesar de nada ter mudado, além do que existe dentro de nós.

Sam pensa a respeito e concorda comigo.

E assim, num estalar de dedos, passamos de duas pessoas com uma decisão a tomar para duas pessoas com uma resolução estabelecida.

"Acho que vou arrumar as minhas coisas, então", anuncio.

"Certo", ele diz.

Fico imóvel por um instante, ainda atordoada com o que está acontecendo. Mas então me dou conta de que a minha imobilidade não é capaz de parar o tempo, que a vida continua acontecendo apesar disso. É preciso se manter em movimento.

Fico de pé e vou até o closet pegar minhas roupas. Consigo chegar ao quarto antes de começar a chorar.

Deveria estar pensando em quais roupas levar, o que seria melhor usar no trabalho. Deveria ligar para os meus pais avisando que vou dormir na casa deles. Mas, em vez disso, começo a jogar coisas aleatórias numa bolsa de viagem, sem prestar atenção no que combina com o que e sem me preocupar com o que posso vir a precisar.

A única coisa que pego propositadamente é um envelope com as lembranças de Jesse. Não quero que Sam veja isso. Não quero que ele se magoe lendo as cartas de amor que escrevi para o garoto que escolhi tantos anos atrás.

Volto para a cozinha, e aproveito para me despedir de Mozart e Homero no caminho.

Sam está na mesmíssima posição de antes.

Ele se levanta para se despedir de mim.

Não consigo resistir à tentação de beijá-lo. E fico aliviada quando ele retribui o gesto.

Quando ainda estamos bem próximos um do outro, Sam enfim permite a si mesmo perder a compostura. Quando começa a chorar, seus olhos incham e as lágrimas escorrem tão devagar que consigo secar todas antes de chegarem ao queixo.

Ser amada dessa maneira é de cortar o coração, o fato de alguém ter por mim um sentimento tão puro que me torna capaz de deixá-lo arrasado.

Não é um peso que eu consiga suportar tranquilamente. Na verdade, considero isso talvez a coisa mais séria do mundo.

"O que eu faço?", pergunto para ele.

E *agora*? Como vou conseguir viver *sem ele*? O que eu faço com a *minha vida*? Como vou conseguir decidir *isso*?

"Você pode fazer o que quiser", ele responde, limpando os olhos com os dedos e dando um passo para atrás. "É isso que significa ser livre."

Quando paro o carro na frente da casa dos meus pais, são quase duas da manhã. A luz da varanda está acesa, como se estivessem esperando por mim, mas sei que essa lâmpada fica assim todas as noites. Meu pai acha que isso afugenta ladrões.

Não quero acordá-los. Quando desço do carro, percebo que não trouxe nenhum outro calçado além das botas nos meus pés. Acho que vou ter que usá-las por um período indefinido. E faço questão de lembrar a mim mesma que isso não significa "para sempre".

Fecho a porta do carro devagar, sem bater, apenas encostando. Vou na ponta dos pés para os fundos da casa, para o deque do quintal. Meus pais nunca trancam a porta de trás, que por sua vez não faz tanto barulho quanto a da frente.

Só ouço um pequeno clique quando viro a maçaneta e abro um espaço para entrar. Então estou aqui.

Em casa.

Livre.

Vou até a mesinha do café da manhã e pego uma caneta e um papel. Escrevo um bilhete avisando que estou aqui. Depois tiro as botas para não fazer barulho no piso da cozinha e as deixo junto à porta.

Atravesso a cozinha e a sala de estar sem fazer barulho e entro no corredor. Quando chego ao meu quarto, abro a porta sem fazer barulho.

Não ouso nem acender a luz. Não cheguei até aqui para estragar tudo agora.

Me sento na cama e tiro a calça e a camisa. Tateio minha bolsa em busca de algo para usar como pijama. Encontro uma camiseta e um short.

Vou tateando até o banheiro compartilhado com o antigo quarto de Marie. Encontro a torneira e abro um fiozinho d'água. Enquanto escovo os dentes, me pergunto se não era melhor ter acordado meus pais ligando ou tocando a campainha. Quando começo a lavar o rosto, percebo que não fiz isso porque não quero falar sobre o que está acontecendo. Entrar escondida, portanto, era minha única opção. Sei que, se eu tocasse a campainha às duas da madrugada logo depois de meu marido ter voltado para casa, meus pais *iriam querer conversar a respeito*.

Volto ao quarto para ir dormir. Mas, quando puxo os cobertores para me deitar, bato a cabeça na luminária da mesinha de cabeceira.

"Ai!", digo por puro instinto, e em seguida reviro os olhos para mim mesma. Eu sabia que a maldita luminária estava aqui. Fico com medo de ter arruinado o segredo da minha presença, mas tudo na casa permanece em silêncio.

Esfrego a cabeça e entro debaixo das cobertas, desviando da luminária, agora que me lembro da necessidade disso.

Olho para a janela para ver a casa de Marie, um pouco mais adiante na rua. Todas as luzes estão apagadas por lá, o que me leva a pensar que ela, Mike, Sophie e Ava estão dormindo.

Tenho um sobressalto quando as luzes se acendem e vejo meu pai de cueca com um taco de beisebol na mão.

"Ai, meu Deus!", grito, me encolhendo na cama o máximo possível.

"Ah", meu pai fala, baixando o taco devagar. "É você."

"Claro que sou eu!", respondo. "O que você ia fazer com essa coisa?"

"Ia assustar o ladrão que entrou na minha casa, ora! Era isso que eu ia fazer!"

Minha mãe aparece correndo, vestindo uma calça de pijama xadrez e uma camiseta com os dizeres "Vai ler a p&##@ de um livro". Com certeza foi um presente do meu pai que ela se recusa a usar fora de casa.

"Emma, o que você está fazendo aqui?", ela pergunta. "Quase matou a gente de susto."

"Deixei um bilhete lá na mesa da cozinha."

"Ah", meu pai diz em tom de ironia, se virando para minha mãe. "Deixa para lá, Afe. Pelo jeito a culpa foi nossa."

Lanço para ele um olhar sarcástico que não devo usar desde os dezessete anos.

"Desculpa, Emma. Da próxima vez que eu achar que a casa foi invadida no meio da noite, vou correndo procurar um bilhete na cozinha."

Me preparo para me desculpar, percebendo o quanto é absurdo entrar na casa dos meus pais de madrugada sem avisar e ainda culpá-los por levar um susto. Mas a minha mãe se manifesta primeiro.

"Querida, está tudo bem? Por que você não está na sua casa com Sam?" Sei que posso soar exagerada, mas sou capaz de jurar que minha mãe fez uma pequena pausa entre as palavras "com" e "Sam", como se não soubesse ao certo com quem eu deveria estar.

Respiro fundo e tento fazer os músculos tensos do meu ombro relaxarem. "Não sei se o casamento ainda vai acontecer. Vou ter uma conversa amanhã com o Jesse. Sei lá. Sinceramente... não sei de mais nada."

Meu pai larga o taco de beisebol. Minha mãe se senta ao meu lado na cama. Apoio a cabeça no seu ombro. Ela acaricia as minhas costas. Por que é sempre tão bom ser reconfortado pelos pais? Tenho trinta e um anos.

"Acho melhor eu vestir uma calça, né?", meu pai pergunta.

Eu e minha mãe olhamos para ele e assentimos com a cabeça ao mesmo tempo.

Ele desaparece em um piscar de olhos.

"Me conta o que aconteceu hoje", ela pede. "Pode dizer tudo o que for preciso para desabafar."

Enquanto eu falo, meu pai reaparece no quarto com uma calça de moletom e se senta do outro lado da cama. Ele segura minha mão.

Os dois me escutam.

Quando termino, depois de pôr para fora tudo o que ainda resta dentro de mim, minha mãe me diz: "Se quer saber a minha opinião, você tem um raro talento de amar de todo o coração mesmo depois de ele ser despedaçado. E isso é bom. Não precisa se sentir culpada por isso".

"Você é uma guerreira", meu pai complementa. "Levantou e seguiu lutando mesmo depois de ser derrubada. Isso é o que mais gosto em você."

Dou risada e digo em tom de piada: "Não é o fato de eu ter ficado com a livraria?".

É uma brincadeira, mas não *exatamente*.

"Nem de longe. Tem muitas coisas que adoro em você além disso, que aliás não está nem entre as dez primeiras."

Apoio a cabeça em seu ombro e a deixo lá por um momento. Minha mãe abaixa os olhos. A respiração do meu pai fica mais lenta.

"Certo, podem voltar a dormir", digo a eles. "Vou ficar bem. Obrigada. Desculpa ter assustado vocês."

Eles me abraçam e saem.

Fico deitada na minha antiga cama e tento dormir, mas sei que é tolice até imaginar que o sono vai vir.

Pouco antes das seis da manhã, vejo uma luz se acender na casa de Marie.

Tiro minha aliança de noivado e guardo na bolsa. Em seguida visto uma calça, pego minhas botas e vou andando até a casa dela.

Marie está com Ava no banheiro com a porta aberta. Ava está sentada no vaso, e Marie está tentando fazê-la relaxar. As gêmeas saíram das fraldas, mas, algumas semanas atrás, Ava começou a ter umas recaídas. Só vai ao banheiro quando está com Marie. Decidi ficar parada junto à porta, para não abusar do meu direito de tia.

"É melhor você sentar um pouco", Marie me diz, se sentando no chão de ladrilhos cinza. "Não vou embora tão cedo."

Como as duas fizeram implantes cocleares, aprenderam a falar apenas alguns meses depois da idade considerada comum para as outras crianças. Além disso, Marie e Mike também usam a língua de sinais para se comunicar com elas. Minhas sobrinhas, com quem tanto nos preocupávamos, no fim podem até ser consideradas bilíngues. E em grande parte porque Marie é uma mãe fenomenal, atenciosa e incansável.

A essa altura, ela conhece mais sobre língua de sinais, redes de apoio aos surdos, aparelhos auditivos, implantes cocleares e o funcionamento dos ouvidos do que qualquer outra coisa, inclusive tudo aquilo que costumava amar, como literatura, poesia e descobrir qual autor está por trás de cada pseudônimo.

Mas também está exausta. São seis e meia da manhã, e ela está falando e sinalizando para a filhinha "fazer xixi no peniquinho para a mamãe".

Os inchaços sob seus olhos parecem as bolsas de um canguru.

Quando Ava enfim termina, Marie a leva até Mike, que está deitado na cama com Sophie. Do corredor, vejo Mike debaixo das cobertas, semiadormecido, segurando a mão de Sophie. Por um instante, tenho um vislumbre do homem que quero que seja o pai dos meus filhos, mas para minha vergonha essa figura é vaga e difusa.

Marie sai do quarto e toma o rumo da cozinha.

"Quer chá?", ela pergunta enquanto me acomodo no balcão.

Não sou muito fã de chá, mas está frio, e uma bebida quente cairia bem. Até pediria um café, mas sei que Marie não tem isso em casa. "Adoraria", digo.

Marie sorri e assente com a cabeça. Ela acende a chaleira. A ilha da cozinha de Marie é maior que a minha mesa de jantar. A nossa mesa. Minha e de Sam.

Imediatamente sinto uma certeza.

Não quero abrir mão de Sam. Não quero perder a vida que construímos. De novo não. Eu amo Sam. Sou apaixonada por ele. Não quero abandoná-lo. Quero me sentar com ele ao piano e tocar "O Bife".

É isso que quero fazer.

Então me lembro de Jesse descendo daquele avião. Toda a minha certeza desaparece.

"Argh", digo, inclinando o corpo para a frente, apoiando a cabeça sobre os braços. "Marie, o que é que eu faço?"

Ela não para de tirar vários tipos de chá do armário, e enfileira todos na minha frente.

"Sei lá", ela responde. "Não consigo me imaginar no seu lugar. As duas opções parecem ao mesmo tempo certas *e* erradas. Não é a resposta que você quer ouvir. Mas eu não sei mesmo."

"Não sei mesmo."

"Será que ajuda perguntar o que o seu instinto está dizendo?", ela sugere. "Quando fecha os olhos, o que você vê? Uma vida com Sam? Ou com Jesse?"

Entro no jogo dela, na esperança de que uma coisa simples como fechar os olhos pudesse me indicar um caminho. Não é o que acontece. Claro que não. Abro os olhos e dou de cara com Marie me encarando. "Não funcionou."

A chaleira começa a apitar, e Marie se vira para o fogão. "Você precisa ter calma", ela diz. "É exatamente para momentos como este que existe o conselho de fazer as coisas um passo de cada vez." Ela joga a água quente na caneca branca que separou para mim. Eu a encaro.

"Earl Grey?", ela oferece.

"English Breakfast?", rebato, e depois acrescento com uma risada: "Estou brincando. Não entendo nada de chá".

Ela dá risada, pega uma caixa de English Breakfast, abre e pega um sachê. "Bom, agora você vai saber o gosto do English Breakfast quando tomar da próxima vez." Ela põe na minha caneca e a estende para mim. "Adoçante?", oferece.

Faço que não com a cabeça. Parei de consumir adoçantes seis meses atrás e não notei nenhuma diferença, mas ainda acho que isso vai fazer bem para mim. "Larguei essas coisas", digo.

Marie revira os olhos e põe dois sachês em seu chá.

Dou risada e olho para minha caneca, vendo a água ganhar cor. Observo enquanto tudo se mistura lentamente. Sinto o cheiro terroso da bebida. Ponho as mãos na caneca quente, me esquentando um pouco, e começo a brincar distraidamente com o barbante do saquinho.

"Você acha possível amar duas pessoas ao mesmo tempo?", pergunto. "Não consigo parar de me perguntar isso. Me sinto apaixonada pelos dois. Tanto por um como pelo outro, mas de um jeito diferente. Isso pode acontecer? Ou estou enganando a mim mesma?"

Ela mergulha os saquinhos de chá na água. "Sinceramente, não sei", ela responde. "Mas acho que o problema não é você amar um ou outro ou os dois. Para mim o problema é você não saber quem é. Você não é a pessoa que era antes de perder o Jesse. O que aconteceu te fez mudar completamente."

Marie fica pensativa, olhando para o balcão, e começa a falar de novo, em um tom inseguro. "Acho que o você está tentando descobrir não é se ama mais o Sam ou o Jesse. Para mim, a questão é se você quer ser a pessoa que era com o Jesse ou a pessoa que é com o Sam."

É como se alguém tivesse me partido no meio e descoberto um câncer nefasto nas profundezas mais recônditas do meu corpo. Não respondo. Não levanto os olhos. Vejo as lágrimas escorrerem do meu rosto e caírem na caneca. E, apesar de ser a pessoa que está chorando, não tenho ideia do motivo.

Eu olho para ela.

"Acho que você tem razão", digo.

Marie assente com a cabeça e me encara. "Desculpa", ela diz. "É importante para mim eu me desculpar. Mostrar que estou arrependida."

"Arrependida de quê? Do que você está falando?"

"Daquele dia no telhado. Quando encontrei você olhando..." Parece até que foi ontem e também há um século: os binóculos, o telhado, a ansiedade terrível de achar que eu poderia salvá-lo se não tirasse os olhos do mar. "Me desculpa por ter te convencido de que o Jesse estava morto", Marie explica. "Você sabia que ele não estava..."

Marie não é muito de chorar. Não é muito de demonstrar o que está sentindo pela expressão do rosto. É sua voz que me convence de seu remorso profundo, o fato de algumas sílabas se arrastarem e outras serem suprimidas enquanto ela fala.

"Eu não era a pessoa certa para estar com você naquele dia. Na verdade, até então eu nunca havia dado nenhum tipo de apoio a você. E, de repente, lá estava eu dizendo que o pior havia acontecido? É que... eu pensei que ele estivesse morto. E achei que faria bem para você encarar a realidade." Ela sacode a cabeça, decepcionada com o que fez. "Mas, em vez disso, só o que fiz foi tirar a sua esperança. Uma esperança a que você tinha todo o direito a se agarrar. E eu... me desculpa. De verdade. Você não faz ideia do quanto me arrependo de ter te tirado isso."

"Não", respondo. "Não foi isso o que aconteceu. De jeito nenhum. Eu estava pirando naquele telhado. Estava totalmente fora de mim, Marie. Não era razoável acreditar que ele estivesse vivo, muito menos que eu ia salvá-lo, que poderia vê-lo de lá, espiando aquele pedacinho de mar. Era loucura. Qualquer um com o mínimo de juízo me diria que ele estava morto. Eu precisava entender que a conclusão mais racional era essa. Você me ajudou a entender isso. A manter minha sanidade."

Pela primeira vez, me vejo perguntando se encarar a verdade e manter a sanidade não são exatamente a mesma coisa, e sim duas opções que costumam vir juntas. Estou começando a achar que podem ser duas atitudes correlatas, mas não equivalentes.

E logo percebo que, se não culpo Marie por achar que Jesse estava morto — se não vejo em sua descrença um ato de traição ao que ele representava —, então não deveria culpar a mim mesma pela mesma coisa.

"Por favor, nem pense mais nisso", digo a ela. "O que aconteceu no telhado naquele dia... você me salvou."

Marie abaixa os olhos para a caneca de chá e assente com a cabeça. "Obrigada por dizer isso."

"Obrigada pelo que você me fez. E ainda bem que foi você. Não sei se a gente teria se aproximado... quer dizer, acho que se tudo tivesse continuado como estava..."

"Entendo o que você quer dizer", Marie responde. "Entendo mesmo."

Apesar de todo o tempo de convivência e do esforço dos nossos pais, foram as dificuldades que vivemos que fizeram com que pegássemos mais leve uma com a outra. A perda do meu marido e os desafios que Marie enfrenta com as gêmeas foram os acontecimentos que nos uniram.

"Fico feliz por as coisas serem como são agora", Marie me diz. "Muito, muito feliz."

"Eu também."

Instintivamente, seguro e aperto a mão de Marie por um instante, mas logo interrompemos o contato.

É difícil demais tanta sinceridade, tanta vulnerabilidade, tanta exposição. Mas no fim acaba sendo libertador. Sinto uma pequena mudança entre minha irmã e eu, quase imperceptível, mas inegavelmente real. Estamos mais próximas agora do que poucos minutos atrás.

"Andei pensando em voltar a escrever", Marie comenta, mudando de assunto.

"Ah, é? Escrever o quê?", pergunto.

Ela encolhe os ombros. "Essa é a parte que ainda não sei. Preciso de alguma coisa para fazer, sabe? E que não gire em torno das meninas. Preciso me voltar um pouco para mim. Enfim, só pode ser uma ideia idiota, porque eu não sei nem sobre o que quero escrever. Não estou nem um pouco inspirada. Só estou... enfim, entediada."

"Você vai encontrar um assunto", garanto. "E, quando isso acontecer, vai dar tudo certo. Só não escreve uma história policial em que a culpada no fim sou eu, como você já fez", provoco.

Ela dá risada, sacudindo a cabeça. "Ninguém acreditou em mim quando eu disse que não era você", Marie diz.

"O nome da personagem era Emily."

"É um nome bem comum", Marie justifica, fingindo se defender. "Mas tá certo, tudo bem. Hoje eu tenho a maturidade de admitir que não foi só coincidência."

"Obrigada", digo, toda magnânima.

"Eu só ficava irritada com você me copiando o tempo todo."

"Como é?", retruco. "Eu nunca te copiei. Era praticamente o oposto de você."

Marie sacode a cabeça. "Desculpa, mas não era, não. Lembra quando eu comecei a curtir tlc? E aí, do nada, você começou a falar para todo mundo que amava 'Waterfalls'? Ou quando eu fiquei apaixonada pelo Keanu Reeves? E aí de repente apareceu uma foto dele em cima da sua cama?"

"Ai, meu Deus", digo, percebendo que ela tem toda a razão.

"E depois, claro, você tinha que namorar justamente o capitão da equipe de natação. Assim como eu."

"Opa", eu rebato. "Isso sinceramente nunca me passou pela cabeça. Mas você está certa. Você e o Graham. E depois eu e o Jesse."

Marie sorri, quase rindo para mim. "Está vendo?"

"Eu devia querer muito ser como você", comento. "Porque sempre achei o Graham péssimo. E depois acabei namorando *o capitão da equipe de natação.*"

Marie leva o chá aos lábios com um sorriso. "Então a gente concorda que, num certo sentido, você sempre quis ser como eu."

Dou risada. "Quer saber? Se isso significa ter só um homem na minha vida, eu até aceito."

"Que bobagem", ela rebate. "Como se fosse ruim ter dois caras apaixonados por você."

"Ah, cala a boca." Pego um pano de prato e jogo em cima dela.

Nossos risos são interrompidos pela chegada de Mike, que desce a escada com Sophie logo atrás e Ava no colo.

"Café da manhã!", ele anuncia para as meninas, e vejo Marie imediatamente ganhar um novo ímpeto, abrindo a geladeira e se preparando para enfrentar o dia.

Sei que está na hora de eu sair de cena.

"Estou por aqui se precisar de alguma coisa", Marie avisa quando recolho minhas coisas para partir. "Sério mesmo. É só ligar. Ou vir aqui. Conta comigo."

"Certo", respondo. "Obrigada."

Ela me abraça e pega Sophie no colo. Eu tomo o rumo da porta da frente.

No caminho de volta para a casa dos meus pais, meu celular apita. Não sei quem pensei que pudesse ser, mas foi uma grande surpresa receber uma mensagem de texto de Francine.

A ansiedade para te ver de novo foi tão grande que não consegui dormir. É o Jesse, aliás. Não a minha mãe. Seria estranho ela estar ansiosa para te ver.

Quando termino de ler, percebo que estou caminhando mais depressa para a casa dos meus pais.

Tomo um banho rápido. Passo o xampu nos cabelos com pressa, assim como o sabonete no corpo.

Me visto rapidamente e saio.

Faço tudo correndo, contando os segundos. Meus pés estão acelerados, e levo um sorriso no rosto.

Estou feliz. Neste breve momento, me sinto feliz.

Quando paro o carro no estacionamento da Julie's Place pouco antes das sete e meia, Jesse está na porta. Chegou ainda mais cedo que eu.

Sua aparência é a de sempre, apesar de ele parecer totalmente diferente.

Quando abro a porta do carro e saio para o frio, percebo por que esta manhã está me parecendo um pouquinho melhor que a dos últimos dias.

Eu finalmente tenho permissão para amá-lo.

Tudo bem eu sentir que amo Jesse.

Agora tenho liberdade para isso.

E foi Sam quem me proporcionou isso.

"Do que mais você estava com saudade?", pergunto a Jesse enquanto a garçonete traz nosso café da manhã. Ele estava enumerando uma lista do que mais sentiu falta.

Eu ocupava o primeiro lugar.

O frango agridoce do restaurante chinês cafonérrimo da cidade era a segunda coisa.

"Quer dizer, senti falta de um monte de pessoas e lugares, mas no momento sinceramente só consigo pensar em comida."

Dou risada. "Então me conta; me fala sobre essa comida toda."

"Certo", ele diz, olhando para a mesa. Mal encostou no prato, mas dá para entender por quê. Eu também não consigo me concentrar em comer. Meu estômago está se revirando em calafrios, se contorcendo inteiro no mesmo ritmo do meu coração.

"Minha nossa. É coisa demais para lembrar. Como é que eu posso escolher? Tem a pizza do Sorrentos, o sundae de Snickers do Friendly's, os lanches da Savory Lane..."

"A Savory Lane fechou", aviso. "Na verdade, o Friendly's também."

Ele me encara, olhando bem nos meus olhos para tentar descobrir se estou brincando. Quando vê que estou falando sério, uma expressão de tristeza aparece em seu rosto. Jesse logo a substitui por um sorriso, mas fico me perguntando se isso não pode ser a prova definitiva de que o mundo continuou caminhando em sua ausência, o fato de não termos mais como ir à Savory Lane juntos.

"Onde era o Friendly's agora tem um Johnny Rockets", conto. "O que é até bom, aliás. Além disso, quando a Kimball's reabrir na primavera, você não vai pensar mais em sundae de Snickers. Vai preferir duas bolas de sorvete de amora na casquinha."

Jesse sorri e desvia os olhos de mim, virando para o balcão e para fora da nossa mesa, reposicionando as pernas. "E o Erickson's? Ainda está aberto? Ou eles me abandonaram também?"

Pela maneira como ele fala, usando o termo "abandono" e sem olhar para mim, sinto que Jesse está mais irritado do que tem deixado transparecer. Parece que ele está realmente ressentido por eu ter seguido em frente. Até diz que entende, mas talvez não seja bem assim.

"Ainda está aberto, sim", respondo, balançando a cabeça e tentando agradá-lo. "Assim como quase todos os lugares. A maioria não mudou quase nada."

"A maioria", ele comenta, mudando o tom de voz. "E a Livraria Blair? Também não mudou quase nada? Eu sei que está sob nova direção."

"Pois é", digo com um sorriso, orgulhosa de mim mesma. "Mas não mudei muita coisa, não. E os meus pais continuam participando um pouco. Eu não radicalizei nem nada do tipo. Continuo fazendo tudo mais ou menos como eles."

"Continua até dando aqueles marcadores dizendo 'Viaje pelo mundo lendo um livro'?"

"Sim! É claro", respondo.

"Quê? Fala sério!"

"Juro."

Eu só espalhei a comida no meu prato. Ele fez mais ou menos a mesma coisa. Nenhum dos dois comeu nada. Quando a garçonete se aproxima, franze a testa.

"Pelo jeito vocês não estão com muita fome", ela comenta enquanto põe mais água no meu copo.

"Está tudo uma delícia", digo. "Mas é que a gente..."

"A gente tem um montão de coisas para conversar", Jesse explica. "Você pode embalar para viagem?"

"Claro, querido", ela diz, levando os pratos consigo.

Quando ela se afasta, não temos mais a comida para remexer, e nada para nos distrair a não ser um ao outro.

"Você detestava esses marcadores", Jesse me diz.

"Eu sei", respondo. Me sinto envergonhada do quanto mudei. Me sinto tentada a mentir, a voltar atrás, a me recordar de como sentia antes de ele sumir e a tentar ser aquela versão de mim de novo.

A Emma que ele conheceu queria outro tipo de vida. Tinha sede de aventura. Era louca para viajar. Não acreditava que existisse alegria nas coisas simples, achava que tudo precisava ser grandioso e ousado. Achava totalmente impossível curtir uma cama gostosa ao acordar, e que para se sentir bem não era preciso estar acariciando um elefante ou visitando o Louvre.

Mas não sei se eu era exatamente essa pessoa quando ele se foi.

E, agora, com certeza não sou.

O futuro é dificílimo de prever. Se eu tivesse uma máquina do tempo, valeria a pena tentar voltar ao passado e explicar para a versão mais jovem de mim mesma o que viria pela frente?

"Era isso que eu dizia mesmo", admito. "Mas agora gosto deles."

"Você está sempre me surpreendendo", Jesse diz com um sorriso. Talvez ele esteja dizendo que é normal eu não ser mais a mesma de quando ele se foi.

A garçonete volta com a nossa comida embalada em caixas e com a conta. Jesse entrega o dinheiro antes que eu possa levar a mão à carteira.

"Obrigada", digo. "Foi muita gentileza sua."

"O prazer é todo meu."

Olho no celular e vejo que são dez para as nove. O tempo passou voando.

"Preciso ir para o trabalho", aviso. "Já estou atrasada."

"Não...", ele diz. "Qual é? Fica mais um pouco comigo."

"Não posso", respondo com um sorriso. "Preciso abrir a livraria."

Jesse me acompanha até o meu carro, tira uma chave do bolso e aperta o botão do alarme para abrir um sedã cinza a algumas vagas de distância.

"Espere aí", digo para Jesse quando me dou conta de uma coisa. "Você não tem carteira de motorista. Não deveria estar dirigindo por aí."

Jesse dá risada. "Eu tinha carteira antes de ir embora", ele argumenta. "Estou apto para dirigir um carro."

"Sim", eu retruco, abrindo a porta do meu carro. "Mas não está vencida?"

Jesse abre um sorrisinho malicioso para mim. "Isso é só um detalhe. Não tem problema nenhum."

"Você sempre dá um jeito de fazer as coisas do seu jeito, né?", digo num tom provocativo. "Qual é a sua explicação para isso?"

"Sei lá", ele diz, dando de ombros. "Mas você pode admitir que acha irresistível."

Dou risada. "Quem falou?"

"Você vai entrar no carro comigo?", ele pergunta.

"No seu carro?"

"Ou no seu", ele sugere.

"Preciso trabalhar."

"Eu sei. Não estou falando para a gente ir a lugar nenhum. Só quero entrar no carro com você. Está frio aqui fora."

Eu deveria me despedir dele. Já estou mais atrasada do que de costume.

"Certo", digo. Abro as portas do carro, e Jesse se acomoda no banco do passageiro. Me sento atrás do volante. Quando fecho a porta, o mundo lá de fora se silencia, como se tivéssemos dado uma pausa em nossa vida.

Vejo seus olhos pousarem no meu dedo já sem aliança. Ele sorri. Nós dois sabemos o que significa esse vazio na minha mão esquerda. Mas fico com a impressão de que existe um estranho código de silêncio entre nós, indicando que há duas coisas sobre as quais não falamos. Não vou contar o que aconteceu com o meu dedo, e Jesse não vai me falar sobre o dele.

"Senti sua falta, Emma. De nós dois. Dos seus olhos ridículos, dos seus lábios absurdos e dessa sua mania irritante de me encarar como se eu fosse a única pessoa que interessa na história deste mundo. E estava com saudade dessas suas sardas sem graça."

Dou risada e sinto meu rosto enrubescer. "Eu também estava."

"Estava mesmo?", ele questiona, como se fosse uma novidade, como se não estivesse acreditando.

"Está falando sério?"

"Sei lá", ele responde, provocador. "Não tenho como saber o que aconteceu quando eu não estava aqui."

"Fiquei arrasada como nunca tinha ficado e provavelmente nunca mais vou ficar na minha vida."

Ele olha para mim, para o vidro da frente e depois pela janela lateral.

"A gente tem tanto para conversar, e eu não sei nem por onde começar", Jesse comenta.

"Eu sei, mas, se a gente não sabe nem por onde começar, agora é que não posso mesmo. Preciso trabalhar. Devia ter chegado há quinze minutos." Tina só entra à tarde. Se eu não aparecer, a livraria não abre.

"Emma", ele diz, me olhando como se eu fosse uma idiota. "Você não vai chegar ao trabalho na hora certa, isso já está claro. Então que diferença faz uns minutinhos a mais? Uma horinha?"

Olho para ele e me pego pensando a respeito. E de repente seus lábios estão colados no meu. São ousados e surpreendentes da mesma maneira de quase quinze anos atrás, quando me beijaram pela primeira vez.

Fecho os olhos e estendo a mão na direção dele. Eu o beijo de novo. E de novo, e de novo, e de novo. Me sinto reconfortada e revigorada ao mesmo tempo. Nunca uma coisa tão empolgante me pareceu tão familiar.

Me perco nele, na sensação do seu toque, do seu cheiro, dos seus movimentos.

Será possível fazer as coisas voltarem a ser como eram? Será possível descartar os anos de intervalo e retomar tudo normalmente, como se nunca tivéssemos nos separado?

Sinto a mão de Jesse deslizar pelo meu braço e em seguida percebo que sem querer acionei a buzina com o cotovelo.

Acordo do encanto. Me afasto dele e olho pelo para-brisa. Dois funcionários da Julie's Place, incluindo a mulher que nos serviu, estão nos olhando. Quando percebem que eu os vi, se viram para o outro lado.

Olho para o meu celular. São quase quinze para as dez. A livraria precisa ser aberta em menos de vinte minutos.

"Preciso ir!", digo, chocada por estar tão atrasada.

"Tudo bem, tudo bem", Jesse responde, mas não se move.

"Cai fora do meu carro", digo aos risos.

"Certo", ele diz, levando a mão à alavanca de abertura. "Mas tem uma coisa que eu queria falar com você."

"Jesse! Eu preciso ir!"

"Vamos para o Maine comigo", ele diz enquanto desce do carro.

"Quê?"

"Quero passar uns dias no chalé dos meus pais no Maine com você. A gente pode ir hoje à noite. Só nós dois."

"Tenho uma loja para cuidar."

"Seus pais dão conta do serviço. É só por um tempinho. A livraria é deles."

"A livraria é minha", rebato.

"Emma, a gente precisa de um tempo. E não de uns minutinhos roubados antes de você ir para o trabalho. Um tempo de verdade. Por favor."

Olho para ele, pensativa.

Ele sabe que estou considerando a hipótese. É por isso que já começou a sorrir. "Isso é um sim?", Jesse pergunta.

Sei que os meus pais vão dar conta do recado, e que estou atrasada, e que não tenho tempo para isso agora.

"Certo, uns dois dias, então."

"Três", ele pede. "Três dias."

"Certo", concedo. "Três."

"A gente vai hoje à noite?"

"Combinado. Agora preciso ir."

Jesse sorri para mim e fecha a porta para que eu enfim vá embora. Ele acena para mim pela janela. Me pego sorrindo enquanto me afasto, deixando-o sozinho no estacionamento.

Embico na rua e espero uma brecha para entrar à esquerda. Vejo Jesse fazer um sinal do outro lado do estacionamento para eu abaixar o vidro. Revirando os olhos, obedeço.

Ele leva as mãos em concha às laterais da boca e grita: "Desculpa ter te atrasado! Te amo!".

Não tenho escolha a não ser berrar de volta: "Também te amo!".

Entro à esquerda na rua principal e atravesso a cidade voando. Chego ao estacionamento da Livraria Blair às dez e onze, e vejo que há um cliente à espera na porta.

Pulo para fora do carro, abro a porta dos fundos e percorro a loja às pressas, acendendo as luzes.

"Oi", digo à mulher esperando na porta.

"Sua placa diz que vocês ficam aberto das dez às sete. São dez e quinze."

"Me desculpe pelo atraso", digo.

Em seguida, porém, a mulher se dirige à seção de mais vendidos e some do meu campo de visão. Não consigo segurar o sorriso de orelha a orelha.

Jesse.

Meu pai chega à loja às onze. Veio buscar uns livros que encomendou para a minha mãe, mas eu o puxo de canto para falar sobre a ideia da viagem ao Maine.

"Como assim, ir ao Maine com o Jesse?"

"É..." Não sei ao certo que parte meu pai não entendeu. "Acho que significa que eu vou ao Maine com o Jesse."

"Tem certeza de que é uma boa ideia?"

"Por que não seria?"

Que coisa mais idiota para se dizer. Existem razões de sobra para eu não ir.

"Emma, é que..." Ele se interrompe e não termina a frase. Vejo que está reformulando o que tem a dizer. "Eu entendi o que você quis dizer. Claro que sua mãe e eu podemos cobrir a sua ausência. E com prazer, na verdade. Estou entediado demais em casa agora que terminei todas as temporadas de *Friday Night Lights*."

"Legal!", digo. "Obrigada."

"Sem problemas", ele responde. "É um prazer. A gente se vê à noite, então? Quando você for buscar suas coisas?"

"Sim", respondo, assentindo com a cabeça. "Vou passar lá para pegar umas roupas e tal."

"Muito bem, então", ele diz.

Logo em seguida, avisa que está indo embora. "Sua mãe vai fazer uns sanduíches de bacon para o almoço, e eu é que não vou perder."

"Claro que não", respondo.

Minha mãe faz sanduíches de bacon para meu pai várias vezes por semana, e ele gosta tanto que a essa altura já deveria inclusive ter apren-dido a fazer sozinho. Ele tentou, e várias vezes. Também tentei, assim como Marie. Mas ele insiste em dizer que o gosto é diferente quando minha mãe faz. Que o bacon fica mais quentinho, e a alface mais doce. Sinceramente, não faço ideia. Só sei que os meus pais fazem o amor pare-cer fácil demais, e às vezes gostaria que eles tivessem me preparado para a dureza que a nossa vida amorosa pode ser.

Algumas horas depois, estou almoçando no meio da tarde quando recebo uma mensagem de texto de Sam.

Você esqueceu seu remédio de alergia e o carregador do celular. Deixei em cima da sua mesa.

A primeira coisa que penso quando leio não é o quanto ele é legal ou que enfim vou poder recarregar meu telefone. Meu primeiro pensa-mento é que ele ainda pode estar na livraria. Então vou correndo para o carro, com um sanduíche na mão, na esperança de conseguir chegar antes que Sam vá embora.

Não pego nenhum sinal vermelho e entro no estacionamento no ins-tante em que ele está saindo com o carro. Faço um aceno.

Não sei o que estou fazendo ou o que acho que posso ganhar com isso. Só sei que não há nada como a possibilidade de perder um noivo para deixar a pessoa morrendo de vontade de vê-lo. Isso vale inclusive quando o rompimento se dá por sua causa, quando é você que está estra-gando tudo.

Sam dá ré e abre a janela. Estaciono e vou andando até ele.

"Oi", digo.

"Oi."

Ele está usando um casaco de lã, uma camisa branca e uma gravata azul-marinho que fui eu que comprei. Sam gostou da estampa de ânco-ras, e na época falei que queria poder lhe dar um presente que ele pudesse usar no trabalho.

"Obrigada por trazer o remédio", digo. "E o carregador. Foi muita gentileza sua."

Sam balança a cabeça. "Bom..."

Fico esperando que ele termine a frase, mas percebo que não vai rolar.

"Como é que você está?", pergunto.

"Já estive melhor", ele responde. Parece triste, mas também um tanto frio. Parece haver uma distância enorme entre nós. Chego mais perto dele, tentando reavivar nossa conexão. "Mas vou ficar bem. Só achei esquisito dormir sozinho na nossa cama", ele explica. "Senti sua falta."

"Eu também", digo e então — sem saber o que me deu, sem me dar conta do que estou fazendo —, me inclino para a frente para beijá-lo. Ele retribui o gesto, mas logo se afasta. Fico me perguntando se ele percebeu que acabei de beijar outro.

"Desculpa. Força do hábito."

"Tudo bem", ele diz.

"Como os gatos estavam de manhã?", pergunto. Adoro conversar com Sam sobre Mozart e Homero. Gosto de dar apelidos bobos para eles e de inventar histórias sobre o que podem aprontar quando não estamos por perto.

"O Homero dormiu na banheira", Sam conta.

Antes de ter gatos, antes de me apaixonar por aquelas bolinhas de pelo, alguém me dizer algo como "Homero dormiu na banheira" me pareceria tedioso a ponto de me fazer pegar no sono. Mas agora parece um fato tão fascinante quanto um pouso em Marte.

"Ele não ficou embaixo do piano?"

Sam faz que não com a cabeça. "Não, e não quer saber de sair do banheiro. Quando fui tomar banho, tive que pegá-lo no colo e trancá-lo para fora."

Eu deveria estar em casa. Deveria estar com Sam, Mozart e Homero. Não sei por que ele foi para a banheira, nem o que isso significa. Mas sei que não teria acontecido se eu estivesse por lá.

Deus do céu.

Tem um caminhão de culpa parado neste estacionamento, se preparando para ser descarregado sobre as minhas costas. Motivos para eu torturar a mim mesma não faltam.

Talvez seja merecido.

Mas decido deixar essa carga esperando por mais um tempo. Não vou levá-la comigo agora. Apesar de talvez ser o certo a fazer. Mas não faria bem para ninguém, muito menos para mim, carregar um peso tão grande nos ombros no momento.

"Eu te amo", digo a ele. A frase meio que me escapa. Não sei ao certo o que quis dizer com isso. Só sei que é verdade.

"Eu sei", ele garante. "Nunca duvidei disso."

Ficamos em silêncio por um instante, e me bate um medo de que ele possa ir embora. "Você pode tocar 'Piano Man'?", pergunto.

"Quê?"

"Você pode tocar 'Piano Man' no volante? Comigo acompanhando na gaita?"

Sempre peço isso quando sinto que preciso me apaixonar um pouco mais por Sam. Gosto de me lembrar de quando ele fez isso pela primeira vez. Adoro vê-lo demonstrar seu talento. Hoje a coreografia já se tornou tão conhecida que consigo até escutar as notas, apesar de nunca emitir-mos som nenhum.

Mas, em vez de arregaçar as mangas e alongar os dedos, como ele sempre fez, Sam sacode negativamente a cabeça. "Não vou fazer isso, não."

"Mas você sempre faz."

"Não vou fazer exibições para você", ele insiste. "Estou torcendo para você mudar de ideia e perceber que quer passar a vida toda comigo, mas... não estou disposto a me submeter a testes para ficar com esse papel."

Uma coisa é despedaçar o coração de alguém. Outra bem diferente é destruir o seu orgulho.

E acho que fiz as duas coisas com Sam.

"Você tem razão", admito. "Desculpa."

"Escuta só, você está vivendo uma situação inimaginável. Sei que está abalada até a alma. E te amo o suficiente para esperar você se deci-dir."

Seguro e aperto a mão dele — na esperança de conseguir expressar toda minha gratidão com os braços e as mãos e tocar sua alma. Mas não é assim que as coisas funcionam.

"Obrigada. Não sei como agradecer, mas agradeço mesmo assim."

Sam afasta sua mão da minha. "Você só não pode ter os dois", ele continua. "Não tenho como fingir que está tudo o.k. enquanto não esti-ver o.k. de verdade. O.k.?"

"O.k.", concordo, balançando a cabeça.

Ele sorri. "Acho que abusei do o.k. dessa vez, hein?"

Dou risada.

"Eu vou nessa", Sam avisa, engatando a marcha do carro. "Não quero me atrasar para um ensaio que tenho. E depois acho que vou para casa, comer alguma coisa e ver umas reprises na ESPN. Muito emocionante."

"Parece uma ótima forma de passar a noite", comento.

"Com certeza você também tem grandes planos", ele diz, e percebo sua expressão mudar. Está na cara que ele falou sem pensar. Que não quer saber o que vou fazer hoje à noite. Mas, agora que disse isso, não tenho como sair dessa sem dar a entender que de fato tenho planos. "Quer dizer... Ah, quer saber? Esquece. Melhor não falar nada."

"É, tudo bem", concordo. "Melhor não falar nada."

Mas não falar nada quer dizer alguma coisa, né? Porque, se não houvesse nada com que ele devesse se preocupar, eu teria respondido: "Não, Sam, não esquenta com isso, sério mesmo".

Não foi o que respondi. E nós dois sabemos muito bem disso.

Sam me olha, e nesse momento percebo que ele chegou ao seu limite. Não dá para continuar a conversa. "Tchau, Emma", ele diz, já virando o volante para sair. Mas em seguida se interrompe e volta a falar: "Quer saber? Eu vou assumir o controle desse jogo".

"Como assim?", questiono.

"Eu te ligo quando estiver pronto para conversar. Mas... você, não. Sei que deve fazer mais sentido você me contar o que escolheu quando tiver se decidido, mas... acho que prefiro só saber quando eu estiver preparado para ouvir."

"Eu não posso ligar para você para nada?"

Sam faz que não com a cabeça, bem sério. "Estou pedindo para você não fazer isso."

É o mínimo de controle que ele pode ter sobre o próprio destino. Sei que preciso fazer isso por ele.

"Você que sabe", digo. "Estou às ordens para o que for preciso."

"Bom, é isso o que quero", ele reforça, e em seguida pisa no acelerador e se afasta.

Vai embora.

Percebo que estou morrendo de frio, que está gelado aqui fora, e volto correndo para casa. Lembro que deixei meu sanduíche no banco do carro, mas não vou buscar. Estou sem fome.

Não comi nada no café da manhã também. Ao que parece, meu apetite é a primeira vítima dessa situação toda.

Tina está processando as compras de uma dupla de senhorinhas quando apareço. "Oi, Emma", ela diz. "Você lembra quando a gente ia receber mais exemplares do novo livro da Ann Patchett?"

"Na quinta que vem", respondo, como se estivesse em um dia de trabalho como outro qualquer, como se estivesse raciocinando normalmente. "Se as senhoras quiserem, podem passar seu contato para a Tina que eu aviso quando os livros chegarem."

Abro um sorriso e me dirijo com passos acelerados para os fundos da loja. Eu me sento diante da mesa, apoio a cabeça entre as mãos e respiro fundo.

Meus pensamentos oscilam entre Sam e Jesse.

A todo momento sinto que não sei o que estou fazendo. Mas a verdade é justamente o contrário.

Uma coisa é fazer esse jogo de gato e rato com eles. Outra bem diferente é fazer isso comigo mesma.

Eu vou escolher um deles.

Só ainda não sei qual.

**Amor e Maine:
ou como voltar no tempo**

A livraria fechou há quarenta e cinco minutos. O caixa está em ordem. O salão está limpo. Tina foi para casa. Terminei meu trabalho por hoje. Posso pegar o carro e ir embora. Mas estou aqui parada no estoque às escuras. Pensando em Sam.

Meu celular toca e, quando pego o aparelho, vejo que é Jesse. Em um piscar de olhos, Sam desaparece da minha mente, substituído pelo homem que ele substituiu.

"Ei", Jesse diz quando atendo. "Pensei em te encontrar na loja."

"Ah", digo, surpresa. Achei que fosse me encontrar com ele depois de passar na casa dos meus pais e pegar minhas coisas.

"Pode ser?"

"Claro", digo, dando de ombros. "Pode ser. Tudo bem. Ainda estou por aqui."

"Ah, que ótimo", ele diz. "Porque estou aqui na frente."

Começo a rir quando vou abrir a porta.

"Sério?", pergunto, mas ele não precisa responder, porque assim que saio do estoque para o salão consigo vê-lo pelas portas de vidro.

Sua silhueta é demarcada pelas luzes da rua. Seu corpo, com uma jaqueta pesada e calças largas, preenche meu campo de visão.

Destranco a porta e o deixo entrar.

Ele me agarra — e não só com os braços, com o corpo todo —, como se precisasse de mim, como se não aguentasse mais passar um minuto longe.

Em seguida me beija.

Se amar esses dois homens faz de mim uma pessoa má, então acho que é isso que sou.

"Então... Maine?", pergunto com um sorriso.

"Isso mesmo, Maine", Jesse responde, assentindo.

"Certo", digo. "Espere só eu pegar minha bolsa. Na verdade, a gente pode sair por lá. Meu carro está nos fundos."

"Certo. A gente vai no meu."

Lanço para ele um olhar de ceticismo. "Qual é? Vai pegar suas coisas. Te encontro no carro."

Busco minha bolsa, tranco a loja e entro no carro dele. Apesar de saber que ele não deveria estar dirigindo.

Às vezes tenho medo de que Jesse acabe me levando para o inferno sem que eu perceba. No máximo vou perguntar coisas bobas como "Está ficando quente aqui, não?", e acreditando quando ele dissesse que está tudo bem.

"A gente precisa parar na casa dos meus pais", aviso quando estamos na rua. "Tenho que pegar umas coisas."

"Certo", Jesse concorda. "Próxima parada, residência dos Blair."

Quando paramos diante da garagem, vejo que as luzes estão apagadas, o que significa que todos estão na casa de Marie e Mike.

Jesse e eu descemos para pegar minhas coisas, mas aviso que preciso passar na casa de Marie para me despedir.

"Tudo bem", ele diz enquanto abro a porta da frente. "Ela mora muito longe?"

"Não, logo ali", respondo, apontando para a casa dela.

Jesse dá risada. "Uau", ele comenta, observando a distância entre a casa de Marie e a dos meus pais. "A filha dos livreiros ataca novamente."

Faz muito tempo que ninguém a chama assim. Virou uma coisa do passado, por uma série de motivos.

Jesse se vira para mim. "Mas acho que você também é a filha dos livreiros mais do que a gente imaginava, né?"

Sorrio, sem saber se tomo isso como um elogio ou não. "Um pouco mais mesmo, eu acho."

Quando entramos na casa, vou logo subindo a escada a caminho do meu antigo quarto, mas quando olho para trás vejo que Jesse ainda está parado no hall de entrada, só observando.

"Está tudo bem?", pergunto.

200

Ele sai do transe, sacudindo a cabeça. "Ah, sim, claro. Desculpa. Eu espero aqui enquanto você arruma suas coisas."

Pego a minha bolsa de viagem e recolho as coisas que deixei na pia do banheiro.

Quando desço de volta, Jesse está perdido em seus pensamentos de novo. "É estranho ver que as coisas estão iguaizinhas por aqui."

"Deve ser mesmo", digo, caminhado até ele.

"É como se algumas coisas tivessem seguido seu caminho sem mim e outras tivessem se paralisado assim que fui embora", ele comenta enquanto vamos para a porta. "Tipo, eu sei que isso não é verdade. Mas só o que mudou aqui foi que seus pais compraram uma tv nova. O resto está idêntico. Até aquela pintura esquisita de gato. Pendurada no mesmo lugar."

Sam e eu escolhemos Mozart porque ele é igualzinho ao gato cinza da pintura em cima da namoradeira da casa dos meus pais.

Eu jamais teria pensado na hipótese de adotar um gato se não fosse Sam. Mas agora sou apaixonada por felinos. Algumas semanas atrás, Sam me mandou uma foto de um gatinho sentado em cima de um sanduíche de creme de amendoim com geleia e eu fiquei rindo por uns quinze minutos.

Guardo minhas coisas no carro de Jesse e nos dirigimos para a casa de Marie.

"Tem certeza de que está pronto para rever a minha família?", questiono.

"Claro", ele diz com um sorriso no rosto. "Eles são minha família também."

Bato na porta da casa e escuto a comoção lá dentro.

Em seguida Mike aparece para atender à porta.

"Emma", ele diz, me dando um abraço e saindo da frente da porta para entrarmos. "Duas visitas num dia só. Que honra. Jesse, que bom ver você de novo", ele diz.

Os dois trocam um aperto de mão. "O prazer é todo meu", Jesse diz.

Jesse e Mike se encontravam nas reuniões de família, mas nunca tiveram motivo para trocar mais palavras que as gentilezas de costume. Eles não eram próximos porque Marie e eu também não éramos. Quando penso nisso agora, era como se eles fossem treinadores de boxe e eu e minha irmã as lutadoras — os maridos jogavam água na nossa boca e nos incentivavam a continuar lutando.

Entramos na sala de jantar para encontrar Marie e os meus pais. Sophie e Ava já foram dormir. Assim que veem Jesse, todos ficam de pé para cumprimentá-lo.

Meu pai aperta a mão dele com vontade e o puxa para um abraço. "Filho, você não imagina como é bom ver você."

Jesse assente com a cabeça, claramente um pouco sem graça.

Minha mãe o abraça e logo em seguida estende os braços, seguran-do-o pelos ombros, sacudindo a cabeça. "Nunca fiquei tão feliz em reencontrar alguém."

Marie dá um abraço sincero e gentil em Jesse, pegando-o desprevenido.

Vejo Jesse sorrir e tentar se desvencilhar educadamente da situação. Está constrangido, mas fazendo de tudo para esconder isso.

"A gente só parou para se despedir. Acho melhor já pegar a estrada", digo.

"Para onde vocês vão?", Marie quer saber. Pensei que meu pai fosse avisar todo mundo, mas pelo jeito não foi o caso. Fico surpresa, já que as fofocas costumam correr depressa na minha família.

"Jesse e eu vamos passar uns dias no Maine", comunico, como se fosse a coisa mais natural do mundo. Como se eu não tivesse um noivo. Na verdade, talvez não tenha mesmo. Nem sei mais o que vale ou não para a minha vida.

"Ah, entendi", Marie diz, com um tom tranquilo como o meu. "Aproveitem, então." Ela me encara por um instante a mais do que seria o normal, e com uma intensidade tremenda. A mensagem é bem clara. Ela quer notícias em breve. Porque se importa comigo, claro, mas também porque a fofoca está ficando cada vez mais suculenta.

"Obrigada", digo, lançando um olhar de canto de olho para deixar claro que ela vai ser a primeira a saber quando houver alguma coisa para contar.

Nesse momento Sophie e Ava aparecem descendo a escada juntas, de mãos dadas. Sophie está usando um pijaminha verde, curiosa para ver o motivo da agitação. Ava está com uma peça amarela e outra laranja, e parece ter sido arrastada até ali contra sua vontade.

Elas param três degraus antes do fim da escada. Ava se senta. Sophie protege os olhos com a mão e os espreme de leve.

"Oi", Marie diz, num tom de voz gentil. "Vocês deviam estar dormindo." Olho para Jesse, que observa os sinais feitos por Marie a cada palavra dita.

Meu pai se levanta. "Vou colocar as duas de volta na cama", ele diz. "Bem que estou precisando de um tempo com as minhas meninas."

Jesse repara quando meu pai faz um sinal para marcar as palavras "cama" e "meninas". Ele pega Ava no colo, segura a mão de Sophie e desaparece escada acima.

"Certo", eu digo. "A gente se vê."

Jesse faz um aceno de despedida para todos, e eu seguro sua outra mão para conduzi-lo para fora. Quando saímos para a rua, porém, Jesse parece de novo perdido em seus pensamentos.

"Está tudo bem?", questiono.

Ele volta a si outra vez. "Quê? Ah, sim. Claro."

"Está pensando no quê?"

Fico achando que ele vai me perguntar sobre a língua de sinais ou os implantes cocleares das meninas. Mas não é isso que acontece. Ele nem menciona o fato de as duas serem deficientes auditivas. Em vez disso diz: "Sei lá... é que... uau".

"O quê?"

"Elas são minhas sobrinhas."

Meu apetite voltou pouco antes de cruzarmos a fronteira do estado de Massachusetts. Jesse e eu passamos num drive-thru, e agora estamos parados no acostamento.

Eu estou comendo hambúrguer e batatas fritas.

Jesse pediu um cheeseburguer e uma coca, mas não consumiu muito nenhuma das duas coisas.

"Na verdade, acho que já paramos aqui antes", ele comenta.

"Nessa mesma parada?", pergunto.

Ele faz que sim com a cabeça. "Depois da formatura do colégio."

Dou risada. Isso parece ter sido uma eternidade atrás. Dissemos para nossos pais que íamos dormir na casa de amigos, mas demos uma escapadinha mais cedo para ir ao mesmo chalé ao qual nos dirigimos agora. Olive e eu tínhamos ido à Victoria's Secret na semana anterior. Ela precisava encontrar um sutiã que pudesse esconder debaixo do vestido, mas eu acabei me aventurando na seção mais adulta da loja e comprando uma calcinha preta fio dental, que guardei para a noite do baile. Foi a primeira vez que tentei ser sexy de forma intencional. Jesse nem reparou. Só se concentrou no fato de estarmos sozinhos, sem ninguém para nos ver ou ouvir.

"Às vezes, quando penso no que usei na noite do baile de formatura, fico me perguntando por que você e a Olive não fizeram nada para me impedir. Lembra que eu fiz umas tatuagens removíveis de borboleta no corpo todo?"

Ele dá risada. "Sinceramente, eu achei você gata demais. E tinha dezoito anos, né."

"Acho que você não lembra bem o quanto eu estava parecendo uma rampeira."

"Lembro como se fosse ontem", ele continua. "Você era a garota mais linda do baile."

Balanço negativamente a cabeça e termino meu hambúrguer, amassando a embalagem e jogando dentro do saco.

"Espere aí", digo. "Acho que tenho uma foto aqui. Preciso que você lembre de verdade do que estou falando. Quero que admita que eu estava ridícula."

Jesse cai na risada enquanto me viro para pegar a bolsa que deixei no banco de trás. Começo a procurar o envelope que trouxe do apartamento, à procura da foto à qual me refiro. A princípio não consigo encontrar, apesar de saber que deve estar lá.

Jogo a sacola no banco de trás e despejo os conteúdos do envelope no colo.

"Ei. O que é tudo isso aí?", Jesse pergunta.

"Umas coisas suas, coisas nossas", explico. "O que eu guardei."

Jesse parece comovido. "Uau."

"Nunca esqueci de você", digo. "Jamais conseguiria esquecer."

Ele me olha por um instante antes de voltar os olhos para o meu colo, para as fotos e os papéis que guardei.

Nem se dá conta do que falei. Em vez disso, pega uma foto da pilha. "É do Ano-Novo em Amsterdam?"

Assinto com a cabeça.

Naquela noite, nós beijamos outras pessoas à meia-noite, porque estávamos brigados. À meia-noite e sete, fizemos as pazes transando na pia do banheiro de um bar escuro em De Wallen. A foto em questão é uma selfie tirada no meio da madrugada, estamos sentados em um banco à beira do rio.

Jesse pega uma imagem de nós dois no alto de uma montanha na Costa Rica, e outra dele em uma praia de Sydney. Dá para perceber que a foto foi tirada por mim. Pelo sorriso no rosto de Jesse, dá para ver que ele me ama.

"Nossa, olha só nós dois", ele comenta.

"Pois é", digo.

"Lembra de quando essa foto foi tirada?", Jesse pergunta, me mostrando a imagem dele na praia.

"Claro que sim", respondo.

"Foi o dia em que decidimos nunca ter um plano B, e simplesmente ir atrás dos nossos sonhos", ele recorda. "Lembra? Decidimos só trabalhar em empregos que permitissem conhecer o mundo."

"Lembro."

Remexo em mais algumas fotos até encontrar outro envelope. Está endereçado a ele com a minha caligrafia. É a carta que escrevi antes de sair com Sam. De forma discreta, ponho de volta no envelope maior.

E então encontro a foto que estava procurando. Nossa formatura. Eu e as minhas borboletas.

"Certo. Dá uma olhada nessa foto e depois me diz a verdade", peço.

Estamos diante de uma janela de vidro enorme, com vista para Boston. Dá para ver as luzes da cidade ao fundo. Jesse está com um smoking barato com uma flor de lapela que eu prendi nele na varanda de casa sob o olhar dos nossos pais. Estou ao lado dele, com um vestido de um vermelho vivo, usando grampos demais nos cabelos e uma série de tatuagens falsas e desbotadas espalhadas pelas costas.

Uma vítima da moda do início dos anos 2000.

Jesse imediatamente cai na gargalhada.

"Deus do céu", ele comenta. "Parece que você estava com alguma doença de pele."

Dou risada também. "Não, eram só borboletas falsas."

"Na minha cabeça, essas borboletas eram as coisas mais sexy que eu já tinha visto na vida."

"Ah, e para mim eu era a garota mais descolada do baile", respondo. "Acho que não preciso dizer que as coisas nem sempre são como a gente se lembra."

Jesse me olha, à procura de algum significado a mais nessas palavras. Prefiro ignorar o quanto elas fazem sentido no momento.

"Mas você", continuo. "Você arrasava. Um gato na época. Um gato agora."

Jesse sorri, se vira para o volante, se preparando para pegar a estrada de novo.

Pego o restante do conteúdo do envelope e tento guardar de volta. Mas, obviamente, algumas coisas caem no chão e outras ficam presas na borda do envelope, se recusando a entrar.

Recolho o que caiu, inclusive meu anel de rubi, e guardo no envelope, que jogo de volta no banco de trás. Só então percebo que deixei um papel no console central entre nós.

É uma matéria do *Beacon* de quase quatro anos atrás.

"Jesse Lerner, morador da região, está desaparecido."

Ao lado da manchete há uma foto antiga dele no jardim da casa dos pais, acenando com a mão direita ainda perfeitamente intacta.

Eu ainda estava em LA quando a matéria foi publicada, mas recebi uma cópia logo depois de voltar para Massachusetts. Por pouco não joguei no lixo. Mas não consegui. Não conseguia me desfazer de nada que tivesse a foto e o nome dele. Me restava tão pouco de Jesse.

Pego a folha e dobro ao meio, da forma como ficou guardada no envelope por todos aqueles anos.

Jesse fica observando minhas mãos.

Eu sei que ele viu.

Ponho o jornal no banco de trás, junto com o envelope. Quando me viro para a frente, abro a boca para falar a respeito, mas ele desvia o olhar e liga o carro.

Ele não quer conversar sobre isso.

É possível mesmo superar uma perda? Ou só encontramos um baú dentro de nós que seja grande o suficiente para contê-la? Enfiamos tudo lá, fechamos a tampa e passamos a chave? E nos esforçamos todos os dias para manter esse baú fechado?

Achei que, se escondesse minha dor lá no fundo e mantivesse o baú trancado, a dor desapareceria sozinha. Pensei que um dia abriria o baú e o encontraria vazio, como se todo o meu sofrimento tivesse evaporado.

Mas, sentada neste carro agora, começo a pensar no quanto esse baú se encheu ao longo dos últimos três anos e meio. Com certeza a tampa está prestes a estourar, e estou com medo do que possa sair lá de dentro.

Afinal, Jesse tem um baú também.

E o dele está mais enterrado do que o meu.

O chalé da família de Jesse.

Nunca pensei que fosse voltar a ver este lugar.

Mas aqui estou.

São quase duas da manhã. As ruas no caminho estavam tão desertas que parecíamos estar em uma cidade fantasma.

O chalé, uma casa de formato incomum que parece mais uma cabana gigante, é quentinho e acolhedor — revestimento de madeira nas paredes, janelas grandes, uma varanda que se estende pelos quatro lados da construção. Passa uma sensação meio estranha de ser uma casa pequena que foi recebendo uma série de puxadinhos.

Não tem uma única lâmpada acesa na propriedade, então Jesse deixa os faróis do carro acesos enquanto juntamos nossas coisas.

Pego minha bolsa de viagem. Jesse recolhe algumas coisas no porta-malas.

"Está com frio?", ele pergunta enquanto procura a chave certa. "Vou acender a lareira assim que a gente entrar."

"Ótima ideia", digo.

A chave vira na fechadura, mas a porta está emperrada. Jesse precisa empurrar com o ombro para abrir.

Quando finalmente entramos, a primeira coisa que chama minha atenção é o familiar cheiro amadeirado do ambiente.

Jesse percorre o chalé, acende todas as luzes e aciona o aquecimento antes mesmo de eu pôr minha bolsa no chão.

"Vai se ajeitando aí que vou desligar os faróis do carro."

Faço que sim com a cabeça e esfrego as mãos para tentar aquecê-las.

Olho ao redor, para a lareira de pedra e a mobília do chalé, para as mantas que cobrem quase todas as poltronas. O bar está cheio de garrafas pela metade. Os degraus da escada de madeira são tão antigos que rangem só de olharmos para eles.

Não tem nada aqui que me surpreenda, nada além de ser exatamente como eu me lembrava — mas, na verdade, eu é que sou uma pessoa diferente em comparação à última vez que estive aqui.

Acho que entendo um pouco como Jesse se sente em relação a ter voltado. Dá para entender sua reação na casa dos meus pais, perceber que certas coisas mudam enquanto outras permanecem as mesmas.

Jesse entra e fecha a porta.

"Deve ficar quentinho aqui em alguns minutos, eu acho", ele comenta. "Mas nem preciso dizer que faz anos que não venho aqui."

"A última vez foi..."

"No nosso casamento", Jesse termina por mim.

Eu sorrio ao me lembrar. Ele também. Depois da festa, passamos a noite na pousada, então a última vez em que estivemos aqui foi quando fugimos para transar — ele de smoking, eu de vestido de noiva — na bancada da cozinha logo à esquerda. Me recordo de quanto isso me pareceu romântico. Agora acho esquisito termos transado na cozinha. É onde as pessoas preparam alimentos! O que deu na nossa cabeça?

"Então, e aquela lareira?", questiono.

"É para já!", ele responde. A lareira está empoeirada e vazia, com uma pilhazinha de lenha velha ao lado.

Fico observando seus movimentos. Sua escolha dos pedaços de madeira. A maneira como risca o fósforo.

"Está cansada?", ele me pergunta. "Quer ir para a cama?"

"Não", respondo, sacudindo a cabeça. "Não sei por que, mas estou sem sono. E você?"

Ele faz um gesto negativo com a mão. "Ainda não entrei direito no fuso horário daqui."

"Entendi."

Jesse vai até o bar. "Um vinho, então?"

"Tem gim?", pergunto.

"Ah, uau", ele comenta. "Beleza."

Ele me serve um copo de Hendrick's. E outro para si mesmo. Eu me sento e pego a manta pendurada no encosto do sofá.

Jesse se agacha atrás do bar e pega uma fôrma de gelo no freezer. Precisa bater a bandeja com força no balcão para os cubos caírem.

"Deve fazer meses, talvez anos, que alguém preparou uma bebida aqui", Jesse diz. "Este gelo não é dos mais novos."

Dou risada. "Tudo bem, sério mesmo."

Ele traz meu copo e deixa o seu de lado. Em seguida vai até a lareira e cutuca a lenha com o atiçador. As chamas começam a crepitar. Endireito minha postura e pego meu copo. Faço um sinal para Jesse pegar o seu.

"A você", proponho.

"A nós."

Sorrio enquanto brindamos. Viro um quarto do copo. Jesse tenta fazer o mesmo, mas faz uma careta. "Desculpa", ele diz, sacudindo a cabeça. "Faz um tempão que eu não bebo."

"Não esquenta", respondo, despejando o resto da bebida na boca. "Você se acostuma de novo."

Em pouco tempo, o fogo aquece o cômodo inteiro. Nossa conversa às vezes tortuosa vai se tornando mais animada e eloquente à medida que o álcool se mistura à nossa corrente sanguínea. Logo estamos relembrando como o bolo do nosso casamento estava ruim, e quando percebo já bebi três copos de Hendrick's.

Jesse está sentado numa ponta do sofá, com os pés sobre a mesinha de centro. Estou no outro canto, sentada em cima dos meus. Já tirei os sapatos; meu suéter está no chão.

"Então, me conta", ele diz. "Quais foram os carimbos que você acrescentou ao seu passaporte?"

Eu detesto decepcioná-lo. "Bom, nenhum na verdade. Não fui para lugar nenhum desde que você foi embora."

Jesse está claramente surpreso. "Nem para o sul da Itália?", ele questiona. "Você ia escrever uma matéria sobre Puglia."

"Pois é", respondo. "É que... sabe como é, minha vida tomou outro rumo."

Ficamos em silêncio por um instante, e em seguida Jesse se inclina para a frente, na minha direção.

"Desculpa ter aceitado aquele trabalho", ele diz. "Desculpa ter largado você. Onde eu estava com a cabeça? Viajar na véspera do nosso aniversário de casamento?"

"Tudo bem", respondo. Sinto vontade de acrescentar um "Me desculpa ter ficado noiva de outro", mas não consigo fazer isso. Esse pedido de desculpas só atrairia atenção para o que tenho de mais vulnerável e insegura, me deixando exposta como uma adolescente de biquíni em uma festa na piscina.

"Você tem ideia do que é passar todos os dias pensando em rever uma pessoa e finalmente estar sentado ao lado dela?", ele me pergunta.

"Ultimamente, é só nisso que eu tenho pensado", digo a ele. "Ainda não consigo acreditar que tudo isso seja real. Que você está aqui."

"Pois é. Eu também", Jesse responde. Ele segura e aperta minha mão antes de dizer: "Você cortou o cabelo".

Minha mão vai direto para a parte posterior da minha cabeça, à minha nuca, onde meus cabelos terminam. Como se eu tivesse vergonha de um corte tão ousado. Por algum motivo isso me irrita. Como se não estivesse sendo eu mesma, e sim representando um papel. "É", respondo. A irritação é perceptível na minha voz, então amenizo um tom. "Alguns anos atrás."

"E está mais loiro", ele comenta. "Seu cabelo não era loiro antes."

"Eu sei", digo. "Mas gosto assim."

"Quase não te reconheci", ele continua. "Lá no aeroporto."

"Eu te reconheci assim que desceu do avião."

"Você está tão diferente", ele diz, chegando mais perto. "Mas continua sendo o que sempre sonhei durante todo esse tempo. E está bem aqui na minha frente." Ele leva a mão ao meu rosto e me encara. Chega mais perto de mim e pressiona os lábios contra os meus. Meu cérebro cede ao impulso do meu coração, e me entrego a ele.

Jesse se afasta. "Acho que nós precisamos dormir juntos", ele diz, me olhando sem nenhuma timidez.

Sei que, se eu aceitar, não vou ter como voltar.

As coisas entre mim e Sam nunca mais vão ser como antes.

Mas também sei que estamos falando sobre uma coisa inevitável. Vou dormir com ele, seja agora, amanhã ou em duas semanas. Vai acontecer.

Quero saber como é estar com Jesse agora — um desejo que só se aguça com as memórias de quando estávamos juntos.

Estou ciente das consequências. Sei o que isso pode me custar.

Mas vou em frente mesmo assim.

"Também acho", digo.

Jesse sorri, e em seguida dá risada. "Então o que estamos fazendo aqui embaixo?", ele pergunta, ficando de pé e estendendo a mão para mim, como um cavalheiro.

Dou risada e estendo a minha. Mas, assim que ponho os pés no chão, Jesse os joga para o alto, me pegando no colo.

"Quando foi a última vez que você transou numa cama de solteiro?", ele pergunta. Sei que é uma brincadeira. E que não devo responder. Mas começo a me perguntar se não é um mau sinal precisar ficar sempre me esquivando da verdade.

Jesse me leva da sala de estar para a escada.

"Ai, meu Deus!", grito, atordoada com a sua facilidade de se movimentar comigo no colo. "Você vai me derrubar."

Ele não me dá ouvidos. Começa a subir as escadas, dois degraus por vez. Em seguida abre a porta do quarto que costumava ser o seu. Jesse me atira na cama e se deita em cima de mim.

Nada no mundo faz com que eu me sinta tão em casa quanto isso, tê-lo em cima de mim, com os lábios colados aos meus, suas mãos passeando pelo meu corpo.

Ele desabotoa e abre minha camisa.

Meu corpo mudou desde quando estávamos juntos, um processo natural com a passagem do tempo. Mas não fico tímida nem envergonhada, e sim revigorada. Quero me desnudar tanto quanto possível, e o mais depressa que der — como se quisesse me mostrar por inteira.

Vejo quando ele tira a camisa por cima da cabeça. Fico surpresa ao constatar que está ainda mais magro do que eu imaginava, e que tem uma fileira de cicatrizes desbotadas na parte esquerda de seu tronco. Parece um monte de relâmpagos atados em nós. Todo o sofrimento e a dificuldade por que ele passou estão estampados no seu corpo.

"Senti saudade de você esse tempo todo", ele diz, passando o nariz de leve na minha clavícula. "Do seu rosto, da sua voz, do seu riso."

Meu corpo está quente, e meu rosto, vermelho. Suas mãos em mim são mais gostosas do que me lembrava. Seu corpo se encaixa ao meu sem esforço, como se nossos membros tivessem sido moldados para se encaixar, para se misturarem uns aos outros.

Ele abre o botão da minha calça com um movimento com o punho. "Mas acima de tudo de sentir você", Jesse continua enquanto tira meu jeans, fazendo força para fazer a calça passar pelo quadril, e em seguida a arremessando para o outro lado do quarto. Sem dizer nada, ele tira a sua também. Ele se deita com o corpo todo sobre o meu.

"Senti falta da sensação das suas mãos nas minhas costas", ele diz. "E das suas pernas me prendendo."

Me movimento um pouco, puxando-o mais para perto.

E então me perco.

Sou apenas a Emma que ama Jesse Lerner, a Emma que por tanto tempo fui.

E, enquanto nos movemos juntos, respiramos juntos, nos saciamos juntos, escuto sua voz murmurar: "Emma".

E eu sussurro de volta: "Jesse".

Estamos deitados na cama.

Sem roupa.

Enroscados nas cobertas, cobertos de suor.

Estamos deitados nos braços um do outro, e me lembro de todas as vezes em que fizemos isso, recuperando o fôlego lado a lado, com os membros entrelaçados. Nos amávamos e nos desejávamos quando não sabíamos o que estávamos fazendo na cama, e fomos ficando cada vez melhores nisso.

Agora somos ótimos. O melhor que já fomos. Depois de terminarmos, monto em cima de Jesse e começamos de novo.

Ele mostra sua reciprocidade de imediato, se esfregando em mim e gemendo.

Seu hálito azedou. Seu cabelo está cheirando a suor. É minha versão favorita dele.

"De novo", ele diz. Não é um questionamento, nem um pedido. É só a constatação de um fato. Vamos fazer de novo. Precisamos estar unidos mais uma vez. Lá vamos nós.

E, dessa vez, a paixão não é ardente como uma casa em chamas, e sim contínua como o fogo de uma lareira.

Nenhum dos dois está com pressa. Nenhum dos dois conseguiria ter pressa, nem se quiséssemos.

Estamos fazendo tudo de forma lenta e proposital.

Mais do que qualquer coisa, desfruto da sensação da sua pele contra a minha, do toque breve dos nossos peitos antes de a movimentação afastá-los de novo.

Neste exato momento, só consigo pensar no quanto estou surpresa de ter sido capaz de transar com outro. O mundo não fez nada para me impedir. Antes de perdê-lo, o sexo para mim parecia uma coisa que inventamos juntos. Agora que ele está de volta, que está de novo comigo, me pergunto como fui louca de achar que poderia ser tão bom com qualquer outra pessoa.

O que estou sentindo, o que estamos fazendo, não para de mandar sinais por todo o meu corpo, como uma dose de cafeína, um pico de açúcar no sangue, a queimação do álcool. Dá para sentir meu cérebro se reconfigurando.

Isso é o que eu quero.

Isso é o que eu sempre quis.

Isso é o que eu sempre vou querer.

Caímos no sono por volta das seis da manhã, no instante em que o sol está se levantando para acordar o resto do mundo.

Acordo com o rangido da porta da frente se fechando e o baque surdo de dois sapatos se chocando contra o piso. Abro os olhos de ressaca e me dou conta de que não tem ninguém na cama ao meu lado.

Lentamente me desvencilho das cobertas, encontro minha calcinha e visto junto com a camiseta que Jesse usou ontem. Desço a escada quando sinto o cheiro de café.

"Olha ela aí", Jesse diz da cozinha. Ele vem até mim e me abraça, tirando meus pés do chão. Eu o envolvo com as pernas e o beijo. Seu gosto é de menta, me lembrando do meu típico mau hálito de manhã. Olho no relógio do micro-ondas. São quase duas da tarde. Então preciso me preocupar com meu hálito da tarde, na verdade.

Não durmo até tão tarde assim desde a época da faculdade. Não fiquei completamente bêbada ontem à noite, mas desde os vinte e nove, mais ou menos, não consigo me livrar dos efeitos do álcool com a mesma facilidade de antes.

Me afasto de Jesse, que me põe no chão.

"Acho que preciso escovar os dentes", digo.

"Ah, então você percebeu também?", Jesse pergunta em tom provocador.

"Ei!"

Dou um tapinha no corpo dele, e me vejo perguntando se a cicatriz que desce pelo seu tronco é sensível, se ainda dói. Quero saber que marcas são essas. Quero descobrir como os dentes dele estão inteiros depois de anos sem os devidos cuidados e com possíveis deficiências de vitaminas. E, claro, tem a questão do dedo.

Também sei que não posso perguntar. Prometi que não faria isso.

Mas em algum momento ele vai ter que falar. Se não comigo, com outra pessoa. Sei que ele está fingindo que está tudo bem, mas ninguém seria capaz disso depois de ter passado por tanta coisa. Não vai dar para ele fingir para sempre.

"Estou brincando", ele garante, num tom tranquilizador. "Esperei anos para sentir o seu hálito de manhã. Tudo em você, sua boca, seus cabelos bagunçados... eu amo tudo isso."

Quando Jesse desapareceu, guardei sua escova de cabelos durante meses. Não queria jogar fora nada que tivesse alguma parte dele.

"Te amo, Emma", ele diz. "Quero ficar com você pelo resto da vida."

"Também te amo", respondo.

Jesse sorri. Os pães pulam da torradeira com um estalo e uma campainha.

"Certo", diz Jesse. "Tem café, suco de laranja, torrada com geleia, e eu comprei bacon de micro-ondas. Para ser bem sincero, ainda não me conformo com isso. Bacon de micro-ondas. É maluquice minha ou isso não existia alguns anos atrás?"

Dou risada, entrando na cozinha. "É, acho que é uma coisa meio recente."

"Foi o que pensei. Certo, agora sente-se aí no balcão que eu vou fazer seu prato."

"Uau", comento, impressionada.

Me acomodo e vejo Jesse se movimentar pela cozinha como se sua vida dependesse disso. Ele serve dois copos de suco de laranja. Tira os pães da torradeira, pega a geleia de morango e procura uma faca. Em seguida abre o pacote de bacon, põe em um prato e enfia no micro-ondas.

"Está pronta para ver isso? Ao que parece, vamos ter um bacon crocante em questão de segundos."

"Estou pronta. Trate de me surpreender."

Jesse dá risada e pega duas canecas para o café, que me entrega depois de servir. Quando dou o primeiro gole, o micro-ondas apita.

Jesse circula pela cozinha e um instante está ao meu lado com dois pratos cheios de comida, completados com fatias de bacon crocante.

Ele se senta ao meu lado e põe a mão na minha perna descoberta.

Houve um tempo em que não era possível determinar onde eu terminava e Jesse começava. Éramos tão íntimos, estávamos tão acostumados a sermos uma só pessoa em dois corpos, que meus nervos mal registravam quando ele me tocava.

Agora é diferente.

Minha pele se aquece sob seu toque. Distraidamente, sua mão sobe pela minha coxa, e fico ainda mais quente. Só que em seguida ele a retira para comer sua torrada.

"Almoço de café da manhã", comento. "Que charme."

"Fazer o quê? Sou um cara charmoso. Além disso, enquanto estava fora, comprei um fardo com doze cocas zero, porque conheço Emma Lerner, e ela precisa de um suprimento considerável de coca zero em casa."

Meu nome não é Emma Lerner, e não bebo mais coca zero, por isso não sei o que devo responder, se é que devo.

"O que mais você comprou?", pergunto.

"Na verdade, não muita coisa", ele responde. "Achei que seria uma boa a gente jantar lá na cidade."

"Ah, legal", comento. "Ótima ideia."

"Estou pensando em você e eu, uma garrafa de vinho, talvez uma lagosta." Lanço um olhar de surpresa para ele. "Estamos no Maine", ele acrescenta para se explicar.

"Eu não sabia que você comia frutos do mar", comento. Mas, logo depois de dizer isso, percebo que foi um comentário idiota.

"Não esquenta com isso", ele diz. "Uma lagosta vai cair bem."

"Legal, então. Lagostas do Maine e vinho. E qual é a programação para a tarde?"

"O que você quiser", Jesse avisa, terminando a última fatia de torrada e me entregando o resto de seu bacon, que aceito de bom grado. Até comeria mais se tivesse no prato.

"Qualquer coisa?", pergunto.

"Qualquer coisa."

Faz muito tempo que não tenho um dia para fazer o que quiser. "Que tal uma caminhada até o farol?", sugiro.

Jesse assente. "Ótima ideia. Quer dizer, está bem frio, mas se a gente aguentar..."

Dou risada. "É só se agasalhar", digo. "Vai ser bom."

"Topo", ele responde. "Vamos nessa."

Eu o seguro pela mão e o levo para o andar de cima. Visto uma calça grossa e um suéter. Pego um casaco e um cachecol. Jesse já está de jeans e camisa, mas insisto que ele precisa pôr alguma coisa mais quente. Mexo nos armários em busca de alguma coisa. Encontro uma blusa de lã no fundo do closet da suíte principal. É cor de creme com verde, e tem uma rena estampada. Obviamente é do pai dele.

"Toma aqui", digo quando entrego a blusa.

Ele pega da minha mão, dá uma olhada e leva ao nariz. "Juro que isso aqui tem cheiro de naftalina e morte."

Dou risada. "Veste logo! Não dá para sair só de camisa e jaqueta."

Resmungando, ele leva a blusa acima da cabeça e a veste. Em seguida, bate as mãos uma na outra. "Ao farol!"

Saímos para a varanda da frente, bem embrulhados em casacos, cachecóis e botas. Está ainda mais frio do que eu imaginava. O vento estala nas minhas orelhas. Dá para sentir os pontos expostos no meu pescoço. É uma das coisas que me fazem sentir falta dos cabelos compridos. No verão, fica tudo fresquinho. Mas, em momentos como este, me sinto exposta.

"Avante?", Jesse pergunta.

"Avante."

Jesse e eu conversamos sobre a família dele. Falamos sobre a faculdade, sobre o colégio, sobre os nossos meses na Europa, nossa lua de mel na Índia. Me sinto a versão anterior de mim mesma quando estou com ele, a Emma despreocupada que desapareceu quando achei que ele tinha morrido. Mas seria mentira dizer que estou tão entretida na conversa que até esqueci do frio. É uma coisa impossível de esquecer.

Dá para ver nosso hálito se condensando no ar. Consigo sentir até os meus ossos. Nossos lábios estão rachados, a pele do rosto manchada, os ombros encolhidos junto ao pescoço.

Ficamos agarradinhos um ao outro. Damos as mãos dentro do bolso do casaco de Jesse. Achamos uma faixinha de sol e ficamos embaixo, salvos pelo calor sutil.

"Vem cá", Jesse me diz, apesar de eu já estar ao seu lado. Ele me puxa mais para perto, para junto de seu peito. Massageia minhas costas e os meus ombros, passa as mãos pelos meus braços, tentando me aquecer.

Me dou conta de que a minha lembrança dele era uma substituta das mais pobres de sua presença real.

Dizem que, quando nos lembramos de algo, na verdade só estamos recordando da nossa memória mais recente a respeito. Cada vez que invocamos uma recordação, nós a alteramos um pouquinho, à sombra de novas informações, novas sensações. Esses anos de distância fizeram as minhas lembranças de Jesse se tornarem a cópia de uma cópia de uma cópia. De forma não intencional, joguei luz sobre as partes que se destacavam para mim e deixei o restante se esmaecer.

Na cópia de uma cópia, o que se destacava era o quanto eu o amava. Mas o quanto ele me amava, isso se perdeu em segundo plano.

"Certo", diz Jesse. "Não podemos ficar parados aqui no sol para sempre. Vamos dar uma corridinha até o farol, para aquecer."

"Certo", concordo. "Pode deixar."

"Vou contar até três."

"Um... dois..."

"Três."

Ele dispara como um guepardo. Movo as pernas o mais depressa que posso para acompanhá-lo.

Enquanto corro, o vento bate mais forte no meu rosto, mas logo o meu peito, os meus braços e as minhas pernas começam a se aquecer.

Jesse olha para trás para me ver enquanto corremos. Então fazemos a última curva.

Ainda falta uma boa distância, mas o farol e o mar já estão à vista. O branco puro da torre contra o azul escuro do céu e o tom cinzento da água são uma maravilha, assim como no dia em que nos casamos aqui. Na época em que eu ainda acreditava que o amor era simples, que o casamento era para sempre e que o mundo era um lugar seguro.

Podemos começar de novo a partir daqui?

"Vamos apostar uma corrida até a grade", digo, apesar de saber que não tenho a menor chance de vencer.

Jesse chega à grade e se vira para reivindicar sua vitória. Eu diminuo o passo, assumindo a derrota. Vou andando até ele.

219

Respiro pela boca o ar gelado, que me corta como uma faca. Tento diminuir o ritmo da respiração, acalmar meu corpo. Uma fina camada de suor cobre minha pele, mas esfria e desaparece em um instante.

"Você venceu", digo, me colocando ao lado de Jesse e apoiando a cabeça em seu ombro. Ele me abraça.

Estamos colados ao farol, recuperando o fôlego, olhando para o mar pedregoso. Isso é uma coisa característica do Maine. As ondas quebram mais nas pedras do que na areia, e existem mais encostas rochosas do que praias.

Não consigo me imaginar morando durante anos entre pedras e areia, usando um bote inflável para me proteger do céu. Não tem como a sobrevivência de Jesse ter sido tão simples quanto ele narrou.

Quero acreditar nele. Quero muito acreditar que ele esteja *mesmo* bem. Mas preciso deixar que ele faça as coisas em seu próprio ritmo, não?

Só o fato de poder pensar que as coisas podem ser como antes já é ótimo.

"Aquele foi o dia mais feliz da minha vida", Jesse lembra. "Aqui com todo mundo, me casando com você."

"Da minha também", digo.

Jesse me olha e sorri. "Parece que você vai se despedaçar inteira de frio."

"Estou quase congelando", confirmo. "A gente pode voltar?"

Jesse confirma com a cabeça. "Em sessenta segundos."

"Certo", concordo. "Sessenta segundos. Cinquenta e nove... cinquenta e oito..."

Mas então paro de contar. Prefiro curtir a vista e a companhia, algo que jamais pensei que fosse voltar a ter com o homem que perdi.

Velas sobre a mesa. Pinot Gris nas taças. Pão quentinho, que eu consegui fazer esfarelar todo, sobre a toalha bege.

E uma pequena, e caríssima, lagosta sobre a mesa. Porque dezembro não é exatamente a alta temporada de pesca.

"O que estamos fazendo aqui?", Jesse me pergunta do outro lado da mesa, usando uma camisa preta de mangas compridas e uma calça cinza. Estou de suéter vermelho e calça jeans preta. Nenhum de nós trouxe roupa para jantar em um lugar como este. O maître ficou hesitante em nos oferecer uma mesa.

"Sei lá", respondo. "A ideia pareceu boa, mas acho que..."

Jesse fica de pé e larga o guardanapo na mesa. "Vamos nessa", ele diz.

"Agora?" Já me levantando.

Vejo quando Jesse tira algumas notas da carteira, separa uma quantia razoável e deixa sobre a mesa, ao lado da taça de vinho. Ele não tem cartão de crédito, conta no banco, nem documento de identidade. Aposto que Francine lhe deu esse dinheiro e disse que resolveria tudo o que fosse preciso por ele.

"É", Jesse diz. "Agora. A vida é curta demais para passar num restaurante bebendo um vinho e comendo uma lagosta de que a gente nem gosta."

O que é a mais pura verdade.

Corremos para o carro e eu me acomodo no assento do passageiro, esfregando as mãos e batendo os pés. Nada disso é suficiente para me aquecer.

"O vento aqui é uma loucura!", Jesse comenta enquanto liga o motor.

Me ofereci para dirigir todas as vezes em que entrei no carro com ele, mas fui ignorada em todas.

"Ainda estou com fome", aviso.

"E a noite é uma criança."

"Vamos passar naquele italiano e pegar uns sanduíches e uma salada para viagem?"

Jesse assente e sai do estacionamento. "Parece uma boa."

As ruas são escuras e sinuosas, e pela maneira como as árvores estão balançando dá para ver que o vento continua forte. Jesse para no estacionamento improvisado do restaurante, deixando o motor ligado para manter o aquecedor acionado.

"Fica aqui", ele diz. "Eu já volto." Ele sai do carro antes mesmo que eu tenha tempo para responder.

Na escuridão silenciosa do carro, tenho um momento a sós.

Aproveito para checar o celular.

E-mails de trabalho. Cupons. Mensagens de Marie e Olive perguntando como estou. Abro alguns e-mails e acabo atordoada com o que Tina me mandou.

Queridos Colin, Ashley e Emma,

É com o coração apertado que venho pedir minha demissão. Meu marido e eu decidimos vender nossa casa e comprar um apartamento perto da Central Square.

Infelizmente isso significa que vou ter que sair da Livraria Blair. É claro que posso cumprir as duas semanas de aviso prévio.

Muito obrigada pela oportunidade de trabalhar na livraria maravilhosa de vocês. Foi uma experiência e tanto para mim.

Um abraço,

Tina

Houve outros subgerentes antes de Tina, e sempre soube que haveria outros depois. Mas não consigo imaginar que a substituição dela vai ser tranquila. Meus pais vão se afastar de vez nos próximos meses, o que significa que a responsabilidade no futuro vai ser minha — e só minha. Em qualquer outro dia, eu saberia colocar isso em perspectiva, mas no momento só o que posso fazer é ignorar. Arquivo o e-mail e passo para a mensagem seguinte na minha caixa de entrada. Logo percebo que é do salão reservado para o meu casamento.

Cara srta. Blair,

Nossos registros indicam que você realizou uma consulta sobre a taxa de cancelamento do seu evento, marcado para 19 de outubro do ano que vem. Conforme discutido em nossos contatos iniciais, nosso contrato nos dá o direito de ficar com todo o valor já adiantado.
No entanto, conforme discutimos na mesma ocasião, esse fim de semana é muito requisitado. Considerando que um certo número de casais já expressou interesse pela data, nosso proprietário concordou em devolver metade do valor pago caso o cancelamento seja confirmado até o fim do mês.
Espero que isso responda às suas dúvidas.
Cordialmente,

Dawn

Eu não entrei em contato com Dawn. Portanto, só existe uma explicação.

Sam está mesmo disposto a me largar.

Estou em vias de perdê-lo, de verdade.

Não era assim que a minha vida deveria ser. Minha caixa de entrada não deveria ter esse tipo de mensagem.

Eu deveria estar recebendo bilhetinhos de amor. E fotos de gatos e e-mails sobre serviços de buffet e de impressão de convites de casamento.

Não mensagens da Carriage House me revelando que meu noivo está a alguns cliques de cancelar nosso casamento, que eu posso perdê-lo, perder um homem maravilhoso, porque estou confusa, porque meu coração está em conflito.

O que eu estou fazendo no Maine?

Será que pirei de vez?

De repente me sinto dominada por um desejo de assumir o volante e voltar para casa, para Sam naquele instante exato. Mas, se fizesse isso, se voltasse para ele agora, seria capaz de afirmar com sinceridade que nunca mais pensaria em Jesse?

Se eu voltar para Sam, precisa ser com a certeza de que nunca mais vou deixá-lo. É o mínimo que devo a ele. Quer dizer, devo muito a ele. Mas levá-lo a sério e não brincar com seus sentimentos é realmente o mínimo. E sei que isso pode não ser suficiente.

Por ser apaixonada por ambos, não tenho certeza em relação a nenhum dos dois. E, por essa incerteza, posso acabar sozinha.

O amor romântico é uma beleza nas circunstâncias certas. Mas essas circunstâncias são bem específicas e raras, não?

É raro sermos correspondidos pela pessoa que amamos — amar *apenas* a pessoa que ama *apenas* você. Caso contrário, alguém sempre acaba de coração partido.

Mas acho que é por isso que o amor verdadeiro é uma ideia tão atraente, para começo de conversa. É difícil de encontrar e manter, como todas as coisas que valem a pena. Como ouro, açafrão ou a aurora boreal.

"Os caras lá dentro estavam falando que vai nevar hoje à noite", Jesse anuncia quando entra no carro. Está com uma pizza na mão. "Comprei uma de pepperoni e abacaxi, a sua preferida." Ele põe a caixa no meu colo.

Me pego fingindo um sorriso de surpresa. Não como mais queijo. "Legal", digo.

E então voltamos para o chalé pelas mesmas ruas quase cobertas pela neve. Jesse dirige com confiança agora, como alguém que conhece bem o caminho que está percorrendo.

Mas as ruas são sinuosas, com curvas imprevisíveis. Preciso até me segurar na alça acima da minha cabeça não uma vez só, mas duas.

"Que tal ir mais devagar?", sugiro pela segunda vez.

Dou uma olhada no velocímetro. Ele está trafegando a oitenta por hora numa zona em que a velocidade máxima é sessenta.

"Está tudo certo", ele diz. "Pode deixar comigo." Em seguida, dá uma olhadinha rápida para mim e sorri. "Deixa rolar."

Consigo relaxar um pouco, apesar de ainda achar que estamos indo rápido demais. Na verdade, fico tão à vontade dentro do carro que levo um susto quando ouço a sirene de uma viatura nos mandando parar.

Jesse encosta o carro devagar, mas sem hesitação.

Meu coração dispara.

Ele está sem carteira de motorista.

Sem documento nenhum.

"Jesse...", digo com um tom de voz entre um sussurro de pânico e um grito murmurado.

"Vai dar tudo certo", ele diz, confiante. Jesse sempre foi assim. Sempre foi do tipo que diz que tudo vai dar certo.

Mas ele está errado. Nem sempre dá tudo certo. Coisas horrorosas acontecem no mundo o tempo todo. Coisas terríveis. Nós precisamos nos esforçar ativamente para evitar que uma tragédia nos aconteça.

Um homem de meia-idade com a farda da polícia se inclina sobre a janela de Jesse. "Boa noite, senhor", ele diz.

Dá para ver que é um cara sério, desde o corte de cabelo até o jeito como se comporta. Um homem baixo, com o rosto barbeado, de ângulos retos. Os cabelos estão começando a ficar grisalhos, inclusive as sobrancelhas.

"Boa noite, policial", Jesse responde. "Em que posso ajudar?"

"Você precisa ir mais devagar nessas curvas com um tempo como o de hoje, filho", o homem diz.

"Sim, senhor."

"Me passe os seus documentos e os do carro."

Meu pesadelo se materializa. Isso que estou vivendo só pode ser um pesadelo.

Jesse não hesita nem por um instante. Ele se inclina para o porta-luvas e pega alguns papéis, que entrega ao policial.

"Está começando uma nevasca. Você não pode dirigir desse jeito no meio de junho", o policial repete enquanto examina os documentos entregues por Jesse.

"Entendido."

"E a sua carteira de habilitação?" O policial dá uma encarada em Jesse. Eu desvio os olhos. Não consigo suportar isso.

"Não tenho", Jesse responde.

"Como é?"

"Não tenho habilitação, senhor", Jesse repete. Desta vez dá para perceber que ele está se esforçando para manter a compostura.

"Como assim, não tem habilitação?"

Eu meio que saio do transe de repente. Meus braços começam a se mover sozinhos. Pego o envelope que deixei no carro depois de chegarmos aqui.

"Policial, ele ficou perdido no mar e acabou de voltar."

O policial me encara, perplexo. Não por acreditar em mim, mas por não se conformar com o fato de eu inventar uma mentira tão absurda.

"Ela está..." Jesse tenta explicar o que estou fazendo, mas vai dizer o quê? Estou só contando a verdade.

"Posso provar para o senhor", digo enquanto remexo no envelope e pego a matéria de jornal de anos atrás sobre o desaparecimento de Jesse. A foto dele está ali, bem no meio do recorte. Entrego o papel para o policial.

Não sei ao certo por que o guarda se dá ao trabalho de averiguar, mas é isso que ele faz. Olha para a foto e depois para Jesse. Dá para perceber que ainda não está convencido, ainda não sabe se estou mentindo ou não.

"Senhor", Jesse começa, mas o policial o interrompe.

"Me deixe ler isto aqui."

E nós esperamos.

O policial examina o papel. Seus olhos vão da esquerda para a direita. Ele observa a foto e dá outra olhada em Jesse.

"Digamos que eu acredite nisso...", o policial disse.

"Ele voltou só faz dois dias", explico. "Ainda não conseguiu pegar a habilitação, os cartões do banco, nenhum tipo de documento, na verdade."

"Então não deveria estar dirigindo."

"Não", eu digo. Isso não dá para negar. "Não mesmo. Mas, depois de ficar desaparecido por quatro anos, ele só queria passear um pouco de carro como uma pessoa normal."

O policial fecha os olhos por um momento antes de abri-lo de novo, com uma expressão de quem tomou uma decisão.

"Filho, saia de trás do volante e deixe a moça dirigir."

226

"Sim, senhor", Jesse diz, mas nenhum de nós se move.

"Agora", o policial reforça.

Jesse abre a porta e se levanta, enquanto eu saio do carro para trocar de lugar com ele. Passo pelo policial, e pela cara dele dá para ver que não está exatamente se divertindo com a situação. Eu me acomodo ao volante, e ele fecha a porta para mim.

"Está um frio danado aqui, e não estou a fim de ficar aqui de pé no meio da rua tentando descobrir se vocês estão armando alguma para cima de mim ou não. Decidi deixar passar como uma demonstração de... boa vontade."

Ele se inclina um pouco mais na janela para encarar Jesse. "Se eu pegar você dirigindo sem habilitação na cidade de novo vou ter que te prender. Entendeu bem?"

"Muito bem", Jesse responde.

"Certo", o policial continua. "E eu preciso ver a sua carteira de habilitação, moça."

"Ah, sim, claro", digo, me inclinando para pegar minha bolsa. Está nos pés de Jesse. Ele pega minha carteira e procura minha habilitação.

"Eu não tenho a noite inteira", o policial insiste.

Pego a carteira da mão de Jesse e entrego a habilitação para o policial. Ele examina o documento e olha para mim, devolvendo logo em seguida.

"Vamos respeitar o limite de velocidade, srta. Blair", ele recomenda.

"Com certeza", garanto.

Ele volta para a viatura.

Fecho a janela do carro, que volta a ficar escuro e começa a se reaquecer. Devolvo minha habilitação para Jesse guardar.

Vejo o policial arrancar com a viatura e ir embora. Ligo a seta do carro.

E olho para Jesse.

Ele está olhando para a minha carteira de habilitação.

"Você trocou seu nome de volta?"

"Quê?"

Ele me mostra o documento, apontando para o meu nome. Meu rosto mais jovem sorri para mim.

"Você trocou seu nome", ele repete. Desta vez é mais uma afirmação do que um questionamento.

"Sim, troquei", respondo.

Ele fica em silêncio por um instante.

"Tudo bem com você?", pergunto.

Ele guarda o documento de volta na minha carteira e recobra a compostura. "Pois é", ele comenta. "Claro. Você pensou que eu tinha morrido, né? Que eu nunca mais fosse voltar."

"Isso."

Prefiro não mencionar o fato de que na verdade nunca gostei de ter mudado meu nome para Emma Lerner, que na verdade sempre me senti melhor sendo Emma Blair.

"Tudo bem", ele diz. "Entendo. É meio estranho, mas eu entendo."

"Certo. Legal", respondo.

Arranco com o carro e dirijo de volta para o chalé. O silêncio é absoluto.

Ambos sabemos por que não queremos dizer nada.

Estou brava com ele por ter feito o carro ser parado pela polícia.

Ele está bravo comigo por eu ter trocado meu nome.

Só quando chego à entrada do chalé e os pneus do carro começam a esmagar o cascalho a comunicação é retomada.

"Que tal ficarmos quites?", Jesse sugere com um sorrisinho no rosto.

Dou risada e estendo a mão para ele. "Eu adoraria", respondo. "Estamos quites." Dou um beijo com convicção na boca dele.

Jesse pega a pizza e nós saímos do carro e corremos para o chalé.

Fechamos a porta para deixar de fora o ar frio, o vento, a polícia e o restaurante metido a besta com vinho de que não gostamos.

Está quentinho aqui. E seguro.

"Você salvou minha pele", Jesse comenta.

"Pois é!", respondo. "Salvei mesmo! Você iria passar a noite na delegacia se não fosse por mim."

Ele me prensa contra a porta e me beija. Eu me deixo levar.

"Emma Blair, minha heroína", ele diz, com um tom de sarcasmo na voz.

Ainda estou um pouco irritada e agora percebo que ele está bravo comigo também.

Mas me abraça forte, e eu permito.

Ele passa a mão na minha barriga, por baixo da minha blusa. Dou uma mordida de leve em sua orelha.

"Sabe onde a gente podia fazer isso?", ele pergunta enquanto me beija.

"Não, onde?"

Ele sorri e aponta para a bancada da cozinha.

Eu sorrio de volta, mas balanço negativamente a cabeça.

"Lembra?", ele pergunta.

"Claro que lembro."

Ele me puxa naquela direção e se recosta na bancada, como fez naquele dia. "Eu não conseguia tirar seu vestido, então precisei levantar a saia e..."

"Para", eu digo, mas sem muita ênfase, como quem diz "Não seja bobo" ou "Qual é?".

"Parar com quê?"

"Não vou transar com você na cozinha."

"Por que não?", ele questiona.

"Porque é nojento."

"Não é nojento."

"É, sim. Foi onde a gente preparou nossa comida hoje à tarde."

"Então é só a gente não comer mais aqui."

É o suficiente para me convencer. Uma solução simples e nem um pouco bem pensada, e estou fazendo aquilo que trinta segundos atrás afirmei que não concordava.

Tudo acontece de uma forma bem barulhenta e acelerada, como se fosse cronometrado, como se fosse uma competição a ser vencida. Quando terminamos, Jesse se afasta de mim, e pulo para o chão. Vejo uma mancha de suor na bancada.

Qual é o problema comigo?

O que estou fazendo?

Encrencas com a polícia não são tão divertidas aos trinta e um anos quanto eram aos dezessete. É o tipo de coisa que só tem graça *uma* vez.

O mesmo vale para o sexo na cozinha e o excesso de velocidade nas ruas. Tipo, qual é? Minha vida agora inclui jogar conversa na polícia para não levar multa e comer bacon de micro-ondas? Essa não sou eu. Não sou esse tipo de pessoa.

"A gente esqueceu da pizza", Jesse diz, e vai pegar a caixa em cima da mesinha perto da porta. Ele a coloca sobre a mesa de jantar. Eu me visto, ansiosa para cobrir meu corpo de novo. Jesse abre a caixa.

Dou uma olhada na pizza de pepperoni com abacaxi. Se eu comer isso, meu estômago vai doer. Mas, se tirar o queijo, vai sobrar só uma massa mole com tomate.

"Quer saber?", digo. "Come você. Não estou muito a fim de comer pizza."

"Ah, não?"

"Na verdade, eu não como mais queijo. Não estava me fazendo muito bem."

"Ah."

Nesse momento me dou conta de que há mais coisas sobre mim que ele precisa saber, e que eu preciso ser mais clara e transparente.

"Eu troquei meu nome de volta para Emma Blair porque a minha livraria se chama Livraria Blair. Adoro aquele lugar. E construí uma vida ao redor dele. E sou uma Blair."

"O.k.", ele responde. Uma palavra que não quer dizer muita coisa, dita exatamente dessa maneira.

"E sei que era do tipo que queria passar a vida pulando de galho em galho, mas... estou feliz por ter me estabelecido em Massachusetts. Quero continuar administrando a livraria até me aposentar — e talvez até passar o bastão para os meus próprios filhos algum dia."

Jesse me olha, mas sem dizer nada. Nós dois nos encaramos. Estamos num impasse.

"Vamos para a cama", Jesse sugere. "Vamos esquecer a pizza, os sobrenomes e a livraria. Só quero ficar deitado ao seu lado, abraçar você."

"Tudo bem. Vamos", respondo.

Jesse deixa a pizza na mesa e sobe comigo para o quarto. Ele se deita e levanta as cobertas para mim. Deito-me de costas para ele, acomodando as coxas e a bunda na curvatura de suas pernas. Ele apoia o queixo no meu pescoço e encosta os lábios na minha orelha. O vento uiva forte lá fora. Pelo vidro da janela, vejo que está começando a nevar.

"Vai ficar tudo bem", Jesse diz antes de eu pegar no sono.

Só que já não sei mais se acredito nele.

Acordo bem depois de o sol nascer. A neve parou de cair. O vento está mais fraco. Por um instante após abrir os olhos, tudo ao meu redor parece pacífico e tranquilo.

"Não sei se dá para ver da janela, mas acho que estamos presos aqui pela neve", Jesse avisa. Ele está parado na porta do quarto de moletom e camiseta. E sorrindo. "Você está uma graça", acrescenta. "Acho que essas são as duas principais notícias da manhã. Estamos presos pela neve, e você está linda como sempre."

Sorrio. "Quão presos na neve?"

"O mesmo tanto que você está linda."

"Ai, meu Deus", digo, me sentando na cama e despertando aos poucos. "Vou passar anos presa aqui, então."

Jesse vem até a cama e se acomoda ao meu lado. "Existem destinos piores."

Me inclino em sua direção, e logo percebo que estamos os dois precisando de um banho.

"Acho melhor eu ir para o chuveiro", digo.

"Ótima ideia. Meus pais me disseram que instalaram uma sauna na suíte. O último a chegar faz o café da manhã." E lá vamos nós.

A água está morna, mas o ar está úmido e carregado. O vapor embaça as portas de vidro. Existem mais duchas do que consigo contar, duas mandando água do teto e diversos jatos vindos das paredes do box. Aqui dentro está quente e viscoso. Meus cabelos estão encharcados e colados à cabeça. Sinto Jesse atrás de mim, ensaboando a mão.

"Queria te perguntar...", Jesse diz. "Por que você foi embora de LA?"

"Como assim?", questiono.

"Tipo, eu pensei que você ainda fosse estar por lá. Por que voltar?"

"Gosto daqui", justifico.

"Mas gostava de lá também", argumenta. "Nós dois gostávamos. Era nossa casa."

Ele tem razão. Eu adorava nossa vida na Califórnia, onde nunca nevava e sempre fazia sol.

Agora minha época favorita do ano é o começo do horário de verão. É quando o tempo começa a esquentar, e a única coisa que cai do céu é uma chuva leve. Bate aquele cansaço de manhã por ter perdido uma hora de sono, mas às sete da noite o dia ainda está claro. E está mais quente que no dia anterior. Parece que o mundo está começando a se abrir, como se o pior já tivesse passado e as flores estivessem a caminho.

Isso nem existe em Los Angeles. Lá as flores estão sempre presentes.

"Eu precisava voltar para a minha família."

"Quando foi que você voltou?"

"Quê?"

"Quanto tempo depois... quanto tempo demorou para você voltar para Acton?"

"Acho que não muito tempo", digo, me virando de costas para ele e de frente para a água. "Uns dois meses, talvez."

"Dois meses?", Jesse repete, atônito.

"É."

"Uau", ele comenta. "É que... durante todos esses anos eu sempre imaginei você lá. Nunca... jamais imaginei você aqui."

"Ah", digo, sem saber como responder, nem o que dizer a seguir. "Está vendo um xampu por aí?", pergunto por fim. Mas não presto atenção à resposta. Minha mente já está voltada para a vida que Jesse jamais imaginou para mim.

Eu na Livraria Blair, com meus gatos e com Sam.

Fecho os olhos e respiro fundo.

É uma vida boa, que eu também nunca imaginei para mim.

É ótima.

E estou sentindo falta dela.

Sam sabe que eu não posso comer queijo. E que eu nunca vou mudar meu sobrenome de novo. E como a livraria é importante para mim. Ele gosta de ler. Gosta de falar sobre livros, e tem ideias interessantes a respeito. Nunca guiou sem habilitação. Não costuma ser parado pela polícia. Dirige com cuidado quando o tempo está ruim. Sam me conhece, sabe quem eu sou de verdade. E se apaixonou por mim exatamente como sou, e em especial como sou hoje.

"Emma?", Jesse chama minha atenção. "Você não queria o xampu?"

"Ah", digo, interrompendo meus pensamentos. "Sim, obrigada."

Jesse me entrega o frasco, e eu despejo o líquido sobre a mão. Eu espalho o xampu pelos cabelos.

E, de um momento para o outro, preciso me esforçar para não me desfazer em lágrimas e escorrer ralo abaixo.

Estou com saudade de Sam.

E com medo de tê-lo afastado para sempre.

Jesse percebe. Tento esconder. Abro um sorriso, que não encontra eco em parte nenhuma de mim além dos meus lábios. Ele apoia o queixo no meu ombro e pergunta: "Está tudo bem?".

Não existe nada como um "Está tudo bem" no timing certo para fazer a gente cair em prantos.

Não sei o que dizer. Simplesmente fecho os olhos e deixo as lágrimas caírem. Deixo Jesse me abraçar. Me ancoro nos seus braços. O ar está tão quente e opressivo que o próprio ato de respirar se torna mais difícil do que deveria. Sam desliga o vapor, diminui a temperatura das torneiras e faz uma água morna escorrer sobre nós.

"É por causa do Sam, né? É esse o nome dele?"

Eu rachei meu mundo no meio, mas, com a simples menção ao nome de Sam, Jesse acabou de juntar as duas partes de novo.

"É", respondo, balançando a cabeça. "Sam Kemper." Sinto vontade de me desvencilhar do abraço de Jesse. Gostaria que ele estivesse do outro lado do box. Quero usar a água e o sabão para limpar meu corpo e voltar para casa.

Mas não é isso que faço. Fico paralisada onde estou, esperando que, de alguma forma, minha imobilidade seja capaz de fazer o mundo parar de girar por um momento, para adiar o momento que eu sei que está por vir.

234

Vejo na cara de Jesse quando ele reconhece o nome.

"Sam Kemper?", ele questiona. "Lá do colégio?"

Faço que sim com a cabeça.

"O cara que trabalhava na livraria dos seus pais?"

Jesse não tem motivo nenhum para não gostar de Sam além do fato de eu ter me apaixonado por ele. Mas vejo seu rosto assumir uma expressão de desprezo. Eu jamais deveria ter mencionado o nome completo de Sam. Era melhor quando ele era só uma abstração. Foi idiotice da minha parte fornecer um rosto para essa figura distante. O equivalente a dar uma facada na costela de Jesse, que precisa se esforçar para se controlar. "Você se apaixonou por ele?", Jesse pergunta.

Respondo que sim com a cabeça, mas sinto vontade de dizer o que Marie me falou, que a questão aqui não é quem eu amo, e sim quem sou. O que quero é conseguir dizer que estou questionando a mim mesma sem parar, e que está ficando na cara que não sou mais a pessoa que Jesse ama.

Não sou essa Emma. Não mais. Por mais que seja fácil para mim fingir que ainda sou.

Mas, em vez de falar tudo isso, respondo: "O Sam é um homem bom".

E Jesse abandona a conversa.

Fecha a torneira dos chuveiros, me deixando imediatamente com frio. Ele me entrega uma toalha e, assim que me enrolo nela, percebo o quanto me sinto exposta.

Nos enxugamos sem dizer palavra.

E de repente sinto tanta fome que começo até a passar mal. Visto uma roupa e desço. Começo a preparar um café e ponho umas fatias de pão na torradeira. Jesse aparece logo em seguida, usando roupas limpas.

O clima mudou entre nós. É possível sentir isso no ar. Tudo aquilo que estamos fingindo não ser verdade está prestes a despencar sobre nós, entre gritos e lágrimas.

"Já comecei a preparar o café", aviso. Tento manter um tom de voz leve e tranquilo, sem muito sucesso. Sei que não estou conseguindo. Sei que o turbilhão que sinto por dentro está à flor da pele, e que estou tentando escondê-lo passando uma demão de tinta branca numa parede vermelha. Tudo está transparecendo. O que estou tentando esconder está claro como um dia.

"Estou começando a achar que você não quer estar aqui", Jesse comenta.

Dou uma olhada para ele. "Não é tão simples assim", respondo.

Ele balança a cabeça, não como quem concorda, mas como quem já ouviu isso antes. "Quer saber? Vou te contar. Para mim é tudo bem simples."

"Claro que não é", retruco, me sentando no sofá.

"Na verdade, é, sim," Jesse insiste, se acomodando do outro lado do sofá. Sua impaciência fica mais evidente a cada segundo. "Você e eu somos casados. Estamos juntos e nos amamos desde sempre. Nosso lugar é um ao lado do outro."

"Jesse..."

"Não!", ele interrompe. "Por que de repente eu sinto que preciso te convencer a ficar comigo? Isso não... você jamais deveria ter feito o que fez. Como pôde ter concordado em se casar com esse cara?"

"Você não..."

"Você é casada *comigo*, Emma. A gente ficou na frente de centenas de pessoas logo ali naquele farol e prometeu se amar pelo resto da vida. Eu te perdi uma vez, mas fiz de tudo para voltar para você. Agora que estou aqui, que estou de volta, vou correr o risco de te perder de novo? Esta hora deveria ser a parte mais feliz. O nosso reencontro. Era para ser tudo muito fácil."

"É mais complicado que isso."

"Mas não deveria ser! É isso que estou dizendo! Deveria ser tudo simples pra caralho!"

Fico atordoada com toda essa raiva dirigida a mim, e surpresa por ter demorado tanto para vir à tona.

"Bom, mas não é nada simples, entendeu? A vida não é como a gente acha que deveria ser. Aprendi isso quando você subiu naquele avião três anos atrás e desapareceu."

"Porque eu sobrevivi a um acidente no meio do oceano Pacífico! Vi todo mundo que estava naquele helicóptero morrer. Fiquei vivendo numa porra de um pedaço de rocha, sem ninguém, tentando arrumar um jeito de voltar para você. Enquanto isso, você fez o quê? Me esqueceu lá por agosto? Mudou de nome antes do Natal?"

236

"Jesse, você sabe que isso não é verdade."

"Ah, você quer falar sobre a verdade? A verdade é que você desistiu de mim."

"Você desapareceu!" Minha voz sobe de tom imediatamente, e sinto minhas emoções transbordarem de dentro de mim como a água das comportas de uma barragem que se abrem. "Todo mundo achou que você estivesse morto!"

"Sinceramente, eu achei que a gente se amava de um jeito que seria impossível um esquecer o outro."

"Eu nunca te esqueci! Nunca mesmo. Sempre continuei te amando. E ainda amo."

"Você ficou noiva de outro!"

"Quando achava que você estava morto! Se soubesse que estava vivo, teria ficado te esperando esse tempo todo."

"Bom, agora você sabe que estou vivo. E, em vez de voltar para mim, está toda indecisa. Está aqui *comigo*, chorando por *ele* no chuveiro."

"Eu te amo, Jesse, e continuei amando mesmo enquanto achava que você estava morto. Mas não podia passar o resto da vida amando um homem que não estava mais comigo. E pensei que você também não fosse querer isso para mim."

"Você não tem como saber o que eu ia querer", ele responde.

"Não mesmo!", retruco. "Não tenho como saber. Agora parece que eu mal conheço você. E que você não me conhece mais. Só que pelo jeito você quer continuar fingindo que sim."

"Eu te conheço, sim!", ele diz. "Não diga que não. Você é a única pessoa na minha vida que eu conheço de verdade. Que eu sei que me amava. Que eu consigo entender e aceitar do jeito que for. Sei tudo o que existe para saber a seu respeito."

Eu faço que não com a cabeça. "Não, Jesse, você sabe tudo da pessoa que eu era até o dia em que você partiu para aquela viagem. Mas não sabe quem eu sou agora. Nem demonstrou o menor interesse em ver quem sou hoje, nem de compartilhar comigo quem você se tornou."

"Do que você está falando?"

"Eu mudei, Jesse. Tinha vinte e tantos anos quando você sumiu. Agora tenho trinta e um anos. Não quero mais saber de Los Angeles e de escrever matérias sobre viagens. Estou mais interessada na minha família. Na minha livraria. Não sou a mesma pessoa que você deixou. A sua perda me transformou. Eu mudei."

"Sim, tudo bem. Você mudou porque eu não estava aqui, entendo isso. Ficou desorientada e triste, por isso voltou para Acton, para se sentir segura, e assumiu a loja dos seus pais porque era a opção mais fácil. Só que você não precisa mais fazer isso. Estou aqui de novo. A gente pode voltar para a Califórnia. E finalmente visitar Puglia. Aposto que você consegue se recolocar no mercado de revistas em questão de um ano. Você não precisa mais viver essa vida."

Sacudo a cabeça antes mesmo de ele terminar de falar. "Você não me entendeu", digo. "A princípio pode parecer uma fuga do mundo, e sim, no começo eu aceitei o emprego na livraria pela facilidade. Mas eu adoro a vida que tenho hoje, Jesse. Vivo em Massachusetts por escolha própria. Sou a nova dona da livraria por decisão minha. É isso que eu quero para mim."

Olho para Jesse enquanto ele me observa. Tento uma abordagem diferente, uma outra forma de explicar as coisas.

"Quando estou me sentindo para baixo, o que eu faço para me animar?"

"Come batatas fritas e toma uma coca zero", Jesse responde, ao mesmo tempo em que eu digo: "Vou praticar piano".

A diferença nas nossas respostas o assusta. Seus ombros desabam de leve, e ele se inclina para trás. Pela expressão que surge por um instante em seu rosto, percebo que é difícil para ele conciliar o que digo com a imagem que ele guarda de mim.

Por um momento, imagino que suas próximas palavras vão ser: "Você toca piano?".

E eu diria que sim, e explicaria como foi que comecei, e contaria que só sei algumas músicas e não toco muito bem, mas que isso me relaxa quando estou estressada. Diria que Homero em geral está dormindo debaixo do piano quando quero tocar, então preciso pegá-lo e colocá-lo no banquinho ao meu lado, mas que é gostoso me sentar ao lado do meu gato e tocar "Für Elise". Principalmente por achar que ele gosta.

Seria incrível se Jesse fizesse força para se apaixonar por quem sou hoje. Se ele se abrisse e me permitisse amar a pessoa que ele é de verdade agora.

Mas não é isso que acontece.

Jesse simplesmente responde: "Então agora você toca piano. O que é que isso prova?".

E, quando ele diz isso, percebo que a distância que nos separa é ainda maior do que eu pensava.

"Isso prova que somos pessoas diferentes agora. A gente se afastou, Jesse. Eu não sei nada sobre a sua vida nos últimos três anos e meio, e você não quer falar a respeito. Mas você está diferente. Não dá para passar pelo que você passou sem que alguma coisa mude."

"Não preciso falar sobre o que aconteceu comigo para mostrar que ainda te amo, e que ainda sou a pessoa que você sempre amou."

"Não é isso que estou dizendo. E sim que você está tentando fingir que dá para retomar tudo do ponto onde parou. Eu também queria. Mas é impossível. Não é assim que a vida funciona. As coisas que eu passei na vida afetam a pessoa que sou hoje. E isso vale para você também. O que quer que tenha acontecido naquele lugar. Não dá para manter tudo isso escondido dentro de você."

"Eu já falei que não quero falar a respeito."

"Por que não?", questiono. "Como a gente vai poder ser sincero um com o outro no futuro se você não me conta nem o básico sobre o seu passado? Você está me dizendo que tudo pode ser como antes, mas antes a gente não tinha essa coisa de *não falar a respeito* de uma situação. Não existia nenhuma história que a gente não compartilhava. E agora, sim. Eu tenho o Sam, e você... qual é, Jesse, o seu corpo está coberto de cicatrizes. E o seu dedo..."

Jesse dá um murro nas almofadas entre nós. Seria um gesto violento caso não fosse desferido sobre um objeto macio, e não sei ao certo se foi de propósito ou por acaso. "O que você quer saber, Emma? Que merda. O que você quer saber? Que os médicos encontraram dois tipos de câncer de pele em mim? Que quando me encontraram dava para ver o osso dos meus pulsos e as minhas costelas por baixo da pele? Que passei por quatro tratamentos de canal e que agora metade da minha boca parece de mentira? É isso que você quer saber? Que eu fui queimado por uma caravela enquanto nadava para me salvar? E que não sabia como desgrudar o bicho de mim? E que aquela porra só continuou me queimando? Que a dor foi tão forte que eu pensei que fosse morrer? Que os médicos disseram que essas cicatrizes vão continuar aí por anos, talvez pelo resto da minha vida? Ou vai ver você quer que eu admita a merda que foi viver naquele rochedo. Ou que eu diga quantos anos passei olhando para o mar, só esperando. Dizendo para mim mesmo que só precisava sobreviver até o dia seguinte, porque você viria me buscar. Ou os meus pais ou os meus irmãos. Mas ninguém apareceu. Nenhum de vocês me encontrou. Ninguém."

"A gente não sabia. Ninguém sabia como te encontrar."

"Eu sei", ele responde. "E não estou ressentido com ninguém por isso. O que me irrita é que você me esqueceu! Você seguiu em frente e me substituiu! Agora estou de volta e continuo sem você."

"Eu não te substituí."

"Você tirou meu nome do seu e aceitou se casar com outro cara. O que mais isso pode ser além de uma substituição? Que outra palavra você usaria?"

"Eu não te substituí", repito, desta vez com a voz mais fraca. "Eu te amo."

"Se isso é verdade, então é bem simples. Fica comigo. Me ajuda a reconstruir a nossa vida."

Consigo sentir os olhos de Jesse sobre mim mesmo depois de virar a cabeça. Me volto para a janela, para a cobertura de neve sobre o jardim. Tão branca e limpa. E parece macia como uma nuvem.

Quando criança, eu adorava a neve. Mas, quando mudei para a Califórnia, dizia para todo mundo que jamais abandonaria o sol, que nunca mais queria ver neve. Mas agora não sou capaz de imaginar um Natal de plantas verdinhas e sei que, se fosse embora, sentiria falta da sensação da chegada do frio.

Eu mudei com o tempo. É isso que acontece com as pessoas.

Ninguém fica estagnado. Todos nos transformamos em relação às alegrias e tristezas da vida.

Jesse não é o mesmo homem de antes.

E eu sou uma mulher diferente.

E o que vinha me deixando tão confusa quando descobri que ele estava vivo agora me parece claro e cristalino: somos duas pessoas que amam demais as antigas versões de nós mesmos. Mas isso não é a mesma coisa que estar apaixonado.

Não dá para prender o amor em uma garrafa. Não dá para agarrar o sentimento com unhas e dentes e mantê-lo conosco por pura força de vontade.

O que aconteceu conosco não foi culpa de nenhum dos dois — nós não fizemos nada de errado. Só que, quando Jesse desapareceu, a vida nos levou para direções diferente e nos transformou em outras pessoas. Nos afastamos porque estávamos *separados*.

E talvez isso signifique que quando enfim voltamos a nos encontrar... Não vai fazer sentido.

Esse pensamento comprime meu peito.

Estou completamente imóvel, mas me sinto como se estivesse sendo arrastada por uma onda, sem saber nem como consigo manter a cabeça fora d'água.

Acho que o meu medo não era que amar os dois fizesse de mim uma pessoa ruim.

Meu medo era que amar Sam significasse que eu não presto.

Eu estava com medo de escolher Sam. Que meu coração se voltasse para Sam. Que minha alma necessitasse de Sam.

Ninguém espera que você abandone o homem que fez uma jornada infernal para voltar para casa.

Todos esperam que você seja como Penélope. Que continue fiando uma mortalha todos os dias e passando a noite toda acordada desfazendo seu trabalho para manter os novos pretendentes à distância.

Ninguém espera que você tenha sua própria vida para tocar, suas necessidades pessoais para cuidar. Ninguém espera que você se apaixone de novo.

Mas foi isso o que fiz.

Foi exatamente isso o que fiz.

Jesse se aproxima de mim e pousa de leve a mão nos meus braços. "Se você me ama, Emma, então fica comigo."

É uma ideia assustadora, não? Que qualquer pessoa neste mundo pode perder seu grande amor e viver para amar de novo? Isso significa que a pessoa amada também seria capaz de se apaixonar de novo se perdesse você.

"Não sei se consigo ficar com você", digo. "Não acho que... não acho que nós combinamos um com o outro. Não mais."

Os braços de Jesse despencam. Sua postura desmorona. Seus olhos se fecham.

É nesses momentos da vida que não conseguimos acreditar que a verdade seja mesmo verdadeira, que nosso mundo pode ser destroçado dessa forma.

No fim, eu não termino com Jesse.

Depois de tudo isso, de tudo o que passamos, não vamos envelhecer juntos.

"Me desculpa", digo.

"Preciso ir."

"Aonde você vai? Estamos presos pela neve."

Ele pega a jaqueta e calça os sapatos. "Vou ficar lá no carro. Sei lá. Só preciso ficar sozinho um pouco."

Ele abre a porta da frente e bate com força atrás de si. Vou até lá e o vejo se afastando na direção do carro, caminhando com dificuldade em meio à camada grossa de neve. Jesse sabe que estou atrás dele, mas para antes que eu diga alguma coisa e estende a mão num sinal universal de quem pede para o outro parar. Então eu paro.

Fecho a porta. Me apoio na superfície de madeira. Arrasto as costas até o chão e choro.

Jesse e eu fomos arrancados um do outro. E agora nos distanciamos de vez.

Os mesmos corações, despedaçados duas vezes.

Mais de uma hora se passou, e Jesse ainda não está de volta. Eu me levanto e vou olhar pela janela para ver se ele ainda está no carro.

Ele continua no assento da frente, com a cabeça baixa. Olho ao redor da frente da casa. O calor do sol começou a derreter um pouco da neve. Os caminhos à distância parecem se não liberados pelo menos possíveis de percorrer. Poderíamos ir embora agora se quiséssemos. Só precisaríamos abrir uma trilha com uma pá antes. Mas meu palpite é que Jesse não está nem um pouco interessado em ficar trancado dentro de um carro comigo.

Meus olhos voltam ao carro e vejo Jesse se movendo no assento do motorista. Está olhando meu envelope. Observando as fotos e lendo os bilhetes, e talvez até a matéria do *Beacon* sobre seu desaparecimento.

Eu não deveria fazer isso. Deveria conceder a privacidade que ele foi buscar do lado de fora do chalé. Mas não consigo desviar os olhos.

Vejo um envelope branco em suas mãos.

E sei exatamente do que se trata.

A carta de despedida que escrevi.

Ele mexe no envelope, virando de um lado para o outro, tentando decidir se vai abrir. Meu coração dispara dentro do peito.

Levo a mão à maçaneta da porta, pronta para sair correndo para impedi-lo, mas... não faço isso. Fico só olhando pela janela.

Vejo quando ele enfia a mão na aba do envelope e abre.

Viro de costas para a janela, como se ele tivesse me visto. Sei que não. Mas estou assustada.

Ele vai ler aquela carta e as coisas só vão piorar. Vai ser a prova de que Jesse precisa para se convencer de que o esqueci, que desisti de nós, que abri mão dele.

Me volto para a janela e o vejo ler. Ele olha para a página por um tempão. Em seguida põe o papel de lado e olha pelo vidro lateral do carro. Depois pega a carta de novo e começa a reler.

Depois de um tempo, abre a porta do carro. Corro da janela para o sofá, fingindo que passei o tempo todo sentada aqui.

Nunca deveria ter escrito essa maldita carta.

A porta da frente se abre e lá está ele. Com a carta na mão. Totalmente imóvel, em um silêncio desconcertante.

Escrevi aquela carta para me desapegar dele. Não há como esconder isso. Se essa for a prova que ele estava procurando para mostrar que fui uma péssima esposa, uma pessoa lamentável, uma alma infiel, então... acho que ele tem o que queria.

Mas a reação de Jesse me surpreende.

"Que história é essa de ter pirado no telhado?", ele pergunta calmamente.

"Oi?", pergunto.

Ele me entrega a carta como se eu nunca tivesse lido. Me levanto e pego da mão dele. Desdobro o papel, apesar de já saber o que está escrito.

A caligrafia parece apressada. Dá para ver, perto do fim, as manchas de tinta onde o papel foi molhado. Lágrimas, obviamente. Não consigo resistir à tentação de reler, de ver o texto com novos olhos.

Querido Jesse,

Você se foi há mais de dois anos, mas não se passa um dia sem que eu pense em você.

Às vezes me lembro do seu cheiro depois de ir nadar no mar. Ou me pergunto se teria gostado de um filme que assisti. Em outras ocasiões, penso no seu sorriso, nos seus olhos se enrugando, e me apaixono um pouco mais por você.

Penso em como você me tocava. E em como eu tocava você. Penso muito nisso.

Essas lembranças me machucavam muito no começo. Quanto mais pen-

sava no seu sorriso, no seu cheiro, mais isso me doía. Mas eu gostei de me castigar. Gostei de sentir essa dor, porque ela representava você.

Não sei se existe uma forma certa ou errada de experimentar o luto. Só sei que perder você me fez sentir um vazio que sinceramente nunca imaginei que fosse possível. Senti uma dor que nem sabia que era humana.

Às vezes, isso me fez perder a cabeça. (Digamos que eu dei uma pirada no telhado de casa.)

Algumas vezes, isso quase acabou comigo.

E agora fico feliz em dizer que estou num momento em que a sua lembrança me traz tanta alegria que me faz sorrir.

Também fico feliz em dizer que sou mais estranha do que imaginava.

Encontrei um sentido na vida fazendo uma coisa que jamais poderia esperar.

E agora estou me surpreendendo de novo ao perceber que estou pronta para seguir em frente.

Cheguei a pensar que o luto fosse durar para sempre, que fosse possível apenas apreciar os dias bons e usá-los para suportar os ruins. Depois comecei a achar que talvez os dias bons não precisam ser só dias; talvez possam ser semanas boas, meses bons, anos bons.

Agora fico me perguntando se o luto não é uma espécie de concha.

A gente se esconde dentro dele por um tempo e depois percebe que não cabe mais lá.

Então a gente o deixa de lado.

Isso não significa que eu queira esquecer suas lembranças ou o amor que sinto por você. Mas quer dizer que quero deixar a tristeza para trás.

Nunca vou me esquecer de você, Jesse. Não quero, e acho que nem consigo.

Mas acho que sou capaz de me desvencilhar da dor. Acho que consigo abandoná-la e seguir em frente, voltando para visitá-la de vez em quando, mas sem carregá-la comigo o tempo todo.

Não só acho que consigo fazer isso, mas sinto que preciso.

Você vai estar para sempre no meu coração, mas não vou carregar sua perda nas minhas costas eternamente. Se fizer isso, nunca mais vou ter alegria na vida. Vou desabar sob o peso da sua lembrança.

Preciso olhar para a frente, para um futuro em que você não está, e não para trás, no passado que tivemos em comum.

Preciso me afastar de você e pedir para você me deixar seguir adiante.

Acredito de verdade que, se me esforçar bastante, posso ter a vida que você sempre quis para mim. Uma vida feliz. Em que sou amada e também amo.

Preciso da sua permissão para poder amar outra pessoa.

Lamento muito por não termos o futuro de que tanto falávamos. Nossa vida juntos teria sido maravilhosa.

Mas estou encarando o mundo de coração aberto agora. E vou para onde a vida me levar.

Espero que você saiba o quanto foi lindo e libertador amá-lo enquanto ainda estava por aqui.

Você foi o amor da minha vida.

Talvez seja egoísmo meu querer mais; talvez seja ganância desejar um outro amor como o nosso.

Mas não consigo evitar.

Eu quero.

Por isso topei sair com Sam Kemper. Gostaria de pensar que você ficaria contente por mim, que o aprovaria. Mas também quero que saiba, caso ainda seja preciso dizer, que você é insubstituível. Eu só quero mais amor na minha vida, Jesse.

E estou pedindo sua permissão para ir atrás disso.

Com amor,
Emma

Sei que estou acrescentando novas manchas, novas lágrimas, à página. Mas não consigo segurá-las. Quando enfim olho para Jesse, os olhos dele estão marejados. Ele me abraça e me aperta com força. A dor entre nós é aguda a ponto de cortar, pesada o suficiente para nos fazer afundar.

"O que você fez no telhado?", ele volta a perguntar, desta vez com mais gentileza.

Recupero o fôlego para contar.

"Estava todo mundo dizendo que você tinha morrido", começo. "E eu tinha certeza de que todos estavam errados e que você estava tentando voltar para mim. Eu simplesmente sabia. Então, um dia, quando não aguentava mais a angústia, subi no telhado, vi um pedacinho do mar e... tive a certeza de que você apareceria nadando na praia. Peguei seus binóculos e... fiquei lá, vigiando aquele espacinho de praia, esperando você aparecer."

Jesse me olha com toda a atenção, ouvindo cada palavra.

"A Marie me encontrou lá e me disse que você não ia voltar nadando para mim. Que não ia aparecer milagrosamente na praia daquele jeito. Que você estava morto. Ela disse que eu precisava encarar o fato e começar a lidar com a realidade. Foi isso o que fiz. Mas foi a coisa mais difícil que precisei fazer. Não sabia nem se conseguiria sobreviver ao dia seguinte. Às vezes só pensava em conseguir chegar à próxima hora. Nunca tinha me sentido tão confusa, sem saber nem quem eu era."

Jesse me puxa e me abraça mais forte. "Sabia que estávamos nós dois olhando para o mesmo oceano, procurando um ao outro?", ele comenta.

Fecho os olhos e o imagino à minha espera. E me lembro de como era esperar por ele.

"Tive uma ideia no carro, de ver o envelope e as coisas lá dentro, as lembranças, as fotos, e que isso me mostraria como éramos felizes juntos. Pensei que assim conseguiria fazer você perceber que estava errada. Que somos aquelas mesmas pessoas que se amavam. Que somos destinados a ficar juntos para sempre. Mas sabe o que percebi?"

"O quê?", pergunto.

"Que odeio seu cabelo."

Eu me afasto dele, que cai na risada. "Sei que não é uma coisa muito legal de dizer, mas é verdade. Fiquei olhando aquelas fotos suas na época, com seu cabelo comprido e lindo que sempre adorei e que na verdade não era loiro nem castanho. Enfim, eu amava seu cabelo. E agora que voltei vi que está cortado e loiro e, sabe como é, eu até poderia gostar, mas me peguei no carro pensando: 'Ela vai deixar o cabelo crescer de novo'. E em seguida pensei: 'Não, espere, ela gosta do cabelo assim'."

"Gosto mesmo!", confirmo, incomodada.

"É exatamente disso que estou falando. Essa é você hoje. Loira, de cabelo curto. A minha Emma tinha cabelo comprido e mais castanho. Preciso te enxergar da maneira como é hoje. No momento. Agora."

"E você não gosta do meu cabelo", digo.

Jesse olha para mim. "É bonito, isso não dá para negar", ele concede. "Mas no momento eu só consigo enxergar como ele era antes."

Me encosto nele de novo, apoiando a cabeça em seu peito. "A Emma que eu conhecia queria morar na Califórnia e manter a maior distância possível da livraria dos pais. E não ia sossegar em algum lugar enquanto não conhecesse o máximo possível do mundo. Adorava frascos de xampu de miniatura de hotéis e o cheiro de aeroporto. Não sabia tocar uma única nota no piano. E era apaixonada por mim e mais ninguém", ele diz. "Mas acho que essa não é você hoje."

Balanço a cabeça sem olhar para ele.

"E preciso parar de fingir que é. Principalmente porque... eu também não sou mais o mesmo. Sei que parece que não admito isso, mas eu sei. Sei que mudei. Sei que estou..." Fico surpresa ao notar que Jesse começou a chorar. Eu o abraço mais forte, escutando tudo, desejando ser capaz de amenizar essa dor, poupá-lo de ainda mais dificuldades do que ele já passou. Quero muito protegê-lo do mundo, garantir que nada mais vai feri-lo. Mas não sou capaz de fazer isso, claro. Não é possível fazer algo dessa forma por outra pessoa.

"Estou confuso, Emma", ele continua. "Não acho que esteja bem. Fico agindo como se estivesse me sentindo bem aqui, mas... não estou. Sinto que não pertenço a lugar nenhum. Aqui, ou lá. Estou... me esforçando para me manter de pé quase todos os minutos do dia. Num momento fico impressionado com a quantidade de comida ao meu redor, mas no instante seguinte não consigo comer nada. No dia em que cheguei, acordei às três da manhã, desci para a cozinha e comi tanto que até passei mal. Os médicos me disseram que eu precisava tomar cuidado para não exagerar, mas ou eu sentia fome de tudo ou então de nada. Não existe meio--termo. E isso não vale só para a comida. Enquanto estávamos no banho, eu pensei: 'É melhor procurar um balde e pegar uma parte dessa água. Fazer um estoque'."

Jesse enfim está pronto para dizer como se sente, e tudo está jorrando de dentro dele como uma garrafa cheia virada sobre a pia.

"Não suporto olhar para a minha mão. Não aceito a ideia de que meu dedo não está mais aqui. Sei que parece bobagem, mas achei que, se conseguisse chegar em casa, as coisas voltariam ao normal. Eu teria você de novo e voltaria a me sentir normal, e assim meu dedinho iria, sei lá, reaparecer num passe de mágica ou por algum tipo de milagre."

Ele me olha e respira fundo, tudo com grande esforço.

"Quer se sentar?", pergunto, puxando-o para o sofá. Eu o faço se sentar e me acomodo ao seu lado, com a mão em suas costas. "Tudo bem", digo. "Você pode falar. Pode me contar o que quiser."

"É que... eu detesto até pensar nisso", ele revela. "Foi uma coisa... horrível. Tudo aquilo. Perder o dedo foi uma das experiências mais dolorosas na minha vida. Precisei me esforçar demais para bloquear a lembrança."

Fico em silêncio, na esperança de que, se ele continuar falando, vai ser sincero comigo e consigo mesmo, que vai compartilhar o que viveu, aquilo que o atormenta.

"Eu machuquei feio, chegando até o osso", ele revela por fim. "Tentando abrir uma ostra com uma pedra. Pensei que a ferida fosse cicatrizar, mas não rolou. Foi infeccionando cada vez mais até que precisei..."

Vejo que ele não vai conseguir terminar a frase.

Mas ele não precisa.

Já sei o que tem a contar.

Em algum momento dos anos em que ficou perdido, Jesse foi forçado a salvar sua mão da única maneira que podia.

"Lamento muito", digo a ele.

Não consigo nem imaginar o que mais aconteceu, quantos dias ele ficou sem comida, até que ponto se aproximou da desidratação severa, a dor terrível de ser queimado várias vezes por uma caravela enquanto nadava para tentar se salvar. Mas estou começando a achar que, quando estiver pronto, vai conseguir lidar com essa dor, revelando e admitindo mais coisas à medida que se sentir mais forte. Vai ser um longo processo. Pode demorar anos até pôr tudo para fora. E, mesmo assim, trata-se de algo que nunca será superado por completo.

Assim como eu nunca vou conseguir apagar a dor do luto dele.

Me afasto de Jesse por um momento e vou para a cozinha. Olho nos armários e encontro uma caixa antiga de Earl Grey.

"Que tal um chá?", ofereço.

Ele me olha e balança a cabeça. É um sinal tão discreto que chega a ser quase imperceptível.

"Continue falando", peço. "Estou ouvindo."

Ele recupera a voz de novo, e percebo que, conscientemente ou não, Jesse esperava por essa permissão.

"Acho que estou tentando *desfazer* esses últimos anos todos, sejam quantos forem", ele explica. "Estou tentando colocar tudo no lugar em que estava antes de partir, para fazer parecer que nunca aconteceu. Mas não tem jeito. Está na cara que não. Sei disso."

Interrompo o funcionamento do micro-ondas antes do apito, pego as canecas e ponho os sachês lá dentro. O cheiro de chá me lembra Marie. Volto a me sentar ao lado de Jesse, colocando a caneca fumegante diante dele, que a segura nas mãos, mas ainda sem começar a beber.

"Não sou a mesma pessoa de antes", ele disse. "Você sabe, eu sei, mas fiquei achando que, com um pouquinho de esforço, daria para mudar isso. Mas não dá. Né?"

Ele abaixa a caneca e começa a gesticular com as mãos. "Não quero passar o resto da vida em Acton", Jesse avisa. "Já passei tempo demais preso onde não gostaria. Quero voltar para a Califórnia. Respeito o que a Livraria Blair significa para você, mas não entendo. A gente se esforçou tanto para se afastar da Nova Inglaterra, da vida que os nossos pais queriam nos impor. Fizemos vários sacrifícios para poder viajar, para não ficar num lugar só. Não entendo por que você voltou para cá, por que decidiu passar a vida aqui, fazendo exatamente o que os seus pais sempre disseram. No fundo do meu coração, estou muito, muito irritado. E não queria me sentir assim, nem odiar a mim mesmo por isso. Mas o fato de você ter se apaixonado por outro me enfureceu. Sei que isso não significa que tenha me esquecido, pelo menos por agora, mas é o que me parece. E não estou dizendo que não consigo superar isso se todo o resto entre nós se acertar, mas... sei lá. Estou irritado com você, e com o Friendly's por ter virado um Johnny sei lá o quê, como você disse. Estou irritado com quase tudo que mudou sem a minha presença. Sei que preciso trabalhar a minha raiva. Sei que isso é só uma parte dos problemas que estou enfrentando. Sei que falei que essa deveria ser a parte fácil, mas não sei por que fui pensar uma coisa dessas. Voltar para casa é difícil. Jamais seria uma coisa fácil. Me desculpa por só ter me dado conta disso agora. É claro que mudei. E você também. Não havia como passarmos por isso sem a gente se perder; nós éramos importantes demais um para o outro para isso acontecer. Então acho que o que estou dizendo é que estou infeliz e furioso, mas acho que entendo. O que você escreveu nessa carta faz sentido para mim. Você precisava me deixar de lado se quisesse ter a chance de levar uma vida normal. Sei que você continuava me amando. E que não foi fácil. E, claro, sei o quanto isso está sendo difícil para você. E estaria mentindo se dissesse que não estou vendo o que você vê."

Ele me abraça e me puxa para perto, para em seguida me dizer o que levamos dias para entender.

"Nós nos amamos e perdemos um ao outro. E agora, apesar de o amor ainda existir, as peças não se encaixam mais como antes."

Eu poderia me esforçar para me adaptar a ele.

Ele poderia se esforçar para se adaptar a mim.

Mas o amor verdadeiro não é isso.

"É o fim da linha para nós dois", Jesse diz. "Acabou."

Eu o encaro. "É. Acho que acabou mesmo."

Depois de tudo o que passamos, eu jamais conseguiria conceber um fim como este.

Jesse e eu permanecemos imóveis, abraçados. Ainda não estamos prontos para nos largar. Suas mãos ainda estão bem geladas. Eu as seguro entre as minhas, compartilhando o calor do meu corpo.

Acho que, talvez, seja *isto* o que o amor significa.

"Não sei o que fazer daqui para a frente", digo.

Jesse apoia o queixo na minha cabeça, respirando fundo. Em seguida se afasta um pouco para me olhar. "Você só precisa voltar amanhã à noite, né?"

"É", respondo.

"Então a gente pode ficar", ele sugere. "Mais um dia. Podemos ter nosso tempo juntos."

"Como assim?"

"Estou dizendo que sei como vai ser daqui para a frente, mas... ainda não estou pronto. Simplesmente não estou. E não vejo por que não passar mais um tempinho com você, nós dois sendo felizes juntos. Esperei tanto para estar ao seu lado; não vale a pena abrir mão de tudo só porque não vai durar."

Abro um sorriso, encantada. Penso no que ele está dizendo e percebo que faz todo o sentido para mim, como receber um copo d'água quando se está com sede. "Parece uma boa ideia", respondo. "Vamos só passar um tempo gostoso juntos, sem pensar no futuro."

"Obrigado."

"Certo, então até amanhã nós vamos deixar o mundo real da porta para fora, já sabendo o que vem pela frente. Mas... por ora, podemos deixar as coisas serem como já foram um dia."

"E amanhã vamos para casa", Jesse complementa.

"É", concordo. "E vamos começar a aprender a viver sem o outro de novo."

"Você vai se casar com Sam", Jesse diz.

Assinto com a cabeça. "E você provavelmente vai mudar para a Califórnia."

"Mas por enquanto... por mais um dia..."

"Vamos ser Emma e Jesse."

"Como a gente foi."

Dou risada. "É, como a gente foi."

252

Jesse acende a lareira e se junta a mim no sofá. Ele me abraça e me acomoda em seu ombro. Apoio a cabeça nele.

É bom poder estar em seus braços, estar contente em viver o momento, sem me preocupar com o que o futuro me reserva. Gosto da sensação de tê-lo ao meu lado, da alegria de sentir sua proximidade. Sei que não vou ter isso para sempre.

Começa a nevar de novo, formando pequenos acúmulos no chão já coberto de branco. Saio dos braços de Jesse e vou até a porta de vidro para enxergar mais de perto.

Tudo é silencioso e suave. A neve está branca e limpa, ainda não esmagada sob o peso das botas.

"Tive uma ideia", digo, virando para Jesse.

"Oba", ele comenta.

"Anjinhos de neve."

"Anjinhos de neve?"

"Anjinhos de neve."

Assim que saímos, percebo um problema na minha ideia. Vamos macular uma neve imaculada andando sobre ela. Vamos interferir em algo intocado só de sair daqui.

"Tem certeza de que quer fazer isso?", Jesse me pergunta. "Imagina como seria bom ver um filme lá dentro, perto da lareira."

"Não, qual é? Isso é melhor."

"Não sei, não", Jesse comenta e, pelo tom da sua voz, consigo entender por que as pessoas às vezes se referem ao clima do Maine como um "frio horroroso". Mas o frio não tem nada de horroroso. As pessoas é que têm horror ao frio.

Vou correndo na frente, na esperança de que ele venha atrás. Tento me lembrar de como era estar com ele durante a adolescência. Me jogo de cara na neve. Quando me viro, vejo Jesse correndo para me alcançar.

"Anda logo, seu lerdo", provoco enquanto estendo os braços e as pernas e começo a sacudi-los de um lado para o outro até sentir que alcancei o gelo cristalizado em cima da grama sob o meu corpo.

Jesse chega e se deita ao meu lado. Ele estende os membros e começa a empurrar a neve também. Fico de pé para observá-lo.

"Bom trabalho", comento. "Pegou a forma direitinho."

Jesse se levanta e examina sua criação. Depois olha para a minha.

"Pode falar", digo a ele. "O seu ficou melhor."

"Não precisa se sentir mal", ele responde. "Algumas pessoas têm um talento natural para a arte na neve. Eu sou uma delas."

Reviro os olhos e piso de leve no centro do anjo dele, onde as pegadas não vão aparecer. Em seguida me abaixo e desenho um halo sobre a cabeça.

"Pronto", digo. "Agora, *sim*, é arte."

Mas cometi um erro de amadora. Virei de costas para ele. E, quando fico de pé, Jesse me acerta uma bola de neve.

Balanço a cabeça e, bem devagar e com todo o capricho, fabrico uma bola de neve para mim.

"Você não vai fazer isso", ele diz, com uma pontada de medo na voz.

"Foi você que começou."

"Mesmo assim. O que você está pretendendo fazer é um erro duplo", ele diz.

"Ah, é? O que você vai fazer a respeito?", pergunto, me aproximando lentamente, saboreando o poder trivial que detenho no momento.

"Eu vou...", ele começa a dizer, mas de repente se inclina para a frente e dá um tapa na minha mão, derrubando a bola de neve, que acerta minha perna na queda.

"Você me acertou com a minha própria bola de neve!", protesto.

Faço mais uma e jogo nele, acertando seu pescoço. A guerra está declarada.

Jesse me acerta com uma bola de neve no braço e outra no alto da cabeça. Eu mando uma bem no seu peito. Saio correndo ao ver a bola gigantesca que ele está formando com as mãos.

No meio da corrida, tropeço na neve e vou ao chão. Me encolho toda, esperando pela bolada. Mas, quando abro os olhos, vejo Jesse parado ao meu lado.

"Uma trégua?", ele sugere.

Assinto com a cabeça, e ele joga longe a última bola de neve.

"Que tal aquela lareira e os cobertores agora", ele me diz.

Desta vez não hesito ao responder. "Topo."

Quando descongelamos, Jesse vai até a pilha de livros e filmes que estão guardados há anos no chalé. Tem alguns livros de bolso de supermercado tão gastos que dá para ver as rachaduras brancas nas lombadas, além de DVDs do início dos anos 2000 e até algumas fitas VHS.

Escolhemos um filme antigo e ligamos a TV. Mas nada funciona.

"É impressão minha ou a TV está pifada?", Jesse pergunta.

Vou ver atrás do aparelho para ver se está ligado na tomada. Está. Mas, quando aperto alguns botões, nada acontece.

"Está quebrada", ele diz. "Deve estar assim há anos, e ninguém sabe porque nem tentou ligar."

"Um livro, então", digo, indo até a pilha de edições baratas. "Descobri que é uma forma maravilhosa de passar o tempo." Dou uma olhada nas lombadas dos livros na prateleira e localizo um romance policial curtinho de que nunca ouvi falar no meio de um monte de títulos de John Grisham e James Patterson. Tiro o volume da prateleira. "Por que não lemos este?"

"Juntos?"

"Eu leio para você, você lê para mim", sugiro. Jesse não parece muito convencido da ideia.

O sol começa a se pôr e, apesar de não corrermos nenhum risco de passar frio aqui dentro, Jesse põe mais lenha na lareira. Ele encontra uma garrafa de vinho na parte inferior do bar e pega dois copos de geleia vazios no armário.

Bebemos o vinho sentados ao lado da lareira.

Conversamos sobre as vezes em que fomos ridiculamente felizes e rimos das ocasiões em que ficamos irritadíssimos um com o outro. Conversamos sobre nossa história de amor como duas pessoas que discutem um filme que acabaram de ver — ou seja, falamos conscientes de como

255

tudo termina. Nossas lembranças se tornam ligeiramente diferentes agora, com um toque melancólico.

"Você sempre foi a voz da razão", Jesse comenta. "Sempre foi quem impediu a gente de enfiar os pés pelas mãos."

"Sim, mas você sempre me deu coragem para fazer o que queria", respondo. "Não sei se conseguiria fazer metade do que fiz sem você para acreditar em mim e me incentivar."

Conversamos sobre o nosso casamento — a cerimônia perto do farol, nossa escapadinha para cá, a festa na pousada a poucos metros daqui. Digo a Jesse que as minhas lembranças desse dia não foram obscurecidas pelo que aconteceu depois. Que pensar nisso só me traz alegria. Que me sinto grata por isso, não importa como a gente tenha terminado.

Jesse responde que não sabe se concorda comigo. Diz que se sente triste, por representar uma ingenuidade dolorosa em relação ao futuro, que sente pena do Jesse daquele dia, que não faz ideia do que vem pela frente. Para ele parece um lembrete do que a vida poderia ter sido caso não tivesse entrado naquele helicóptero. Mas em seguida fala que torce para um dia conseguir encarar tudo isso como eu.

"Se algum dia eu passar a pensar como você", Jesse diz, "prometo te procurar para contar."

"Eu adoraria", digo. "E sempre vou querer saber como você está."

"Bom, pelo menos uma coisa boa é que você vai ser fácil de encontrar", ele comenta.

O fogo enfraquece, e Jesse vai até a lareira, ajeita melhor a lenha e sopra as chamas. Em seguida se volta para mim, quando as chamas começam a crepitar de novo.

"Você acha que teria ido estudar em LA se não fosse por mim?", ele pergunta.

"Talvez", respondo. "Talvez não. Só sei que não teria sido tão feliz por lá sem você. E não teria me matriculado no curso de literatura de viagem se não fosse o seu incentivo. E com certeza não teria passado um ano em Sydney e todos aqueles meses na Europa sem a sua companhia. Acho que nunca teria feito um monte de coisas — boas, ruins, bonitas, trágicas, o que for. Se não fosse por você, eu teria deixado de fazer muito do que fiz."

"Às vezes me pergunto se teria aceitado que os meus pais me transformassem num nadador profissional se não tivesse conhecido você", ele comenta. "Você foi a primeira pessoa que conheci que não dava a mínima para a natação. A primeira pessoa que gostou de mim por eu ser como era. Isso... isso muda a vida da gente. De verdade."

Ele se vira e olha no fundo dos meus olhos. "Você é boa parte da razão para eu ser quem sou hoje."

"Ai, Jesse", digo, com o coração tão cheio de carinho e afeto que meu peito até fica apertado, "eu não existiria sem você."

Jesse me beija.

Um beijo é só um beijo, acho. Acho que nunca fui beijada assim antes. É um beijo triste, amoroso, nostálgico, temoroso e pacífico.

Quando enfim nos afastamos, percebo que estou meio alta, e que Jesse pode estar bêbado. A garrafa está vazia e, quando abaixo meu copo, acidentalmente derrubo a garrafa. O inconfundível baque de uma garrafa de vinho atingindo o chão não vem acompanhado do som de vidro espatifado que às vezes vem junto. Me sentindo grata, recolho a garrafa e nossos copos.

Acho que está na hora de nos voltarmos para passatempos mais suaves.

Pegos dois copos com água e o relembro do livro.

"Você quer mesmo ler um livro junto comigo?", ele pergunta.

"É isso ou baralho."

Jesse concorda, pegando as cobertas e almofadas do sofá. Nos deitamos no chão, perto da lareira, e abro o livro que separei antes.

"As *aventuras relutantes de Cole Crane*", começo.

Às vezes eu leio em voz alta para um grupo de crianças aos domingos na livraria. Com o tempo comecei a ficar mais confiante, criar vozes para os personagens e a tentar dar mais vida à narrativa. Mas neste momento não faço nada disso. Sou só eu. Lendo um livro. Para uma pessoa amada.

Infelizmente, é um livro muito ruim. Risível. As mulheres são chamadas de damas. Os homens tomam uísque e fazem trocadilhos sem graça. Mal passo da quinta página antes de entregar para Jesse. "Você precisa ler isso. Não consigo", digo.

"Não", ele diz, "qual é? Esperei anos para ouvir sua voz."

Leio mais um pouco. Quando começo a sentir meus olhos ressecados por causa do calor do fogo, estou relutantemente interessada no que vai acontecer com o Encapuzado Encoleirado Amarelo e me pego desejando que Cole Crane beije Daphne Monroe de uma vez por todas.

Jesse concorda em assumir a leitura da segunda parte, enquanto me deito em seu colo com os olhos fechados.

Sua voz é calma e tranquilizadora. Escuto suas modulações, seu modo de encadear as palavras.

Quando ele já está lendo há mais de uma hora, me sento, pego o livro da sua mão e o deixo no chão.

Sei o que estou prestes a fazer. Sei que é a última vez que vou fazer isso. E quero que signifique alguma coisa. Durante anos não tive a chance de me despedir. Agora tenho. E sei que essa é a melhor maneira de fazer isso.

Então eu o beijo como as pessoas fazem quando estão a fim de dar início a alguma coisa. E é isso que acontece.

Tiro a camiseta por cima da cabeça. Desabotoo a calça de Jesse. Encosto meu corpo contra o seu. É a última vez que vou sentir seu calor, que vou olhar para baixo e vê-lo sob mim, com as mãos na minha cintura. É a última vez que vou demonstrar meu amor remexendo os quadris e acariciando seu peito.

Ele não desvia a atenção de mim. Seu olhar percorre meu corpo, me observando por inteira, tentando guardar tudo na memória.

Me sinto vista. Notada de verdade. Apreciada e saboreada.

Nunca deixe ninguém dizer que a parte mais romântica de uma história de amor é o começo. A parte mais romântica é quando nós sabemos que a história precisa acabar.

Não sei se alguma vez já estive tão presente de corpo e alma em um momento como estou agora, fazendo amor com o homem que por muito tempo acreditei ser minha alma gêmea, que agora eu sei que deve ser feito para outra *pessoa* e outra *coisa*, alguém que vai construir sua vida em outro *lugar*.

Seus olhos nunca me pareceram tão cativantes. Seu corpo sob o meu nunca me pareceu tão seguro. Contorno com os dedos as cicatrizes do seu corpo; entrelaço os dedos da minha mão esquerda com os da sua direita. Quero que ele saiba o quanto o acho lindo.

Quando terminamos, estou cansada e aturdida demais para lamentar o que quer que seja. Volto a deitar em seus braços e lhe entrego o livro.

"Você lê?", peço. "Só mais um pouquinho."

Tudo isto que estamos vivendo. Só mais um pouquinho.

"Sim", Jesse responde. "O que você quiser."

Adormeço em seu abraço, escutando enquanto ele lê o final do livro, contente de saber que Cole agarra Daphne pelos ombros e por fim resolve falar: "Deus do céu, mulher, você não sabe que para mim só existe você? Que para mim sempre foi só você?".

Se desapaixonar por alguém de quem ainda *gostamos* é exatamente como dormir numa cama quentinha e ouvir o despertador tocar.

Por melhor que seja a sensação no momento, sabemos que chegou a hora de partir.

Biip. Biip. Biip. Biip.

O sol está brilhando com força no meu rosto. E o relógio de Jesse está apitando.

A capa de *As relutantes aventuras de Cole Crane* está dobrada sob sua perna.

"Hora de acordar", aviso.

Jesse, que ainda está tentando se acostumar à ideia de estar acordado, balança a cabeça e esfrega o rosto.

Vamos ambos para a cozinha comer alguma coisa. Tomo um copão de água. Jesse toma um café frio do bule. Ele olha pela janela da cozinha e se vira para mim.

"Está nevando de novo", avisa.

"Muito?", pergunto. Olho para a janela da frente do chalé para ver se tem um novo cobertor de neve sobre a estrada.

"Deve dar para pegar a estrada daqui a pouco", ele diz. "O tempo está bem aberto, mas é melhor não dar bobeira aqui por muito tempo."

"Certo, boa ideia. Vou tomar um banho."

Jesse assente com a cabeça, porém não diz mais nada. Não me segue para se juntar a mim no chuveiro. Não faz piadinhas sobre a minha nudez. Simplesmente se dirige à lareira e começa a limpar a fuligem.

Quando começo a subir a escada sozinha, todo o peso dessa nova verdade recai sobre mim de uma vez.

Jesse está de volta. Está vivo.

Só que não é mais meu.

Quarenta e cinco minutos depois, já juntamos nossas coisas e estamos prontos para partir. Os pratos estão lavados, o que sobrou das compras do mercado está embalado e a bagunça que fizemos foi arrumada. Até mesmo *As relutantes aventuras de Cole Crane* está de volta à prateleira, como se nunca tivesse sido lido. Caso não tivéssemos passado tanto tempo neste chalé, eu diria que ninguém esteve aqui nos últimos dias.

Jesse pega as chaves e abre a porta da frente para mim. Eu saio com o coração apertado.

Não me ofereço para dirigir porque sei que ele não vai deixar. Vai querer fazer as coisas do jeito dele, e eu não vou me opor. Me acomodo no assento do passageiro, e Jesse dá ré com o carro.

Dou uma última olhada no chalé.

Há dois pares de pegadas vindo na nossa direção a partir da porta.

Começam juntos, mas tomam rumos diferentes quando nossos pés nos levam cada um para um lado do carro.

Sei que essas pegadas vão sumir em breve. Sei que não vão durar até a noite se continuar nevando assim. É bom poder olhar para uma imagem que consigo entender.

As pegadas começam juntas e então se separam.

Eu entendo.

Tudo bem.

É a verdade pura e simples.

Dois amores verdadeiros:
ou como se reconciliar com a verdade do amor

Jesse e eu estamos quase em New Hampshire quando voltamos a conversar. Antes só estávamos ouvindo rádio, cada um perdido em seus pensamentos na última hora e meia.

Passei o maior tempo pensando em Sam.

Sobre a barba que cresce rápido em seu rosto, sobre o fato de que ele claramente ficará grisalho cedo, sobre minha ansiedade de passar os inícios de noite com ele ao piano.

Espero que, quando eu disser que é isso que quero, ele acredite em mim.

Foi difícil, mas finalmente entendi quem sou e o que quero. Na verdade, minha identidade nunca me pareceu tão clara e cristalina.

Sou Emma Blair.

Livreira. Irmã. Filha. Tia. Pianista amadora. Apaixonada por gatos. Nascida e criada na Nova Inglaterra. Futura esposa de Sam Kemper, se tudo der certo.

Isso não significa que tudo aconteceu sem dor e tristeza. Mesmo assim houve uma perda.

No fundo, sei que, no momento em que sair deste carro, quando Jesse me deixar em casa e se despedir, vou me sentir despedaçada.

Assim como quando eu tinha nove anos e minha mãe me levou para furar as orelhas no meu aniversário.

A festa foi naquela noite. Eu usava um vestido azul escolhido por mim. Minha mãe e eu escolhemos brincos com pedrinhas cor de safira para combinar. Me sentia toda adulta.

A mulher aproximou a pistola do meu lóbulo direito e avisou que poderia doer. Eu falei que estava pronta.

O furo reverberou pelo meu corpo como um choque. Não sabia o que era pior: a pressão do aperto, a dor da perfuração ou a ardência de uma ferida recém-aberta.

Estremeci e fechei os olhos. E os mantive fechados. Minha mãe e a moça da farmácia perguntaram se estava tudo bem, e respondi: "Você pode fazer a outra logo? Por favor?".

E aquela dor — a sensação de saber exatamente o que esperar, e que seria horrível — é idêntica à que sinto agora.

Sei exatamente o quanto me dói perder Jesse. E estou aqui neste carro, esperando para ter essa ferida aberta.

"Quando meus pais se acostumarem à ideia", Jesse diz quando nos aproximamos da fronteira do estado, "e eu estiver me sentindo pronto para ir, vou voltar correndo para Santa Mônica."

"Ah, Santa Mônica? Não está a fim de tentar San Diego ou o Orange County?"

Jesse faz que não com a cabeça. "Acho que Santa Mônica é o meu lugar. Quer dizer, pensei que você e eu fôssemos passar o resto da vida lá. Fiquei sem saber o que fazer ao descobrir que você não estava lá. Mas quer saber? Pode ser muito bom eu voltar sozinho." Ele diz isso como se, ao concordar em abrir mão de mim, tivesse se livrado de alguns outros problemas também.

"Se você for, manda notícias sempre que puder?"

"Não tenho a menor intenção de deixar alguém em dúvida sobre meu paradeiro de novo."

Sorrio e aperto sua mão por um instante. Olho pela janela e observo a paisagem de árvores desfolhadas e sinais de tráfego.

"E você", Jesse diz depois de um tempo. "Vai se casar com o Sam e viver aqui para sempre, é?"

"Se ele ainda me quiser", respondo.

"Como assim? Por que ele não iria querer você?"

Mexo um pouco nos controles do aquecedor do carro, tentando direcionar o ar quente para mim. "Porque ele sofreu o cão por minha causa", explico. "Porque eu não fui uma noiva das mais exemplares ultimamente."

"Não foi culpa sua", Jesse argumenta. "Isso é... é só uma parte da história."

"Eu sei", digo. "Mas sei também que ele ficou magoado. E da última vez que a gente conversou, pediu para eu não ligar. Que ele ligaria quando estivesse pronto para conversar."

"E ele *ligou*?"

Verifico meu telefone, só para garantir. Mas claro que ele não ligou. "Não."

"Ele vai te aceitar de volta", Jesse garante. Parece ter tanta certeza disso que só ressalta minha insegurança.

Eu arrisquei meu relacionamento com Sam só para ver se ainda tinha restado alguma coisa com Jesse. E sabia muito bem o que estava fazendo. Não posso fingir que não.

Mas agora sei o que quero. Quero Sam. E estou com medo de que o tenha perdido por não ter descoberto isso antes.

"Bom, se ele não te aceitar...", Jesse diz, se dando conta de que precisa mudar de faixa. Ele não termina a frase imediatamente. Está concentrado no trânsito. Me pergunto por um instante se vou ouvir que, se Sam não quiser casar comigo, ele me aceita de volta.

Fico surpresa ao constatar o quanto isso seria antinatural e inadequado.

Porque a minha escolha não foi entre Sam e Jesse. Nunca foi uma questão de ficar com um ou com outro. Apesar de em vários momentos eu ter achado que sim.

Minha dúvida era se Jesse e eu ainda tínhamos ou não alguma coisa para recomeçar.

Assim como eu sei que roubar é errado e que minha mãe está mentindo quando diz que gosta dos coquetéis de hortelã do meu pai, sei que o que aconteceu entre mim e Jesse é de responsabilidade apenas nossa. E não de alguém que tenha entrado de penetra na história.

Está tudo encerrado entre nós porque não somos mais a pessoa certa ao outro.

Se Sam não me aceitar de volta depois de tudo isso, Jesse só vai entrar em contato comigo para saber se estou bem e para me mandar cartões-postais de lugares ensolarados. E nós dois vamos saber que eu podia estar com ele. E nós dois vamos saber que não vai acontecer. E não haverá problema nenhum nisso.

Porque tivemos nossa chance.

Tivemos nossos três dias no Maine.

Nos reencontramos e saímos de coração partido.

E fomos cada um para um lado para juntar os cacos.

"Desculpa", Jesse diz depois de pegar a saída certa da estrada e poder conversar de novo. "O que eu estava dizendo mesmo? Ah, é. Se o Sam não te aceitar de volta, faço questão de ir pessoalmente quebrar a cara dele."

Dou risada só de pensar em Jesse batendo em Sam. Parece uma coisa tão absurda. Jesse provavelmente é capaz de acabar com Sam em uns três segundos. Seria como uma daquelas lutas de boxes em que um lutador acerta o outro assim que soa o gongo, e o pobre coitado perde a noção até de onde está.

Sam — o meu Sam, meu lindo e querido Sam — é adepto do amor, não do confronto. E eu adoro isso nele.

"É sério", Jesse continua. "É uma situação totalmente maluca. Se ele não conseguir entender isso, vou garantir que ele passe pelo maior sofrimento físico possível."

"Ah!", eu digo, em tom de brincadeira. "Não faça isso! Sou apaixonada por ele."

Não era para ser um anúncio solene, apesar da profundidade do meu sentimento. Mas, não importa *como* eu diga, é uma coisa meio embaraçosa para se dizer, diante das circunstâncias.

Vejo Jesse engolir em seco antes de responder. "Fico feliz por você. De verdade."

"Obrigada", digo, aliviada por essa demonstração de magnanimidade. Não acredito que seja uma coisa sincera, pelo menos neste momento. Mas ele está se esforçando. E preciso respeitar isso.

"E assim terminamos nossa conversa sobre ele", Jesse anuncia. "Caso contrário, vou ficar mal."

"Justo", admito, balançando a cabeça. "Eu mudo de assunto com o maior prazer."

"Não falta muito para a gente chegar", ele diz. "Estamos quase em Tewksbury."

"Quer brincar de espião?"

Jesse dá risada. "Ah, sim", ele diz. "Estou espiando com o meu olhinho... alguma coisa... azul."

Talvez os relacionamentos precisem terminar em lágrimas ou berros. Talvez tenham que chegar ao fim com duas pessoas dizendo tudo aquilo que nunca falaram ou machucando uma à outra de um jeito que nunca permita uma reconciliação.

Não sei.

Só terminei um relacionamento na vida.

Este aqui.

E este termina com um divertido jogo de espião.

Nós olhamos para as coisas, damos pistas para o outro adivinhar e rimos juntos.

Quando Jesse para o carro no estacionamento da frente da Livraria Blair, sei que só tenho um instante antes de a pistola furar minha orelha.

"Eu te amo", digo. "Sempre te amei. E sempre vou te amar."

"Eu sei", ele responde. "E sinto a mesma coisa. Agora vai curtir a vida que você construiu."

Me despeço com o tipo de beijo que damos nos amigos na noite de Ano-Novo. É o máximo que sou capaz de fazer.

Pego minhas coisas e levo a mão à maçaneta da porta, mais ainda falta a coragem para dar o passo final.

"Você é uma pessoa maravilhosa para amar", digo. "É muito bom te amar e ser amada por você."

"Bom, foi a coisa mais fácil que já fiz na vida", ele responde.

Sorrio para ele e respiro fundo, me preparando para a dor da partida.

"Promete que vai se cuidar?", pergunto. "Que vai me ligar quando precisar do que quer que seja. Que vai..." Não sei exatamente como terminar a frase. Ele passou por tanta coisa, e eu quero que me prometa e para todos que o amam que vai conseguir superar tudo.

Jesse balança a cabeça e me faz um aceno. "Sei o que você está querendo dizer. E prometo, sim."

"Certo", digo com um sorriso carinhoso. Abro a porta do carro. Ponho o pé na calçada. Desço do carro e o fecho atrás de mim.

Jesse faz um aceno e engata a ré. Fico observando enquanto manobra para sair. A pressão, a dor, a ardência.

Aceno para ele quando embica para a rua.

E então ele não está mais lá.

Fecho os olhos por um momento, para processar o que acabou de acontecer. *Acabou. Jesse está vivo, voltou para casa e nosso casamento chegou ao fim.* Mas, assim que volto a abrir os olhos, percebo onde estou.

Na minha livraria.

Me viro e entro.

Estou voltando para os livros e para a minha família e para aqueles dias de primavera que logo estarão aqui, em que o sol parece que vai brilhar para sempre e que as flores vão continuar abertas durante meses. Estou voltando para o queijo quente com cheddar vegano, GIFs de gatinhos e "Piano Man".

Estou voltando para Sam.

Estou voltando para casa.

E, assim como no dia em que furei as orelhas, quando a dor passa, me sinto mais madura.

Minha mãe e meu pai estão na loja. Antes mesmo de pensar em cumprimentá-los ouço vozes de crianças vindas de um canto.

"As meninas estão aqui?", pergunto enquanto abraço os meus pais.

"Estão com a Marie na seção infantil", minha mãe diz.

"Como você está? Como foram as coisas?", meu pai pergunta.

Abro a boca para responder, mas tenho muito a explicar, e não estou a fim de entrar em detalhes no momento. "Senti falta do Sam", digo. Na verdade, isso explica tudo. De forma sucinta e indolor.

Eles se entreolham e sorriem, como se fizessem parte de um grupinho exclusivo que já sabia como tudo ia terminar desde o início.

Detesto parecer previsível, principalmente para os meus pais. Mas, acima de tudo, fico aliviada por ter tomado a decisão que parecia mais acertada. Afinal de contas, eles são meus pais. E, quando ficamos mais velhos, enfim aceitamos que na verdade eles sabem das coisas.

Ouço Marie tentando acalmar Sophie e Ava. Vou para o outro lado da registradora para vê-las. As duas estão chorando, com os rostinhos vermelhos. Ambas com a mão na cabeça. Eu olho para os meus pais.

"A Ava esbarrou na Sophie, e elas deram uma cabeçada uma na outra", minha mãe explica.

Meu pai leva os dedos aos ouvidos, como se os gritos delas fossem estourar seus tímpanos. "Está ajudando muito nas vendas."

Quando o choro das meninas se acalma e se reduz a uma demonstração mais silenciosa, ainda que igualmente teatral, de soluços e caretas, Marie me vê e vem andando na minha direção.

Me viro para os meus pais. "Aliás, a gente precisa falar sobre a Tina", aviso.

Nenhum dos dois me olha nos olhos. "Isso pode ficar para outra hora", meu pai responde. "Quando as coisas estiverem menos... dramáticas."

Minha mãe vira a cabeça e começa a arrumar as coisas sob a registradora. Meu pai finge que está ocupadíssimo examinando o calendário da loja sobre o balcão. Conheço os dois há tempo demais para engolir esse tipo de encenação. Eles estão me escondendo alguma coisa.

"O que está acontecendo?", pergunto. "O que é que vocês não querem me falar?"

"Ah, querida, não é nada", minha mãe responde, e quase acredito. Mas então olho para a expressão do meu pai, uma mistura de "Ela acreditou?" com "Ah, pelo amor, vamos contar agora mesmo".

"Sabe o que é, nós tivemos umas ideias sobre a administração da loja", meu pai admite por fim. "Mas podemos falar sobre isso mais tarde."

Quando Marie chega com uma cara de quem está com medo de pedir minha roupa preferida emprestada, percebo que ela também está sabendo de tudo.

"Qual é, pessoal, eu já estou com um monte de coisa na cabeça, não consigo lidar com esse tipo de joguinho."

"Não é nada", Marie também diz. Fecho a cara para mostrar que não estou acreditando. Até que ela se abre como uma mala velha. "Tudo bem. Eu quero ficar com a vaga."

"Que vaga?", pergunto.

"A de subgerente."

"Aqui?"

"Sim, isso mesmo. A mãe e o pai gostaram da ideia, mas obviamente a última palavra é sua."

"Você quer trabalhar aqui?", repito, ainda incrédula. "Comigo?"

"É?"

"Aqui na livraria?", pergunto.

"Está vendo? Eu sabia que não era a hora certa para falar disso."

"Não", respondo, sacudindo a cabeça. "Só fiquei surpresa."

"Pois é", ela diz. "Mas pode ser o que eu preciso. Como a gente conversou. Uma coisa para fazer fora de casa que não tem nada a ver com usar o penico ou com audição ou surdez. Acho que é uma ideia melhor que escrever, na verdade. Estou empolgada, e é uma coisa que envolveria adultos, né? Um motivo para vestir uma roupa bonita. Emma, eu preciso de um motivo para me vestir bem."

"Tudo bem...", digo.

"Não tenho como trabalhar em período integral, mas um cargo de subgerente seria ótimo. Principalmente porque a mãe e o pai podem me cobrir com as meninas ou aqui, se eu precisar faltar. Acho que o que estou querendo dizer é... por favor, me contrata."

"Mas você era a gerente daqui. Nesse esquema, eu seria sua chefe", argumento.

Marie levanta as mãos em um sinal fingido de rendição. "Quem manda aqui é você. Eu abri mão do cargo, e você está se saindo muito bem. Não estou querendo tomar o lugar de ninguém. Se mais tarde eu me arrepender de não ter assumido um papel mais ativo na loja, é problema meu, e eu me viro com isso. E sempre existe a possibilidade de um emprego de gerente numa das lojas do Mike, se for o caso. Mas no momento o que quero é estar aqui, com você."

Marie falou o que queria, e cabe a mim responder. Sinto os olhos da minha irmã, do meu pai e da minha mãe sobre mim. Sophie e Ava, agora mais tranquilas, estão agarradas na perna de Marie.

"E então?", minha irmã pergunta.

Começo a rir. É uma situação absurda. Os três parecem preocupados, sem entender qual é a graça. Então recobro o controle e decido acabar com o suspense.

A ideia de ter Marie trabalhando sob as minhas ordens me assusta um pouco. Me deixa meio constrangida, e me preocupa acabar estragando a boa relação que começamos a construir. Mas também acho que pode ser ótimo. Eu teria alguém com quem dividir a loja, alguém que entende a importância que o lugar tem, alguém com uma paixão não só pelos livros, mas também pelo aspecto histórico da livraria. E trabalhar juntas, passando mais tempo uma com a outra, pode nos aproximar ainda mais.

Então acho que é um risco que estou disposta a correr.

Sou a favor de apostar em Marie e em mim.

"Certo", respondo. "Você está contratada."

O sorriso que surge no rosto do meu pai é tão largo e sincero que faria a versão Emma adolescente querer vomitar. Só que não sou mais uma adolescente, e não me custa nada conceder ao meu pai tudo aquilo que ele sempre sonhou. "É isso mesmo, pai", digo. "As suas filhas vão cuidar da sua loja."

Pela primeira vez na minha vida, considero a possibilidade de Marie e eu na verdade sermos melhores juntas do que separadas.

Emma e Marie.

Nosso momento de celebração é interrompido por um homem dizendo ao meu pai que está procurando um livro para a esposa. Escuto quando meu pai pergunta o título. O cliente responde: "Não sei o título nem o nome do autor. Também não lembro sobre o que era, mas acho que a capa era azul".

Vejo meus pais trocarem olhares de quem sabe o que vem pela frente, e ambos se dispõem a ajudar o cliente.

Enquanto eles se afastam, Marie olha para mim. "Então, o que aconteceu no Maine? Você vai voltar a morar com o Sam?"

"Na verdade, não sei."

"Como assim?"

"Sei que quero ficar com Sam, mas ele pediu para eu não ligar nem mesmo se já tivesse tomado a minha decisão. Falou que me avisaria quando estivesse pronto para conversar, não o contrário."

Marie faz um gesto de quem não leva a ideia muito a sério. "Ele só quis dizer isso para o caso de ser rejeitado. E não para quando tivesse boas notícias."

"Não sei, não. Acho que ele está chateado de verdade."

"Claro que está. Mas isso é só mais um motivo para ir conversar com ele."

"Não quero desrespeitar a vontade dele", digo.

"Emma, me escuta. Vá atrás dele agora mesmo, e diz que é com ele que você quer ficar."

"Tipo, ir até a sala dele na escola?", pergunto.

"É!", Marie confirma. "Faça isso agora. Quer dizer, não precisa pedir a mão dele em casamento na frente dos alunos da banda nem nada do tipo. Mas, sim! Vai já atrás dele."

"Pois é", digo, começando a ficar confiante. "É, acho que você tem razão."

Meus pais aparecem para cobrar a compra do cliente, que não deve ter encontrado o que procurava, mas está saindo com um exemplar de *Mulherzinhas*. Sem dúvida meus pais tentaram descobrir o que eles estavam procurando por alguns minutos, mas no fim optaram pela solução Louisa May Alcott.

Eles tentam vender um exemplar de *Mulherzinhas* para todo mundo. Por ser um ótimo livro, claro. Mas também por terem orgulho de ser uma obra escrita a poucos quilômetros daqui. E também devem ter tentado todos os livros de Henry David Thoreau ou Ralph Waldo Emerson que temos no estoque.

Ao contrário deles, eu não tenho o hábito de tentar empurrar os transcendentalistas. Esses títulos demoram mais para ser vendidos hoje do que na época deles.

Mas os dois nunca me repreenderam por isso. Meu pai nunca questionou por que os exemplares de *Desobediência civil* estão pegando poeira na prateleira.

Meus pais me deram um presente incrível: me deixaram esta loja, criaram um futuro para mim, mas sem nunca me dizer que seria preciso fazer tudo do jeito deles.

Hoje em dia vendemos mais jornais e velas. Entregamos sacolas com citações literárias. Vendemos mais obras para jovens adultos do que nunca. E as vendas dos clássicos e dos exemplares de capa dura também caiu. Pode ser porque o mercado está mudando. Mas também pode ser por minha causa. Porque eu faço as coisas de um jeito diferente, para o bem ou para o mal.

As coisas podem mudar de novo com a volta de Marie. Podemos nos tornar ainda mais fortes.

O cliente vai embora, e me preparo para pegar meu carro nos fundos e tentar reconquistar o amor da minha vida.

"Certo", digo. "Estou indo. Me deseje sorte."

Quando chego à porta, me viro. Decido que uma coisa que não falei precisa ser dita.

"Obrigada", agradeço aos meus pais. "Por confiarem a loja a mim e por esperarem que eu me apaixonasse por ela no meu tempo, do meu jeito. Obrigada por terem me guiado para uma vida que me faz feliz."

Por um instante, minha mãe parece prestes a chorar, mas não é isso que acontece.

"Claro, querida", ela diz, e meu pai me dá uma piscadinha. Os pais são assim mesmo.

Nós agradecemos por coisas que moldaram nosso mundo como um todo e a resposta deles é: "Claro, querida".

Quando abro a porta, me viro para Marie e digo: "Seja bem-vinda de volta".

Quando entro no carro, no estacionamento dos fundos, encontro meu sanduíche de vários dias atrás no banco da frente. Um cheiro acre e azedo já se espalhou pelo veículo. Pego o lanche, jogo na lixeira e deixo a porta do carro aberta um instantinho para dar uma ventilada.

É quando vejo outro carro chegando.

Não preciso nem olhar pelo vidro da frente para saber quem é.

Mas é o que faço mesmo assim.

Sam.

Meu coração se acelera. Parece um contrabaixo marcando o ritmo dentro do meu peito.

Vou correndo até o carro quando ele desce.

Está de calça social e camisa, com a gravata frouxa pendurada no pescoço. O casaco está desabotoado.

Ainda é meio da tarde, então ele deveria estar na escola.

Em vez disso, está no estacionamento da minha loja com os olhos vermelhos.

Dá para ver seu coração partido só de olhar para ele.

"Preciso conversar com você", ele avisa, e o ar se condensa logo depois de sair de sua boca.

"Preciso conversar com você também", respondo.

"Não", Sam retruca, levantando a mão. "Eu vou falar primeiro."

Sinto meu coração começar a se partir dentro do peito. *Será que é o fim?* Fico arrasada pelo fato de a minha insegurança ter levado o homem que amo a ficar inseguro quanto a mim. A necessidade de ganhar tempo se impõe, de criar uma distração, de aproveitar cada segundo antes que ele me abandone — se for isso mesmo que ele está prestes a fazer.

"A gente pode ir para o carro?", pergunto. "E ligar o aquecedor?"

Sam assente e abre a porta do carro. Corro para o banco do passageiro, esfregando as mãos para me aquecer. Sam liga o motor, e esperamos o aquecedor começar a funcionar. Logo minha mão começa a se aquecer.

"Escute", Sam começa. "Eu pensei muito nesses quatro dias."

Parece que uma vida inteira se passou desde quatro dias atrás.

"Não dá para continuar assim", ele diz, se virando para mim. "Não consigo viver desse jeito. Não dá... isso não está funcionando para mim."

"Certo", digo. Meu peito começa a doer, como se meu corpo não fosse capaz de suportar o que estou prestes a ouvir.

"Você precisa voltar pra casa", ele continua.

Eu me viro para ele. "Quê?"

"Quinze anos atrás, vi você ir embora com o Jesse e falei para mim mesmo que a decisão era sua e que não tinha nada que eu pudesse fazer. E agora, tanto tempo depois, estou fazendo a mesma coisa. Isso não é... eu não posso fazer isso de novo. Vou lutar por você. Fui embora depois da quinta aula hoje porque estava considerando ensinar a banda de jazz a tocar 'Total Eclipse of the Heart'. Meu coração está despedaçado sem você. Passei esse tempo sozinho encolhido como um passarinho de asa quebrada, torcendo para você voltar para mim. Mas torcer não basta. Sou um homem feito, não um adolescente como na época em que isso aconteceu pela primeira vez. Sou um adulto. E ficar torcendo não basta. Preciso lutar. Então, aqui estou eu. É isso que estou fazendo. Estou comprando essa briga."

Sam pega minha mão e implora: "Sou o cara certo para você, Emma. O que a gente tem é... amor verdadeiro. Eu te amo. Quero passar o resto da nossa vida juntos. Você é a minha alma gêmea. Sei como te fazer feliz", ele garante. "Posso te dar a vida que você quer. Então casa comigo, Emma. *Comigo*".

"Ai, meu Deus", digo, sentindo um alívio tremendo. "Como a gente é ridículo."

"Do que você está falando?", Sam pergunta. "Como assim?"

"Você está lutando por mim?", questiono.

"É."

"Eu estava indo lá no seu trabalho dizer que vou lutar por você."

Sam fica perplexo, sem ação. E permanece em silêncio. Quando começa a reagir, pergunta: "Sério?".

"Eu te amo, querido", digo a ele. "Quero ficar com você pelo resto da vida. Me desculpa, mas eu tinha que colocar um ponto-final no passado. E agora está tudo certo. Acabou. E sei que é com você que quero passar todos os dias até o fim. Quero viver a nossa vida. Quero me casar com você. Me desculpa se eu fiquei perdida. Mas agora tenho certeza. O que eu quero é você."

"E o Jesse?", Sam questiona.

"Eu amo o Jesse. Sempre vou amar. Mas ele era o cara certo para mim naquela época. E você é perfeito para mim hoje. E para sempre."

Sam respira fundo, deixando essas palavras se instalarem em seu cérebro.

"Você está sendo sincera mesmo?", ele pergunta. "Ou só está falando isso para transformar a situação numa coisa dramática e maravilhosa?"

Balanço a cabeça. "Não, não estou tentando ser dramática e maravilhosa."

"Bom, pra mim deu certo."

"Mas é tudo verdade. Cada palavra. Desde que você consiga perdoar minha insegurança, minha necessidade de me afastar, minha vontade de ter passado um tempo com ele para descobrir o que acho que até já sabia."

"Isso eu posso perdoar", Sam responde. "Claro que posso."

É importante que ele saiba o que eu fiz, que a situação seja encarada de verdade. "Fomos juntos para o Maine."

Não digo mais nada, porque sei que não preciso.

Sam sacode negativamente a cabeça. "Não quero nem ouvir. Não quero saber nada disso. Acabou. Isso fica no passado. O que interessa é daqui para a frente."

Assinto, desesperada para tranquilizá-lo. "Não quero saber de nada nem ninguém além de você daqui para a frente, nunca mais."

Ele absorve a informação, fechando os olhos.

"Você vai ser a minha esposa?", ele pergunta com um sorriso largo. Não sei se é possível se sentir mais amada do que eu neste momento, quando a simples ideia de que podemos nos casar é capaz de trazer tamanha felicidade ao rosto de um homem.

"Sim", repondo. "Meu Deus, sim."

Sam se inclina para o meu lado no carro e me beija, com um sorrisão no rosto. As lágrimas no meu rosto enfim são de felicidade. Meu coração não está mais disparado, e sim transbordando de alegria.

"Te amo", digo. "E só agora descobri o quanto." É um bom sinal, acho, que nosso amor só cresceu, em vez de se esvair diante de um desafio. Acredito que seja um presságio positivo para o nosso futuro, para tudo o que temos pela frente: casamento, filhos.

"Deus do céu, fiquei morrendo de medo de ter perdido você", Sam diz. "Estava afogando aqui. Com medo de perder a melhor coisa que já me aconteceu."

"Você não me perdeu", garanto. "Estou aqui. Bem aqui."

Dou um beijo nele.

Estamos sentados meio tortos sobre o console central, com o pescoço inclinado e o câmbio do carro incomodando meus joelhos. Só quero ficar o mais perto possível dele. Sam beija minha testa, e sinto o cheiro de sua camisa recém-lavada.

"Me leva pra casa?", pergunto.

Sam sorri. É o tipo de sorriso que pode se transformar em lágrimas a qualquer momento. "Com certeza."

Me afasto dele, me acomodando no assento do passageiro enquanto ele dá ré no carro para sair.

Meu celular e minha carteira estão no meu carro, assim como minha bolsa de viagem com as minhas coisas. Mas eu não falo nada. Não peço para ele esperar um minuto para eu ir buscar. Porque não preciso de nada disso. Não agora. No momento já tenho tudo aquilo que preciso.

Sam segura minha mão esquerda com a sua direita. E continua assim até chegarmos em casa, a não ser pelos vinte segundos em que me inclino sobre o porta-luvas e procuro seu cd favorito do Charles Mingus que fica ali, perdido na bagunça. Ainda não suporto jazz, e ele ainda adora. Em alguns sentidos importantes, e em outros desimportantes também, Sam e eu somos as mesmas pessoas de quando nos conhecemos. Quando a música começa, ele me olha, impressionado.

"Você odeia o Mingus", Sam comenta.

"Mas amo você, então..."

Ele parece aceitar a explicação, e segura minha mão outra vez. Não há tensão nenhuma, nem pressão. Estamos em paz só por estarmos juntos. Uma tranquilidade profunda me domina enquanto vejo as ruas cobertas de neve no meio-fio de Acton se transformarem na paisagem de Concord, com os pinheiros ao lado da via expressa nos guiando por Lexington e Belmont até chegarmos às calçadas ladrilhadas e as fachadas de tijolos aparentes de Cambridge. O mundo parece um espelho, e o que vejo diante de mim enfim parece em perfeita sincronia com a minha essência.

Gosto de estar nestas ruas, com este homem.

Estacionamos o carro e vamos para o apartamento. Estou abraçada nele, usando seu corpo como um escudo contra o frio.

Sam vira a chave e, quando a porta se fecha atrás de nós, parece que o mundo inteiro ficou para fora. Quando ele me beija, meus lábios ainda estão gelados, e sinto que esquentam ao seu toque.

"Oi", ele diz, sorrindo. É o tipo de "oi" que é tudo, menos um cumprimento.

"Oi", respondo.

O cheiro do nosso apartamento, um odor que não sei se já notei antes, é fresco e ardido, como um creme dental com sabor de canela. Vejo nossos gatos sob o piano. Eles estão bem. Está *tudo* bem.

Sam se encosta em mim, e apoio as costas na porta da frente. Ele leva a mão ao meu rosto, passando os dedos pelos meus cabelos e o polegar sob o meu olho.

"Fiquei com medo de perder as suas sardas para sempre", ele comenta, olhando bem para mim. Seu olhar é reconfortante, seguro. Me pego movendo a mão em busca da dele e a apertando.

"Não perdeu", respondo. "Estou aqui. E vou fazer de tudo para ficar com você. Tudo mesmo. Até o fim da nossa vida."

"Não preciso que você faça nada", Sam me diz. "Só preciso de você. Só quero você."

Meus braços envolvem seus ombros, e eu o puxo para perto de mim. O peso de seu corpo contra o meu ao mesmo tempo me direciona e me reconforta. Dá para sentir o cheiro da pomada que ele usa no cabelo. E a barba começando a crescer em seu rosto. "Você é tudo para mim", digo. "Para sempre. Vamos ser eu e você."

Me enganei antes, quando disse que não existe nada mais romântico que o fim de um relacionamento.

É isto.

Não existe nada mais romântico que isto. Abraçar a pessoa que achamos que tínhamos perdido, sabendo que nunca mais vamos perdê-la de novo.

Não acho que um amor verdadeiro precise ser o único.

Acho que amor verdadeiro significa amar de coração.

Amor puro e simples. Amor por inteiro.

Talvez, se formos o tipo de pessoa disposta a se doar inteiramente, disposta a amar de todo o coração apesar de saber o quanto pode doer... Talvez seja possível termos muitos amores verdadeiros. Talvez seja essa a recompensa por ter coragem.

Sou uma mulher que ousou amar de novo.

Enfim descobri uma coisa que amo em mim mesma.

É difícil amar depois de ter o coração partido. É doloroso e nos força a sermos totalmente sinceros sobre quem somos. Precisamos nos esforçar mais do que nunca para encontrar as palavras para expressar nossos sentimentos, porque eles não cabem mais em nenhuma medida pré-fabricada.

Mas vale a pena.

Porque existe um prêmio por isso:

Grandes amores.

Amores com significado.

Amores verdadeiros.

Uso um vestido num tom claro de lavanda no meu segundo casamento. É justo e ornamentado. Como o vestido de uma mulher que viveu uma vida inteira antes de se casar. Um vestido que assinala uma pessoa forte e experiente tomando uma belíssima decisão. Marie é minha madrinha de casamento. Ava é a daminha de honra; Sophie leva as alianças. Olive faz um discurso que deixa metade do salão aos prantos. Sam e eu passamos a lua de mel em Montreal.

E, oito meses depois de proferirmos nossos votos diante de nossos amigos e de nossas famílias, converso com Olive pelo celular enquanto fecho a Livraria Blair em uma noite quente de verão.

Marie saiu mais cedo para pegar as meninas na casa dos nossos pais. Vamos todos jantar na casa dela e de Mike. Ele vai assar uns filés na churrasqueira, e Sam prometeu para Sophie e Ava que faria queijo quente.

Olive está falando da festa de um ano de sua bebê, Piper, quando escuto o apito familiar de uma segunda chamada chegando.

"Então", digo. "Tem alguém tentando me ligar. Preciso ir."

"Certo", ela diz. "Ah, eu queria perguntar o que você acha de animais marinhos como tema para..."

"Olive!", interrompo. "Preciso desligar."

"Tudo bem, mas... você acha que animais marinhos são um bom tema ou não?"

"Depende de quais animais a gente está falando."

"Ah, tipo baleias e golfinhos e talvez uns peixinhos", Olive explica enquanto eu rosno do outro lado da linha. "Tudo bem!", ela diz. "A gente se fala pelo FaceTime amanhã."

Encerro a ligação e vejo quem está tentando falar comigo.

Não reconheço o número. Mas o código de área sim.

310.

Santa Mônica, Califórnia.

"Alô?"

"Emma?" A voz do outro lado é extremamente familiar. Uma que eu jamais esqueceria.

"Jesse?"

"Oi."

"Oi!"

"Como você está?", ele pergunta num tom casual, como se a gente conversasse o tempo todo. Já recebi alguns cartões-postais seus da Califórnia e até um de Lisboa. As mensagens são curtas e bonitinhas, informando como ele está e por onde anda. Sempre tenho notícias dele. Mas não trocamos mensagens com muita frequência. E nunca ligamos um para o outro.

"Estou bem", respondo. "Muito bem mesmo. E você?"

"É, estou me virando bem", ele diz. "Com saudade do pessoal aí de Acton, claro."

"Claro", repito.

"Mas estou bem. Eu... estou bem feliz aqui."

Não sei mais o que dizer. Ainda não entendi o motivo da ligação. O silêncio gera um impasse. Então ele resolve ir direto ao assunto.

"Conheci uma pessoa", ele conta.

Talvez isso não devesse ser surpresa para mim — que ele tenha conhecido uma pessoa e que queira me contar. Mas me surpreendo com ambas as coisas.

"Ah, é? Que incrível."

"Sim, ela é... ela é incrível. Uma pessoa única. Surfista profissional. Não é uma loucura? Jamais pensei que fosse me apaixonar por uma surfista."

Dou risada. "Não sei, não", respondo, trancando a loja e indo até meu carro. Ainda está claro, apesar de já ser início de noite. Vou sentir falta desse tempo quando outubro chegar. Paro para apreciá-lo agora. "Para mim faz todo o sentido você se apaixonar por uma surfista. Quer dizer, não dá para ser mais californiano que isso."

"É, acho que você tem razão", Jesse diz, aos risos.

"Qual é o nome dela?"

"Britt", Jesse responde.

"Jesse e Britt", comento. "Combina."

"Acho que sim. Acho que a gente combina."

"Ai, Jesse, que maravilha. Fico muito contente de ouvir isso."

"Queria te contar...", ele diz, mas então se interrompe.

"Sei."

"Agora entendo. Entendo o que você quis dizer. Sobre ter se apaixonado pelo Sam sem se esquecer de mim. Sobre isso não mudar nada do que você sentia. Sobre isso não tornar as pessoas que você amava antes menos importantes. Na época não saquei. Achei que a sua escolha por ele significava que não me amava. Pensei que, como as coisas não deram certo, a gente tinha sido um fracasso ou um erro. Mas agora entendo. Porque estou apaixonado por ela. Tão apaixonado que consigo ver tudo com clareza. Mas isso não muda o que senti por você nem a gratidão que sinto por ter te amado. É que..."

"Fiquei no passado. E ela é o presente."

"Pois é", ele confirma, aliviado por eu ter dito aquelas palavras em seu lugar. "É exatamente isso."

Acho que, em alguma medida, nós renunciamos às pessoas que já amamos quando nos apaixonamos de novo. Mas isso não apaga tudo. Não muda a história que vivemos. Não torna tudo distante a ponto de sumir na lembrança, nos obrigando a reviver tudo como um livro antigo que precisamos reler para saber como foi a experiência.

Estou sentada ao volante com o celular no ouvido, incapaz de fazer outra coisa que não seja escutá-lo.

"Você e eu não vamos passar a vida juntos", Jesse continua. "Mas finalmente entendo que isso não tira nada da beleza de quando éramos feitos um para o outro."

"O amor verdadeiro nem sempre dura", respondo. "Não precisa ser para a vida toda."

"Verdade. E isso não significa que seja menos verdadeiro", Jesse complementa.

Era um sentimento real.

E agora acabou.

E não tem nenhum problema nisso.

"Sou quem sou por ter te amado um dia", ele diz.

"Eu também sou quem sou por ter te amado um dia", eu digo.

E então nos despedimos.

Agradecimentos

Minha avó, Linda Morris, viveu a vida toda em Acton. Morreu algumas semanas antes de eu começar este livro. Foi minha viagem para lá naquele mês de outubro, para seu funeral, com as folhas caindo e o ar gelado, que me fez perceber o quanto amo o lugar de onde venho. E o quanto queria escrever sobre lá, em homenagem à minha avó. As pessoas na minha vida que me são queridas há mais tempo são de Acton e arredores. Esta é a minha maneira de dizer não apenas um *obrigada*, mas também um *amo vocês*.

Este livro — e todos os outros que já escrevi — não seria possível sem três mulheres em especial: minhas editoras, Greer Hendricks e Sarah Cantin, e minha agente, Carly Watters.

Greer, obrigada por ver todas as coisas que não consegui enxergar e por acreditar que eu arrumaria uma maneira de corrigi-las. As duas coisas são qualidades muito necessárias, e eu não poderia me sentir mais felizarda por tê-la no meu time. Sarah, obrigada por ser uma grande defensora minha. Sei que os meus trabalhos estão em ótimas mãos na Atria por você ser tão boa no que faz. Carly, obrigada por se animar tanto quanto eu com o meu trabalho e por saber o que vou pedir antes mesmo de eu fazê-lo. Depois de quatro livros, ainda sinto que foi uma sorte te encontrar para você representar o que faço.

Equipes da Crystal Patriarche e da BookSparks, vocês são superestrelas da arte da divulgação. Tory, obrigada por lidar com cada questionamento maluco meu com paciência e elegância. Brad Mendelsohn, obrigada por ser um agente incrível que está sempre um passo à frente, mas também por finalmente montar a cama elástica da sua filha.

Agradeço a todos na Atria, em especial Judith Curr, por fazer do selo um catálogo tão incrível de fazer parte. É uma sorte para mim ter meu livro passando de uma mão competente para outra até a publicação.

Para todos os blogueiros que vêm me apoiando lançamento a lançamento, este livro existe porque vocês mobilizaram leitores para mim. Vocês tornam meu trabalho mais divertido, e sua paixão por boas histórias e personagens é contagiante. Obrigada por sempre me lembrarem por que amo o que faço e por me ajudarem a atingir um público tão diversificado e incrível. Devo um milhão de agradecimentos a vocês.

Para todos os amigos e familiares que já agradeci antes, aproveito para agradecer de novo. Para Andy Bauch e meus sogros, para os Reid e para o Hanes, dediquei este livro a vocês pelo amor que sinto por Acton. Também amo Los Angeles, e em grande parte por causa de vocês. Obrigada por sempre me apoiarem e por transformar esta cidade gigantesca em um lar para mim.

Para mi madre y mi hermano, Mindy e Jake, eu amo vocês. Mãe, obrigada por ter ido morar em Acton para que pudéssemos ter uma educação excepcional, uma rede de apoio incrível e, no fim das contas, um lugar sobre o qual escrever. Jake, obrigada por ter mudado para LA para eu ter alguém com quem conversar quando sinto falta de Makaha e das coxinhas de frango com mel do Roche Bros.

E, por último mas não menos importante, Alex Jenkins Reid. Obrigada por ler tudo o que escrevo como se fosse seu — por ser atencioso a ponto de dizer o que existe para amar e sincero o bastante para me contar as partes que não prestam. E — nas ocasiões em que certas partes de fato ficam uma droga —, obrigada por me trazer um chá gelado e um cupcake. Obrigada por esperar até que eu ficasse pronta para ler de novo e depois por arregaçar as mangas ao meu lado e dizer: "Vamos dar um jeito nisso". Você tem razão. Nós sempre conseguimos.